阅读越美丽
开卷好心情

2

伊人睽睽 著

江苏凤凰文艺出版社

图书在版编目（CIP）数据

却爱她. 2 / 伊人睽睽著. -- 南京：江苏凤凰文艺出版社，2025.1
 ISBN 978-7-5594-3789-1

Ⅰ. ①却… Ⅱ. ①伊… Ⅲ. ①长篇小说－中国－当代 Ⅳ. ①I247.5

中国版本图书馆CIP数据核字（2022）第171839号

却爱她 . 2

伊人睽睽 著

责任编辑	周颖若
出版统筹	曾英姿
选题策划	石　颖
特约编辑	张昊楠　伊　万
封面设计	白砚川
插画绘制	舞小仙
出版发行	江苏凤凰文艺出版社
	南京市中央路165号，邮编：210009
网　　址	http://www.jswenyi.com
印　　刷	湖南天闻新华印务有限公司
开　　本	880mm×1230mm　1/32
印　　张	9.5
字　　数	250千字
版　　次	2025年1月第1版
印　　次	2025年1月第1次印刷
书　　号	ISBN 978-7-5594-3789-1
定　　价	46.80元

江苏凤凰文艺版图书凡印刷、装订错误，可向出版社调换，联系电话 025－83280257

CONTENTS

目录

第一章	惊喜忐忑	·002
第二章	无法抗拒	·030
第三章	小小矛盾	·056
第四章	委曲求全	·082
第五章	甜蜜日常	·109

第六章 不同生日 ·135

第七章 不许未来 ·163

第八章 藕断丝连 ·198

第九章 并肩前行 ·231

第十章 却爱她 ·265

男人凉薄,女人多情,世上的人并不够好。
但有的人只消看一眼,我却爱她。
我愿爱她,安安静静轰轰烈烈地爱着她。

第一章
惊喜忐忑

许容与说到做到。

他当天下午回到北京,把自己关进书房里和叶穗视频,真的拉着叶穗讨论"谷雨杯"建筑设计大赛的细节。叶穗也不是完全不上进,心里还是有些想法的,学校规定他们大三必须参加一项大赛,而她的拖延症则一直想把大赛往下学期推,现在有了许容与的带动,她认真地提了自己的意见。

叶穗抓抓头发:"我们大三的课,老师要求的设计都是尺度大、功能流线复杂的,上学期我们设计的是幼儿园,下学期应该是图书馆或博物馆这类建筑。参加大赛肯定要设计复杂点儿的,感觉对你们大一生来说太难了……我看咱俩还是各做各的吧?"

许容与:"呵呵。"

他打开绘图软件,非常熟练地随便拉了几条线。

和他视频的叶穗当然看到了,震惊了一下:"你们大一好像没学计算机绘图吧?不是说基础会不牢靠吗?你……"

她的大惊小怪,在对上许容与探究的眼神后,默默地咽了下去。叶穗对他飞了个媚眼:"好吧,你不是别人,你是容与。"

许容与:"那简单点,就设计博物馆怎么样?"

叶穗："这也不简单吧？我都还没学到这里……"

许容与："学习的乐趣就在于探索。如果你没意见，我们就这么决定了。"

叶穗其实蛮有意见的，但是隔着电脑屏幕，看着许容与映在屏幕上的精英范儿侧脸，她没好意思说自己体会不到这种学习的乐趣。

但叶穗想努力挣扎一把，怎么说许容与也是学弟，知识要比她浅，博物馆的前期方案设计，叶穗打算抓紧机会在许容与面前显摆，这能让她得到乐趣。

讨论设计的一下午时间里，只要出现许容与没有考虑到的细节地方，叶穗就赶紧老气横秋地批评他一通，再告诉他答案。

许容与看她眉飞色舞的样子，微微一笑，没说嘲讽她的话。

许容与把自己关在书房里一下午，家里的阿姨进来过一次，看到他在和同学讨论什么学科上的东西，就没再打扰。

傍晚倪薇回到家，听到许容与已经回来了也没有上楼打扰。等到吃饭时，许志国、许奕都回来了，许容与才下楼，和家里人见了面。

许志国一派温润儒雅的风范，他在北京市的城市规划设计研究院工作，一年四季都在奔波忙碌，难得见两个儿子一面。

许容与下楼后看到许志国坐在沙发上，捏着眉心朝他疲惫地点了点头。他不像妻子那样满面寒霜，说话慢悠悠的："回来了啊。"

许奕坐在沙发上玩手机，时而笑一下。

倪薇亲自接过丈夫的大衣拿去挂在了衣架上，冷冰冰地问许容与："不是说好的前天回家吗？一拖再拖拖到了今天，你是有什么国家大事，比我和你爸还忙？"

许容与淡淡地说："对不起，不是什么大事，和同学之间的一点交际，不如您和爸爸工作忙。"

倪薇眉头一挑。

许容与看向她："正好借此机会，也想和爸爸妈妈商量一些事，吃完饭再说，好吗？"

许奕从手机上抬起了头，若有所思地看了一眼许容与，他匆匆给尹合子发了最后一条信息："开饭了,今天先不聊了啊。我估计我们家又要山雨欲来风满楼了。"

许志国夫妻和两个儿子入座,阿姨们开始上菜。这一家子平时天南海北地忙,相聚的机会很少,哪怕在同一张餐桌上吃饭,仍然保持着食不言的规矩,每个人的用餐礼仪都非常得当。倪薇对许容与的一腔不满,都忍了下去。

吃完晚饭,阿姨收拾完餐桌离开后,一家人移至客厅开始谈话了。

许志国先开了话头,慢慢说了自己这一年的工作情况,倪薇也简单说了点工作上的事,紧接着夫妻二人开始关心两个儿子的学业。

成绩一亮,许奕例行地得到了许志国夫妻的一声叹气。

他不为所动,笑嘻嘻地说:"不过我篮球打得好,这学期代表我们学校参加了不少比赛。"

倪薇瞪了他一眼。

许志国赞赏地看着许容与:"许奕,还是要向容与学习。和专业有关的课外活动可以多参加些,其他的就收收心吧。"

倪薇眼睛微微一眯,转移了话题:"容与是要跟我们说你这两天做错了什么吗?"

许容与沉默了一下,抬眼看向她:"我一直在发信息解释,没有和大家一起过小年是我的错,我不知道妈妈还想我认什么错。"

倪薇盯了他良久。许容与冷淡地与她对视,没有避开她针尖一样探索的目光,按照惯例,倪薇这时候要查他的手机了。

倪薇懒得和他多话,伸手说道:"手机拿来。"

许容与没有动,手肘仍撑在桌缘,说道:"我不会再让妈妈看我的手机了。我已经上了大学,是成年人了,我能对自己做的每件事负责,不需要妈妈再为我的一言一行把关。爸爸妈妈请了教育学家管我和哥哥,我想专家的意思也是管大放小,并不是说孩子的每件事都要汇报,我拒绝妈妈您的这种行为。"

许奕心想完了,他捂着脸在心里哀号一声,赶紧打圆场:"哎呀妈，容与说的其实也有道理。我不也不让你看手机嘛，你看我弟也这么说，你就听听嘛……"

许志国在旁边说道："许奕，不要添乱。"

倪薇冷冷地看着许容与，身子微微前倾："你觉得我干涉了你？如果不是我对你的事件件上心，你能有今天吗？供你吃、供你穿、供你读书，你就是这样回报我吗？你对得起我在你身上的付出吗？"

许容与："正是我认可妈妈在我身上的付出，我才用子女和父母说话的态度和您沟通。我以子女的身份请求，希望妈妈不要在一些不相干的事上干涉我。学校的老师都认识我，去上什么课都有人问我，这种感觉，并不愉快，我像是全天在被你们监视一样。"

许志国看到妻子脸色不好，便帮忙接话："是我请你们老师照顾你的，什么监视？说得那么难听，我这么忙，你们老师也没跟我天天告状啊，我和你妈不过是希望你过得好一点，不要养成你哥那样散漫的性子。"

许奕挑眉："哎……怎么又说到我身上了？"

许容与不急不躁地问："我哥有哪里不好吗？我不觉得。我知道你们对我和我哥是一样的，我被明着管，他被暗着管，不管我们做什么事，你们都心里有数。但这么强的控制欲，对我们来说并不是好事。我很不喜欢，我希望爸爸妈妈放手。"

许奕："妈，你不会也派人整天监视我在干什么吧？"

他心里一顿，想到他才在火车上认识了尹合子，他妈不会就已经知道了吧？

倪薇瞥了他一眼，无动于衷："这世上多的是父母对孩子不管不问。像我和你爸这样忙，本来没时间管你们两人的事。正是关心你们，爱护你们，我们才牺牲自己的精力操心你们。容与你非但不感激，反而怪我们多事？我们在你身上白花了这么多心血吗？还是你觉得我们没资格管你？"

许容与实在是一个太过冷静的人，倪薇的话几近控诉，他仍然平静地说道："我希望妈妈客观一些，不要总是用血缘关系来让我产生愧疚感。我正是将你们当作爸爸妈妈,才愿意说这些。如果我哥说这些,你们就不会多心。为什么我说这些,你们就要想到别的方面?我是珍惜你们,才愿意开诚布公地谈一谈。"

许志国若有所思地盯着许容与的侧脸,微微恍神。他压根没想到许容与会说这些,这个孩子心里有主意,他一直知道。

但是许容与向来都是那么的沉静,对他和妻子的安排从来没说过一个不字,为什么现在……

倪薇的声音微微抬高:"既然承认我是妈妈,在这个家就得听我的。我的教育方式就是这样,你不认可,请你离开!"

许奕立刻站起来劝和:"妈,你说什么呢?再怎么吵也不能这么说,你想让容与去哪里?"

倪薇的话说出口就后悔了,但听见大儿子帮腔,她反而冷笑一声,一言不发地盯着许容与,想看他怎么收场。

许容与停顿了半晌,说道:"看来妈妈是不认同我的话。"

倪薇:"对。"

许容与垂目:"那希望我们双方冷静下来之后,再思考一下今晚的谈话吧。"

他起身离开了客厅,在家人的注视下独自上楼了。

客厅里静默无声,没有人开口叫住他。

许容与和倪薇的这次争吵,导致家里一直弥漫着低气压。别人家过年喜气洋洋,这一家连过来做事的阿姨都大气不敢出。

用早餐的时候,倪薇特意嘱咐不用准备许容与的那份。

倪薇冷笑:"他不是不要我管吗?那就什么都不管他了。"

许奕想求情,被倪薇一瞪:"要不要把你的饭也撤掉?"

许奕只好在心里同情弟弟,背着倪薇悄悄给许容与发了一条信息。他怕死了家里的低气压,吃完早饭就匆匆溜出门了,倪薇对长子恨铁不成钢,低声骂了他一句。

许容与下楼吃饭时阿姨一脸为难,倪薇拿着一张报纸坐在客厅里冷眼旁观。许容与根本没有向倪薇低头,他打了个电话,倪薇听着他说什么木板、泡沫之类的,还没听明白,许容与打开门准备离开。

倪薇在他出门前冷声问道:"要买你们那什么建筑材料?挺贵的吧?不要我管,那就不要花家里的钱。"

许容与顿了一下,说道:"我上学期有接私活,我有钱。"

倪薇哼了一声。

许容与侧身看向她:"而且我有特等奖学金,您是不是忘了,妈妈?"

倪薇神色一冷,不理会他了。

许志国对许容与昨晚的想法没那么排斥,他反过来劝倪薇适当给予孩子一些私人空间,但是倪薇并不认同他的做法。

她一直都是说一不二的性格,这么多年下属对她战战兢兢,她不容人辩驳的性格早就深入骨髓。许容与挑衅她的威信,她自然不会轻易妥协,而许容与也不退让,两个人较上了劲儿。

这天以后,许容与每天都把自己关在书房里做建筑作业。

除夕当天,许家按照惯例,一起去许志国父母的大院里过年。出门的时候,倪薇看着许容与从楼上下来,忽然说了一句:"今天开的车是我的吧?不让我管,还要坐我的车吗?"

许志国在一边不赞同地说道:"薇薇,少说两句,别和孩子计较。"

许奕赶紧搭话:"哎呀,妈,你别说了,你干吗要分得那么清楚啊?非要把容与赶出家啊。"

倪薇:"我没有把他赶出家啊。我只是觉得我需要时时提醒他,没有我,就没有今天的他。"

许容与跟倪薇对视良久,他轻声说道:"既然妈妈对我是这种态度,那我没有出门的必要了,到爷爷奶奶那里反而让他们看我们家的笑话。"

说完,许容与又转身上楼了。

许奕服气了:"你们两个都在干什么啊?"

倪薇冷着脸被许志国劝上了车,许奕返回楼上想劝劝许容与,许志国夫妻在车上等了半天,最后是许奕一个人出来的。

许奕把车门重重关上,沉着脸坐到后座上。隔了半天他说:"妈你今天太过分了!除夕夜我们把容与一个人丢在家里?"

倪薇嘴硬道:"我没有不让他上车。他自己不来,我还要求着他来吗?"

许志国:"唉。"

叶穗一个人窝在家里很无聊。

叶一梦在那晚之后又给她打了电话,语气平和了很多,跟她道歉说自己那天太过激了。叶一梦还委婉地告诉叶穗,继父都已经知道她了,特意邀请她和他们一起过年。

叶穗拒绝了:"我去你那里了,我爸怎么办?"

叶一梦听到那个人就烦了:"你能不能别提你爸?你故意掐着点气我吧?你……"

她的话没说完,叶穗就挂了电话,她不想去叶一梦那里过年,打算一个人把春节给消磨过去。等过完年开工了,她就出去实习。东大要求在校学生每学期交一份实习报告,她还没开始准备呢。

叶穗一个人玩着游戏,许容与突然给她打了一个视频电话,吓得叶穗的手机脱手而出,现在许容与一找她,她就有点儿心慌。

叶穗镇定下来接通了视频电话,看到许容与的背景还是他家那间书房,叶穗心里笼上了一层阴影。

她假笑一声:"你们家好奇怪,除夕你还在书房待着,不休息啊?你昨天不是还说你们家年年都在你爷爷奶奶那边过年吗?"

许容与靠着椅背,揉了揉僵硬的脖颈,漫不经心地说:"我去了,谁陪你过年呢?"

倪薇恐怕不会想到许容与是故意不去的。

听到许容与的话,叶穗愣了一下,一丝暖流涌上心头,原来他是为了陪她才没去陪家人过年,男朋友这么善解人意,哪怕陪她的方式是一起画设计图,叶穗也认了。

叶穗拿着手机走向电脑,一边感动,一边问他:"开电脑继续写方案对吧?"

许容与怔了一下,问道:"今天过年你还这么用功?"

叶穗惊喜地问道:"不用吗?"

她对着手机亲了好几下,明明没什么,屏幕那头的许容与仓促地向后躲,嫌弃满满地用手挡了一下脸,实际上耳根微红,眉眼里都是笑意。

许容与轻笑:"怎么舍得在除夕的时候压榨你呢?除夕不是一起看春晚吃团圆饭的日子吗?你有其他安排吗?"

"有啊!"叶穗眼珠子一转,"我本来就包了饺子的,咱们可以边看节目边吃饺子。"

许容与点头:"嗯。"

除夕的第一顿饭就这么安排上了。

叶穗积极忙活起来,想让许容与看到自己开心的样子。许容与则坐在电脑前,拿着笔继续写建筑方案。叶穗不喜欢许容与一心扑在工作上,许容与却觉得这是乐趣,他根本不觉得在除夕夜写建筑方案是什么凄惨的事。

但他知道自己的这种想法和大部分人是不一样的。

叶穗已经煮好饺子开吃了,许容与也从厨房端了盘饺子。中途许奕给他打电话,想说服许容与和他们一起过年,被许容与拒绝了。

许容与吃完饺子继续低头工作,时而抬头看一眼屏幕里的叶穗。

傍晚叶穗忽然接到一个同城电话,说有人订了礼物给她。叶穗忙跳起来,冲手机里的许容与笑嘻嘻地说:"有人给我送礼物,我去看看啊。"

过了一会儿,叶穗抱着一大束玫瑰回来了。

红玫瑰鲜艳欲滴,埋在女生怀里,花与人同美。

叶穗问许容与:"你还送我花啊?"

许容与微微颔首,一如往常的矜持冷淡。

叶穗心中的激动甜蜜在收到这捧花时到达了极限。她冲到手机前，心跳仍然很快，她不停地说:"天啊!天啊!你居然送我花!你还有这么浪漫的时候啊。"

许容与看她那么开心,自己的情绪也被感染。他微微笑了一下,停下了手里的笔。

"我说过我会对你好得让你离不开我。我没有开玩笑,虽然你总是不喜欢我找你写作业,但除了这个,我也能做很多事。"许容与温和地说道,"叶穗,我说过,有人爱你的。"

城市禁烟花爆竹,外面一直到现在都是静悄悄的。隔着一个小小的手机屏幕,她望着许容与,心跳快得让她承受不住。

她有一股冲动,想见他一面,想拥抱他,想亲吻他,想拉着他又跳又叫!

这是她的男朋友!

为什么她只能和他视频聊天!

叶穗摸着自己的心口与许容与相望,脑子里乱哄哄的,她想让自己的心跳不要那么快。对上叶穗眼中浓烈的爱意,许容与躲开了目光,却又悄悄看了她一眼。

叶穗在她的小房间里穿着睡衣抱着玫瑰,人比花娇,她满怀爱意地看他,目光炙热得像是在用燃烧的生命爱一个人。

许容与抵挡不住这样的目光,再次垂下了眼睛,他尴尬地说道:"好了。"

不好。

叶穗看着他,眼睛亮亮的:"容与,我好想你,好想见到你啊。"

许容与:"对不起。"

叶穗:"没关系,我定制了一个等身娃娃,花了我上千,心疼死我了。我求了厂家半天,人家答应我明天下午去取货。马上,我就可以邀请和你长得一模一样的假娃娃入驻我家,到时候就不用你时时刻刻陪着啦。我有娃娃了!"

许容与听完目瞪口呆,他从来没想过世界上还有人有这种神奇思路。

叶穗笑眯眯地看着许容与，发现男朋友的脸色略微不自在后，她恍然大悟地问："你是不是觉得不公平？你送了我礼物，我却没有送你礼物。你不开心？要不我再定制一个娃娃给你？你不敢让你爸妈知道我们在谈恋爱，那看长得像我的娃娃总可以吧？看我对你多好啊，这就是学姐送你的新年礼物了！"

许容与："你的好意心领了，不过我不需要。"

叶穗笑嘻嘻地逗许容与："要的！"

叶穗玩心大发地用娃娃逗弄许容与，许容与拒绝了很多次。哪怕心里抗拒叶穗的幼稚行为，许容与仍然没有关了和她的视频聊天。叶穗知道他在忍耐，逗他的心思淡了，对他的喜欢又深了一些。

一整个晚上许容与都陪着叶穗，和她一起看电视聊天，一起守岁，最后和她互道晚安。

正因如此，叶穗想见许容与的冲动越发强烈。

她知道明明说好的是地下恋情，她不应该乱来，但是她真的想见许容与，哪怕偷偷看他一眼也好。

这个念头一直持续到第二天早上叶穗睡醒，她是个敢想敢做的人，当下就决定买车票去北京，悄悄看一眼许容与。

这里离北京那么近，而且叶穗知道许容与的家庭住址。以前她和许奕谈恋爱时，许奕邀请过叶穗去家里做客，但当时叶穗没有去。

叶穗想得很简单，听说许家是一个独立院子，她不进去，就在外面悄悄看一眼。

许容与总要出门吧？他出门的时候，她躲在外头看一眼就好了，叶穗说走就走。

大年初一的早晨，许容与一个人在家，他慢悠悠地锁上门，想出去找点儿吃的。谁知刚出家门，就和踮着脚在他家墙外探头探脑的叶穗四目相对。

好尴尬。

许容与和叶穗站在院墙左右两边面面相觑。

许容与出门时随便套了一件冲锋衣,手插在兜里,又酷又冷。叶穗打扮精致,背了一个小包在许家院墙外徘徊,像是四处拍照的游客。

许容与沉默地看着叶穗。

叶穗颤巍巍地抬手挥了挥,小心翼翼地和出门的许容与打招呼:"这么早啊,你出门干什么?"

许容与默默看她:"买早点。"

叶穗:"咦,你们有钱人家里的阿姨都不给做早饭吗?"

许容与:"她们回家过年了啊。"

叶穗眨了眨眼,想起许容与说家里只有他一个人,其他人都去他爷爷家里过年了。她心中怜惜,真是小可怜儿啊。

许容与走到叶穗面前,皱着眉问道:"你来这里干什么?"

言下之意是,不是说好的地下恋情吗?

叶穗:"如果我说我是来北京旅游的你信不信?"

许容与上下打量了她一番,将信将疑:"你怎么知道我家在哪里?"

叶穗:"毕竟我以前认识许奕啊。"

许容与脸色微沉。

叶穗笑眯眯地说:"你吃醋也别跟我甩脸子啊。"

叶穗说完,许容与抬手在她头上拍了一下,叶穗哎哟一声捂住额头,愤怒地仰头看许容与的脸。

"脸真大。"说起这件事,许容与就一阵烦躁,心想他得先把这事儿跟许奕挑明了。

叶穗看许容与的脸色不怎么好,乖乖低下头,等着听她这位难说话的男朋友的训导。别人可能不信,许容与明明比叶穗小三岁,却时不时会把她当小学生一样训来训去。

然而预想中的训导场面没有出现,许容与只是说:"进来吧。"

叶穗："啊？"

许容与说道："你不是背包来旅游的吗？把包放我家里，好轻松出去玩啊。"

叶穗诧异地抬起头，许容与已经转身去开大门了。她连忙跟上去，意外地问道："我还以为你会骂我一顿。以前遇到这种事你不是都要先讽刺我一通吗？你现在怎么脾气变好了？"

许容与漫不经心地回答："有点讨厌的学姐和有点麻烦的女朋友，你说我的态度为什么会变？"

叶穗翘起唇角跟上了许容与的步子，看着他的背影，轻声抱怨："有点麻烦的女朋友，听着也不是什么好词。"

许容与："知足吧，我的忍耐力到极限了。"

叶穗笑了几声，当即从后面一扑，跳起来揽住了许容与的脖子，整个人趴在了他身上。

她还背着包呢，又这么猛力一跳，许容与被她扑得差点绊倒在台阶上。他黑着脸克制住想骂叶穗的冲动，没成想叶穗亲了一下他的脖颈："容与，我们好像穷小子私会大家闺秀哦，我不会被你赶出去吧？"

许容与："你先下来。"

叶穗："说句好听的我就下来。"

许容与说道："大家闺秀也会把穷小子赶出去的。"

"穷小子都给大家闺秀送花，大家闺秀为什么还要赶人呀？"叶穗把手搭在他肩上，一枝鲜艳的玫瑰出现在她的指间，映入许容与的眼中。

许容与一怔。

叶穗拿着花在他面前晃了晃，许容与侧过脸对上她含笑的眼睛。

沉默半晌，许容与轻声说道："叶穗，你真的很会诱惑人。"

叶穗挑眉，没有明说这是她曾经攒下来的经验，怕说了许容与会不高兴。

叶穗对许容与飞了一个媚眼，一直板着脸的许容与脸色回暖，他扭头回避时脸红了一半。玫瑰在他眼中摇晃,许容与被逗得笑出声,带着几分不好意思,随后他向叶穗说道:"谢谢。"

难得见许容与害羞的样子,叶穗心里一动,下次要多送些花儿给他才好。

大年初一,出门游玩的人也很多。

许容与家住在二环以内,去哪个景点都很方便,但是二环内的景点大多人山人海。叶穗他们家离北京不远,以前也常来这边玩儿,那些景点大部分她都逛过了。

叶穗查了一下旅游攻略上适合情侣一起去的景点,最后决定和许容与去欢乐谷。

地铁一路南下,车厢里的人越来越少,叶穗问许容与:"你以前去过欢乐谷吗?"

许容与一直在低着头在手机上查攻略,淡淡地说:"没有,我没时间。"

叶穗觉得能在北京二环内住别墅院的家庭,父母工作很忙是可以理解的,但她脑补出了许容与小时候被父母丢在家里或学校不管的小可怜儿形象。叶穗伸手想摸许容与的头,许容与将头一偏,躲开了她这个充满慈母意味的动作。

叶穗已经习惯了,仍然自我感动地说道:"是因为你爸妈工作忙,没时间带你和你哥来游乐场玩吧?可怜的容与。"

许容与面无表情,抬头看了她一眼:"是因为我很忙。"

叶穗开玩笑似的说:"你一个小屁孩儿有什么好忙的?忙着学习吗?"

许容与看着她一言不发。

叶穗尴尬地笑着说:"还真的有人热爱学习不喜欢出门玩啊。"

她怎么交了这么个男朋友啊?

叶穗突然想到许奕说自己的弟弟曾经休学了两年,还能以高分考上大学,如果许容与没有休学的话,他们根本不会是一个世界的人吧。

叶穗喃喃自语:"魔鬼啊。"

她几乎可以想象出下学期的水深火热了。

虽然欢乐谷不如迪士尼,但作为一个主题乐园已经很不错了。寒假加上过年,领着孩子来玩的父母很多,像叶穗和许容与这样的情侣也不少。

看着五彩缤纷的童话城堡,叶穗渐渐放开,偷偷露出一个笑。她觉得这里没人认得她和许容与,两人可以大大方方地做情侣可以做的事了。

放眼望去,周围的情侣都手牵着手亲亲密密,咬着耳朵说说笑笑。

再看叶穗这边,她和许容与之间的距离,疏可跑马,因为叶穗眼睁睁看着一辆粉红色的马车从两人中间穿了过去。许容与没觉得哪里不对,他一边走路,一边拿着地图看地标,非常专心投入。

叶穗试图和他牵个手,但他全程拿着那张破地图在看。好不容易等他看完地图了,叶穗慢慢把手挨过去,又看他非常自然地把手插入衣兜里了。

许容与若有所思,在脑中判断了一下,做了决定:"这里有三个最刺激的必玩项目,离我们最近的是'水晶神翼',据说是亚洲第一台飞行式过山车。难度比较大,排队的人应该少一些,我们先去玩这个吧。你应该不晕车吧?"

一段话说完,许容与没听到叶穗的回应,他蹙眉扭头看到了叶穗无语的眼神。

许容与:"这里人这么多,我说话你不回答我的话,我怎么知道你在不在旁边?"

叶穗心想,你也觉得人多,那你怎么就不知道牵下手呢?你的兜里就那么暖和吗?

不过这天气确实挺冷的。

叶穗也把手插入兜里，快步往前跑了一段路，走到了许容与前面："走了走了！"

许容与慢慢跟上她，提醒道："走错方向了。"

叶穗："好想掐死你哦。"

许容与不解地看了她一眼。他智商再高，也不知道女朋友此时的小烦恼。好在叶穗的自我开解能力强，没有和许容与计较这个，很快将心思投入玩乐中了。

两人一起去了水晶神翼，轨道穿梭在城堡和丛林间，过山车的幅度非常大，看着确实很刺激。等他们坐上了旋转座椅，座椅方向忽然向下调整，所有人都变成头朝下的坐姿时，大家才感觉到不安。

下一秒，过山车出发，在轨道上飞天遁地，越来越快，时而上翻，时而旋转，车上的人一路尖叫："啊——"

大家都被吓得大脑空白，一起崩溃大喊，有人脸色煞白全程双眼紧闭，有人从上车开始就在尖叫，叶穗一会儿闭着眼，一会儿睁大眼睛看，全程跟着众人一起大叫。

但是飞上飞下的感觉，格外刺激。

过山车项目结束，叶穗是被许容与扶下来的。

她手软脚软，声音发虚："你怎么一点声音都没有？我没听见你叫，你不害怕吗？"

许容与默然。其实他怕的方式和她不一样，他都是默默地在心里怕，越是怕，越是不说话。他是那种全程闭着眼睛不敢说话的人。

许容与下来的时候后背上的衣服湿了一片，手心也都是汗，但是他看了一眼女朋友煞白的脸，便假装镇定："有什么怕的。"

叶穗果然佩服他："你好厉害啊。"

许容与微微露出一个笑。

叶穗两手一拍，兴奋地拉住他："我们再去坐一遍吧！"

许容与傻眼，他问叶穗："你不是挺害怕的吗？"

叶穗："但是也很好玩啊。"

她笑得灿烂，说道："而且有我男朋友在，我觉得安全得不得了。"

她并不知道她男朋友都被吓得说不了话了。

这还只是开始。

许容与发现叶穗真的是非常大胆,她总是喜欢挑战高难度的游戏,第一遍会害怕,第二遍会兴奋地笑出来,第三遍会开心地大喊大叫。

许容与全程绷着身体,抿着唇不说话,默默陪她把那个水晶神翼玩了一遍又一遍。

已经是最后一拨了,叶穗还想再回去玩,许容与终于拉住了她:"玩玩别的吧。"

叶穗:"对,你不是说这个游乐场有三个难度最高的游戏吗?刚才那算一个,其他两个在哪里?"

许容与这时候开始后悔跟她介绍这些刺激的游乐项目。

许容与说:"不记得了。"

叶穗的兴致已经上来了:"没事,我问下工作人员呗。"

说完她丢下许容与,跑去问工作人员了。

回来后,叶穗一边领路,一边还和许容与讨论:"刚才那个真有意思,我都有点怕,你都不怕。"

许容与看她的眼神非常微妙。

叶穗:"怎么了?"

许容与:"没事。"

叶穗:"哎呀你玩这个都不带怕的,那我就放心了。以后我们可以一起去挑战蹦极、跳伞、冲浪这种极限运动!"

许容与心情低落地应了一声,他试探地转移话题:"你不想去拍拍照什么的,玩点女孩子喜欢的游戏吗?"

叶穗非常认真地表示:"什么叫女孩子喜欢的游戏?许容与,你这是对女士有偏见。并不是所有女孩子都喜欢玩没有挑战度的游戏,也不是喜欢刺激游乐项目的就不是女生了。你看我哪里不像女生了?"

她当即摆个造型,大长腿,细腰,扭肩。

许容与只好叹一口气,拉着这个大胆奔放的女朋友快步离开。

叶穗乐不思蜀,一直玩到晚上九点钟快闭园了才恋恋不舍地离开。一天的游玩结束,许容与对叶穗有了新的认知。她不光是个喜欢拍照的小美人,她还胆大得不行。

玩开了的时候让人害怕。

许容与再次叹了一口气。

叶穗忽然一阵心虚,问他:"我白天是不是太过分了点?"

她想起自己一开始的初衷,确实是拍几张好看的照片,跟许容与秀一秀自己的大长腿和小蛮腰,结果她没有抵抗住极限项目的诱惑。

本来想装成害怕的小女生,往男朋友怀里缩一缩,但是人家所有项目都有安全带啊!她想往男朋友怀里缩也没办法动!所以她就解放天性,好好玩了一天。

现在想起来,许容与的脸好像木了一天。

坐上地铁,叶穗慢慢靠近许容与,小心翼翼地问他:"你不会因为我太爱玩跟我分手吧?"

许容与抬眼对上她忐忑的目光,问道:"你前男友因为这个和你分手吧?"

见叶穗一脸尴尬的表情,许容与目中带笑,说道:"我不会,我能凑合。"

叶穗当即笑起来,不顾地铁上那么多视线,挨到许容与身边给了他一个拥抱,许容与非常不习惯地挪了挪位置。

看着地铁外飞快穿梭的光影,许容与默默想着,他要习惯的岂止是一个胆大的女朋友呢,他还要习惯她的过度热情,比如动不动就抱一下、吻一下什么的。

他太不习惯别人靠他这么近,但如果是叶穗,那就忍了吧。

虽然一整天都没有和叶穗牵手,但陪她玩了一天极限项目的许容与认为自己已经很了不起了。

晚上叶穗想住酒店,许容与却说:"我家没人,你又没钱,直接住我家吧。"

叶穗脸色黑了一下,敲他的脑袋:"说话不要揭人短好不好?说我没钱的时候考虑一下我的心情啊!"

最后她还是跟着许容与去买了睡衣,以及住在他家要用的洗漱用品。

许容与家一共四间卧室,许志国夫妻俩住一间,许奕和许容与各一间,剩下一间是客房。

但是客房在一楼,冬天家里在装地暖,还没有弄好,就一直锁着门。许容与不知道,他回家看了屋子才知道客房不能睡人。

许容与和叶穗站在客房门口面面相觑。

叶穗:"要不我还是去住酒店吧?"

许容与皱了下眉,这么晚了让她跑来跑去,而且这么漂亮的女生,一个人住酒店,也不安全。

许容与咳嗽一声,慢吞吞地问:"要不,你睡我房间?"

叶穗脸一下红了,本来很随性的姑娘,这时候忽然觉得有些不好意思。

叶穗低下头,躲开许容与的目光,结巴着说:"这……这个进展有点太快了吧?"

许容与觉得莫名其妙。

叶穗欲言又止,抬头看他一眼,见他一脸坦荡,她有点茫然,莫非自己的开放程度还不如一个许容与?也对,现在观念多开放呢,何必不好意思呢。

许容与真是放得开呢。心里夸了男朋友一顿,这么一想,叶穗就笑了:"其实也没什么关系,我不是怕你不好意思嘛。"

许容与脸上微微别扭,让一个女生睡他的房间确实不好意思。

但是事已至此……

"没事，我能凑合。"许容与说道。

真是一个能凑合的学弟啊。

叶穗飞快地抬头看他一眼，痛苦地答应："好！"

叶穗刚走进男生卧室，新奇地参观房间时，忽然被许容与换床单被罩的举动弄得蒙了一下。

叶穗茫然地问：有这个必要吗？你这也太有仪式感了吧？"

许容与被她说得愣了一下："不要不讲卫生。"

叶穗闭了嘴。

为了表现自己也有贤惠的一面，她主动帮许容与一起铺床。

床单铺好后叶穗跪在床上试探地跳了跳，笑盈盈地说："我觉得蛮好的。"

许容与点点头，说道："一楼和二楼都有浴缸。洗漱过后，你凑合用一下我妈的护肤品好了。"

"好！"叶穗坐在床上答应着。

许容与垂着眼不看她，神情淡淡地说："叶穗，晚安。"

说完，许容与转身就要出门，叶穗坐在床上拉住他的手臂，许容与回头看她，依然没有和她对视。

叶穗笑嘻嘻地说道："容与，晚安。"

许容与终于抬起眼睛看向叶穗，叶穗疑惑地回看他，问道："怎么了？"

发现许容与的视线落在了两人的手上，叶穗啊了一声，她脸上浮出一抹羞恼的红，连忙放开了许容与的手臂，往后坐了一点儿。

许容与的脸一下子红透了，他一天没对她动手，良好的涵养却在晚上破功了，许容与果断上手，伸手掐住叶穗的脸捏了捏。

叶穗唔唔着说不出话，从许容与的手下挣扎出来，捂着自己被掐红的腮帮，故意逗许容与："你还不出去？是想跟我睡一个房间吗？"

啪——她又被拍了。

叶穗:"你又打我!你别以为你比我小,我就不会还手。你打人多疼啊!哎哟,我也不是故意的,这不是你秀色可餐,我忍不住嘛。谁让你自己一直不敢看我的眼睛,不就是睡你的床!我都不知道你为什么不和我对视!我以为你不看我的眼睛是因为你在害羞!"

许容与痛快地承认:"我是啊!"

叶穗被揍得趴在了床上,惨叫着说:"那你也太害羞了!我就没遇到过这样的男生。"

许容与:"你又提不该提的!"

叶穗冤枉死了:"你这个醋缸子!我根本没有提,是你自己太敏感了。你还掐我!你再掐,我就和你分手了!许容与,你住手——"

被许容与压在床上一顿狠掐,最后他还摔门而去,叶穗捂着头趴在床上,忍气吞声,双目含泪,她发现她男朋友真的很喜欢掐她的脸!

回到许奕的房间,许容与仍觉得心跳过快,臊得慌。尤其是听到叶穗在外面的走路声,卫生间那边传来的放水声。

叶穗大概也终于有脸皮薄的时候,在陌生的浴室里全靠摸索,没来问他。

水声淅淅沥沥,断断续续。

许容与呆坐一会儿,镇定地戴上耳机,在心里默默地想,家里有同龄女生,确实不太方便。

他努力地把叶穗从脑海里屏蔽掉,拨通了爷爷奶奶家的电话,向长辈们拜年问好。许容与作为一个半路到许家的孩子,长辈们最初对他的去留存有争议,时过境迁,现在大人们不再提当年的事,对许容与的态度都非常客气。

除夕夜许容与和他们通过电话,今天是第二通电话,他从不在这种大面上出错。

许容与问了新年好后,爷爷奶奶乐呵呵地应了,还问他:"是不是和你爸妈吵架了?大过年的怎么一个人在家,不过来这边?不如现在过来吧,人多热闹!"

许容与礼貌地回绝:"不用了,我作业多,要看的资料多,没空过去。我也没和爸妈吵架。"

奶奶有些不高兴:"你这孩子!都上大学了,哪儿有那么多作业?我知道现在的大学和我们当初不一样了,以前我们大学管得严,我看你就是不想过来……二媳妇,你过来说说他!"

许志国在许家排行老二,许奶奶说的二媳妇自然就是倪薇了。倪薇有个优点,不管她私下里和许容与闹得有多不愉快,为了顾全大局,她永远不会把矛盾弄到明面上给别人当笑料。

许奶奶把电话给了倪薇,从声音听她的情绪还好:"怎么?"

许容与再次在电话里轻声说:"妈妈,新年快乐。"

倪薇非常冷淡地嗯了一声:"一个人在家吃的?自己做饭?"

许容与:"出去吃的。"

倪薇:"哦。"

许容与:"您和爸爸什么时候回来?"

倪薇:"大概明天下午吧,怎么,你有话跟我说?"

许容与一顿,猜到她指的是什么了:"前两天的事对不起,让您生气了,但是有些底线我是不会放弃的。"

许容与一说完,那边就立刻挂了电话,倪薇的愤怒可想而知。

挂了电话,倪薇却微笑着和周围观察她的人笑盈盈地说:"容与打算睡了,跟我们问晚安。"

周围人不疑有他:"哦,这孩子,还是这么客气。"

过了一会儿,许容与收到许奕发给他的一个大拇指表情图,许奕对这个弟弟在母老虎头上拔毛的勇气敬佩不已。

许容与捏了捏眉心。

第二天早上六点,许容与在生物钟的作用下准时起床,他花了十五分钟洗漱和整理许奕的房间,六点十五分站在自己的房间门外。

站了半天,许容与有点儿不好意思,他不知道该怎么喊叶穗起床。

从不赖床的许容与理所当然觉得有些人不需要睡懒觉,他敲了敲门,隔着门轻声叫道:"叶穗?"

喊了大概三四声,房间里传出了叶穗大吼的声音:"别烦我!"

许容与骇得后退了一步,不敢再叫第二次,他直接去书房了。

许容与设想得非常完美,让叶穗再睡一会儿,等她醒了,他们一起吃个早点,把家里收拾一下就送她离开,这样下午他父母回家后也不会发现家里来过人。

许容与坐在书房里开始看专业书,他的注意力很容易集中,以前和叶穗一起上自习甚至需要刻意分出精力,才能注意到叶穗在做什么。

叶穗还没起床,许容与心无旁骛地投入学习大业中,听不到外界的任何声音。

过了不知道多久,许容与好像听到了走路的声音,但他没有在意,直到他停下手中的笔思考问题时,突然听到一声男人的咳嗽声。许容与迟钝地反应过来,他家这时候不应该有男人的咳嗽声吧?

许容与猛地起身,刚才楼下走路的声音不是他的错觉,有人回来了!

他马上推开椅子向自己的卧室跑去,心里就一个念头,绝不能让人知道叶穗在自己家里!

经过楼梯时许容与往楼下一看,是熟悉的管家伯伯的身影。他心里惊骇,顾不上敲门,扭开门锁急促地压低声音喊道:"叶穗,别睡了!"

房间里光线昏暗,叶穗缩在被窝里睡得正香甜,被人打搅了美梦正拧着眉头骂道:"滚——"

许容与哪里敢让她喊出声?情急之下,他快步上前跪在自己的床上,伸手捂住了叶穗的嘴。

叶穗一个激灵清醒过来,睁着迷瞪的眼睛,看许容与眉目凌厉地俯身捂住她的嘴。

她晃着许容与的手臂唔唔地挣扎着想爬起来,许容与面容冷峻,直接将她压到怀里,连声说道:"是我,是我!你别叫!"

叶穗眨了眨眼,她的长发柔软蓬乱,身上的睡衣松松垮垮,显得整个人纤瘦柔软,此刻一脸茫然地被许容与扣住肩抱在怀里,透露出难得一见的柔弱美。

许容与的视线落在她的肩膀,又不好意思地移开视线,他把手从叶穗嘴上拿下来,干巴巴地说道:"我家里有人回来了……"

叶穗慌了,小声问道:"那怎么办?"

完了!任谁看到这一幕不会想多啊!何况许容与还说过他父母强势,不能让他父母知道他们现阶段的关系。

楼梯上的脚步声越来越近,管家伯伯的声音随即传上来:"二少爷,二少爷?"

许容与紧张得额头出汗,明明放假的时候,管家伯伯说初三才会回来工作,为什么今天就来了?

管家伯伯的声音就在门外,许容与咬紧牙关做了一个决定。他一把将叶穗按倒在床上,俯下身让她的脸贴着他的胸口,将她藏到了身下。

许容与侧着脸枕在枕头上,拿起被子重重一蒙,将两个人一同罩进了被子,然后闭上了眼。

叶穗睁大眼睛,屏住呼吸不敢出声,下一刻,房门被直接推开了。

管家伯伯站在门口,屋外的光线流入卧室中,床上拱起一块,许容与趴在床上沉沉地睡着。

管家见状愣了一下,疑惑地问道:"二少爷?你怎么还没起?现在都七点半了……"

许家睡懒觉的人通常只有许奕一个,其他三个人都是早上六点起床,开会的开会,听新闻的听新闻,看报纸的看报纸,各忙各的。

这一家人事业心都非常重,管家在许家工作这么多年,还是第一次看到早上七点半了,许容与还没起床。

正是因为许容与从不赖床，管家以为他早就起了，才没有敲门就推开了卧室门。

许容与颤着睫毛，迷糊地睁开了眼，往门口方向看去："我昨晚睡得晚……"

管家连忙说着不好意思，将门掩上只留了一条缝隙。

许容与仍趴在床上，闭眼问道："伯伯，你不是明天才回来吗？"

管家笑眯眯地回答："是大少爷给我打了电话，说二少爷一个人在家，也没有人做饭。正好我老婆领着儿子回娘家走亲戚去了，我就临时过来照应一下。我还带了几个花匠，准备今天把院子布置一下……二少爷，您起床吗？"

许容与就知道是许奕，只有他才会多管闲事。

许容与含糊说道："嗯。"

管家贴心地关上门："那二少爷起床洗漱吧，我先去给二少爷做早饭了。"

房门终于关上，卧室里回归寂静，床上的被子猛地被掀开，叶穗从被子里钻出来，喘着气说道："天啊，真刺激，跟地下接头似的。"

许容与出了一身虚汗，臂弯里松松地贴着叶穗的长发，两人的视线交汇之际，许容与瞬间僵住了。叶穗发现自己枕在许容与的手臂上，两人的距离近得不像话。

许容与立刻裹住被子往后一翻，没成想动作太大直接从床上摔了下去，将地板砸出了声响。

叶穗眼睁睁看着他滚下床，惊讶中又带着揶揄的笑意。她哎一声，趴在床上伸长手臂要去拉掉下床的许容与。

叶穗脸色微红，神情却很正经："哎呀，这有什么的，你躲什么？"

许容与涨红了脸，他有生以来的脸红次数都没有昨天和今天加起来的多，他都不想要这个女朋友了……许容与深觉丢脸，不想面对现实，他紧紧裹住被子，闭上眼。

叶穗这个坏女人，长腿一跨下了床，赤脚踩在地毯上，蹲下身就来扯他的被子。

叶穗:"哎呀,容与,别害羞,快起来。"

许容与:"走开!"

叶穗:"我就奇怪了,我们都谈恋爱了,你怎么还是这么害羞。"

许容与:"你走开!"

叶穗不仅不走,还要趴在他身边逗他。

许容与面色绯红,眼睛根本不敢看叶穗,把自己裹得和毛毛虫一样。叶穗靠近一寸,他往后蹲一寸,好像她是洪水猛兽一样。

他越是躲,叶穗就越感兴趣。

叶穗:"容与,让我看一看嘛……"

许容与从被子里伸出手,抬起头严厉地看了她一眼,轻声说道:"叶穗,你再招惹我,以后每天和我学习的时间就加长一个小时。"

叶穗感受到了一股强大的威慑力,伸出的手僵住了。

叶穗镇定地伸手,拨弄了一下许容与的头发,笑眯眯地说:"逗你呢,学姐怎么会欺负你呢?学姐只是关心你啊……对了,你们家管家是不是在一楼做饭啊?那我正好抓紧时间赶紧洗漱。"

许容与垂下眼,轻轻叹气:"你可真不爱学习啊。"

叶穗打开门悄悄向外看了一眼,发现没有人才走出去。

等叶穗离开了房间,许容与才大汗淋漓地从被子里爬出来,一脸复杂地将昨晚才换好的被套摘下,换完新的以后将换下来的被套拿去洗衣房了。

叶穗洗漱完溜回卧室,看到许容与给她发了一条信息:"去我书房待着,离楼梯最近的那间。"

叶穗想那我也得先换了衣服啊。

她换好自己的衣服,拿着睡衣纠结了一下,最后打开许容与的衣柜把睡衣丢了进去,等许容与以后处理吧。

叶穗打开门找书房的位置,这时候她不得不感慨,幸好许容与家这么大,想藏一个人,还是容易的。

许容与人在一楼。他看了眼管家伯伯做饭的身影,转身去了玄关口，打开鞋柜把叶穗的鞋装进塑料袋，塞进了她的书包里。

许容与拿着书包上楼，正好遇到管家转身从厨房出来，那架势分明是准备上楼叫他吃饭的。

许容与抱着书包僵在原地，与管家伯伯面面相觑。

他怀里的书包粉粉嫩嫩，粘着五颜六色的贴纸和小星星，小狐狸的挂件晃晃悠悠地从男生的臂弯里露了出来。

许容与镇定地说道："我新买的书包。"

管家："这怎么像女生的……"

许容与："个人爱好，伯伯不歧视吧？"

管家默默让开了路，心情复杂地看着个子高挑，背影清瘦的少爷抱着他那个花里胡哨的书包上了楼，拐进了书房。

等许容与上楼管家才想起喊他："饭做好了，二少爷你记得下来吃啊。"

许容与的声音飘忽："嗯。"

许家二少爷，今天非常奇怪，不光早上七点半了都还没起床，他还给自己买了个花哨的书包。吃早饭时他也不在楼下吃，而是端着面包牛奶去了书房，还锁上了书房门。

管家百思不得其解。

书房里，许容与拿面包喂饱了叶穗后，她急得来回转圈："怎么办怎么办！你家里有人，我怎么走？"

她灵机一动："你们家不过是二楼，我运动细胞发达，从二楼跳下去应该没事吧？"

许容与靠在书桌旁低头看书，闻言骇然，想开口阻拦时，叶穗已经打开了他书房的窗户，跨上窗台。但是过了一会儿，叶穗哭丧着脸缩回了腿："你们家院子里好多人，我根本出不去。"

许容与说："你没听管家伯伯刚才说的？他今天叫了几个园丁来我家收拾院子，院子里全是人，你当然出不去。"

叶穗气馁地坐下，托着腮帮仰头看他，无辜地眨眼睛："我当时满脑子都是你抱住我，压在我身上，我心里小鹿乱撞，哪里听得见你那个伯伯说什么了？"

许容与抬起头与她扬起的清眸对视了一眼。

他眼中分明有笑，有涩，有羞，但他别开目光，冷冰冰地说："别乱说。"

叶穗："呸！你就嘴硬吧。"

管家回来只是收拾家务，许容与的书房平时也不让人进，何况现在锁了书房门，管家自然不会上来打扰。

叶穗急得转圈圈，她应付不了这种场面："我一定要走！现在只是你家管家回来了，要是你爸妈也回来了我怎么办？"

许容与低着头，一直靠在书桌上翻书，看得非常认真。

看他这样，叶穗就来气，伸腿踹了他一脚："你就不为我着想吗？要是被你家里人看到了，我不就成坏女生了吗？你怎么一点也不急？"

许容与被踹了一脚，吃痛地往旁边挪了一步，冷冷看她一眼："我拿着你花花绿绿的书包，被当成是变态，被管家伯伯用欲言又止的眼神看了一早上，我说什么了？你就忍着吧！你只要乖乖别乱跑，不会被我爸妈发现的。我爸妈从来不进我的书房，等晚上没人了我再送你出去。"

叶穗："那我上厕所怎么办！"

许容与思索一下："我去给你买个纸尿裤？"

叶穗当即扑过去掐他，许容与被她掐得笑出了声。她趴在许容与肩上侧头咬牙，看他这样，叶穗忽然不觉得这是多严重的事了。叶穗搂着许容与，跟着他一起笑了起来。笑了半天，她认命了，但还是气鼓鼓的，觉得自己倒霉死了。

"那我现在躲在你书房，哪里都去不了，我能干吗？"

许容与："和我一起继续写建筑方案啊。"

叶穗满脑袋问号："啊？这么紧张的时刻，我都怕我出不了你家门,你还要强迫我学习?不是,你一点儿都不慌吗?"

许容与慢声说道:"慌有用吗?理无专在,学无止境。"

叶穗转过头,捂住脸装哭,这个魔鬼啊!

第二章
无法抗拒

这个时候叶穗当然不愿意把时间用到学习上,但是许容与不管她,人家自己坐到书桌前开始写方案了。小小一间书房,叶穗无聊地在里面转悠,拿起书架上的书,翻看几页又没兴趣地放下。

叶穗干脆也搬来一张椅子,坐在许容与旁边。她伏在桌上,和许容与一起写建筑方案,反正下学期她也是要用的。

上午就这么平静地过去,午饭依然是许容与下去端了饭菜上来,和叶穗一起吃。管家对他这种闷在书房里吃饭的举动很奇怪,但毕竟不是自己家的孩子,也就懒得管。

下午三点左右,在书房里学习的许容与和叶穗听到了院子里的汽车声。

叶穗猛然抬头,高度紧张地看向许容与。

许容与镇定地说:"别慌,是我爸妈回来了。"

叶穗抓狂:"正是你爸妈回来了我才慌的呀!"

许容与对她勉强一笑,伸手摸了摸她柔软的发顶。

说实话他的养父还好,对孩子不是太关注,但他的养母管理着那么大一家公司,蛛丝马迹很难瞒过她的眼,许容与对自己也不是很有信心。

但是这个家完完全全是许志国和倪薇打拼下来的,许奕尚且不具有话语权,他又能怎么办呢?

许容与抹了一把脸,嘱咐叶穗:"我爸妈不会轻易进我书房,我也会尽量不给他们进书房的机会。没有经过我的允许,管家伯伯也不会进来的,你随机应变,不要怕,知道吗?"

叶穗哀怨地看他一眼,无精打采地趴在了桌上:"呜呜呜。"

许容与低头与她脸贴脸,温柔说道:"就算被发现,也不要怕,我会和你站在一起的。"

叶穗怔怔望着他的眼睛,他这么冷漠疏淡的一个人,却对着她不停解释。

叶穗弯起眼睛,张开手臂,许容与愣了一下,咳嗽一声,俯下身抱了抱她。怀里的身体柔软纤瘦,许容与心中好笑,想着叶穗原来也这么喜欢撒娇。

许容与走出书房门前静静地看了眼叶穗,他在心里保证:我不会让你为难的。

下了楼许容与正好撞上去开门的管家,管家客气地询问他:"二少爷,你出来了啊?书房需要收拾吗?"

许容与淡淡地说道:"不用,我作业还没完成,模型摆了一地,伯伯不要进去动乱了我的东西。"

管家说道:"好。"

毕竟这家男主人就是在城规院工作的,以前书房里也经常会有不让人碰的建筑模型。现在这家的小儿子也学建筑,管家也就理解了。

许志国和倪薇从车上下来,许奕把手搭在倪薇肩上,眉飞色舞地和倪薇侃大山。

许志国微有不满:"许奕,说话看着路,别拉着你妈。"

倪薇优雅矜持,却不在意:"没事,别人家儿子这么大都不和爸爸妈妈亲了,我蛮喜欢小奕缠着我的。"

许奕立刻乐呵呵地接话:"那妈你放心吧,我这个人就是话多,我肯定一闲着就找你唠嗑,就是怕耽误了你这个大总裁的工作。"

许志国无奈地摇摇头:"你们两个啊。"

许容与站在窗口看着他们,眼底神色淡淡的。这才是真正的一家三口,没有顾虑,没有误会,想表达什么就表达什么,不想表达也不会有人疑心。

真正的亲情也应该是这样的,不用斤斤计较,不用算计,不用去思考我给了你多少爱,你必须用同等重要的东西来回报我。

也不用去想我为你付出了这么多,如果你不听话,我就把给你的一切都收回。

真正的亲情……是收不回来的。

能轻易说收回的亲情,算是亲情吗?可是如果他连这个也没有,是不是太可悲了?

许容与垂下头,太阳斑驳的光映在他脸上。他沉思一下,上前开了门。

许志国三人走到了门口,正欲开门时,门从里面打开了。

许容与站在门口向后退开一步,让出进门的路,淡淡地说道:"爸妈,哥,你们回来了。"

三人的说笑声在看到许容与的瞬间戛然而止,让人意识到他的格格不入。

许容与只是眸子缩了一下,神情自始至终不变。

数秒后,几人的神色才恢复正常。

许奕热情地冲过来,给了许容与一个拥抱:"容与,你不和我们一起去,我们好想你啊。"

许志国慢悠悠地换拖鞋,点头叫他:"容与啊。"

倪薇非常冷淡,只是点了个头,连话都没说。

四人在客厅里小聚休息,管家为他们端上了茶水,许奕倚在沙发边上,笑眯眯地问起管家过年的事。管家也非常喜欢这家性格张扬开朗的大儿子,带着和蔼的笑容回答。

倪薇刚回家就接到了一个电话,然后去旁边用英语回电话。她的背影瘦削冷硬。无论是中文还是英语,都被她说出一股不容置疑的冷厉风格。

许志国低头喝茶。

许容与正要起身上楼,许志国忽然问他:"容与啊,我听你们蔡老师说,你下学期想参加谷雨杯的设计大赛?"

许容与心里一顿,不动声色地捧着茶杯回答:"是。爸爸见过蔡老师了?"

蔡老师一直觉得他和叶穗之间有事,喜欢拿这个开玩笑,不管他怎么否认都不在意,如果蔡老师见了爸爸……

许志国摇摇头,叹气说道:"现在年纪大了,老同学都各奔东西,想见面哪儿有那么容易。我只是和你们蔡老师通了电话,你们蔡老师才说起你,夸了一通。看起来东大的老师们都挺喜欢你啊。"

管家出门了,许奕百无聊赖地在旁边插话:"当然喜欢容与啊。不管什么年代,老师都会喜欢优等生吧?"

许志国看了他一眼:"所以你怎么不上进一点儿?"

许容与松了一口气。还好只是通电话,蔡老师应该没机会说他和叶穗的事。毕竟这种开玩笑的话,不适合在电话里和多年未见的老友说。

许志国又问了许容与对谷雨杯的设计想法,给他提了一些建议。倪薇接完电话回来的时候,正好听到许志国对许容与说:"对了,我之前有一本设计模型书,好像放到你书房了吧?拿过来看看。"

许容与立刻站起来。

许志国:"你别上去,让管家——"

许容与:"只有我知道书在哪里。"

许志国好笑:"这有什么难找的?我之前还去你书房看过,在靠门那个书架的第三层。你看我还记得清清楚楚。老李——"

倪薇:"老李在院子里和花匠安排工作呢,正好我上楼一趟,我去给你们拿书吧。容与你就坐着听你爸给你上课好了。"

许容与面无表情，身子却向后轻轻一退，手肘猛地往右边撞了一下，撞得在一旁专心玩手机的许奕差点儿把手机扔出去。

许容与的视线和许奕对上，许奕稍微一顿，兄弟间难得默契上线。

在倪薇已经转身上楼时，许奕一下跳了起来，长腿往前一跨，追上了倪薇："哎，妈！哪里敢劳您老人家辛苦？我去帮他们拿书好了！正好我上楼换衣服打算出门呢。"

许奕一句话就吸引了倪薇的注意力，她侧过脸不满地问："出门？你又要出门干什么？"

许奕："和老同学见面啊。"

倪薇："许奕你多大了？你那些老同学都什么人……"

许奕怕她唠叨，捂着耳朵从她旁边蹿过去，拉开许容与的书房门又一下关上。倪薇在外面怒敲了两下，许奕不开门，倪薇只是骂了他几句，就恨铁不成钢地走了。

许奕轻松耸肩，倪薇真就没有能拧过他的时候。

应付完门外的妈妈，许奕心里也奇怪为什么许容与希望他来拿书。结果他转过身，眼睛一直，看到一个大美女站在他身后。

许奕抽了口气，大美女被他吓得也往后退了一步。

两人面面相觑。

许奕揉揉眼睛，难以置信地问："叶穗？怎么会是你？不是，你怎么在我家？你怎么在容与的房间？这是怎么回事？！"

叶穗干巴巴地说道："这个说来话长……"

楼下的许容与略微抬高声音："哥，你还没找到书吗？不然我上去拿吧。"

许奕立刻回答："找到了，等着——"

他看着叶穗满肚子疑问，伸指点了点她。许容与和叶穗……这两人的关系什么时候好到这个程度了？

而且，叶穗还是自己前女友……许奕心里怪怪的，他隐隐约约觉得许容与和叶穗之间有些什么。

叶穗双手合十,眨着眼看着许奕,对他满满的哀求和期待:"帮帮忙帮帮忙!容与说不能让你爸妈知道我在你家。"

这倒是真的。

许奕仍然一脑袋问号,但是到底没有多说,他从书架上拿了书,出门时小声说道:"容与说得对,小心点儿,别被我爸妈知道。有事联系我。"

叶穗眯着眼点头:"谢谢你啊,许奕。"

许奕摆手:"客气。"

许奕没骗他们,他把书拿给许容与就出门了。过一会儿,倪薇也换了一身正装走了。许志国去院子里看园丁们整理院子,和他们聊天。

许容与得空上楼,拐进了书房。刚进门,叶穗就凑上去抱住了他的腰。

叶穗可怜兮兮地抬头:"吓死我了。"

许容与没吭声,伸出手臂半搂住她踟蹰一会儿,垂眼问她:"见过我哥了?"

叶穗漫不经心地回答:"嗯。"

许容与:"他……没说什么?"

"你哥是真傻还是假傻?他一点儿要问的意思都没有,我听你们说话的声音,他还急急忙忙地出门了。他就不觉得我在这里不对劲吗?"叶穗从他怀里跳出来,摸着下巴震惊无比,"我就这么没有魅力吗?他对我在他弟弟书房出现的事都不想过问?"

许容与慢悠悠地问:"你这么在乎我哥关心不关心你?"

叶穗一顿,抬头嫣然一笑:"我的魅力不容置疑。这么重要的事,有疑问吗?"

啪——许容与黑着脸,抬手在她的额头上拍了一下,叶穗不甘示弱地反在他手臂上狠狠掐了一下。

许容与皱着眉,没理会叶穗掐自己胳膊,而是掏出手机给许奕发了条信息:"谢谢。"

许奕过了一会儿才回他:"客气。"

许奕并不傻,他只是不计较而已。但许容与仍记得哥哥为叶穗牵肠挂肚、夜夜诉苦的日子,曾经和现在对比鲜明,现在他这种不计较的宽容更让许容与愧疚。

许容与又发一条信息:"我会跟你解释的,对不起。"

许奕回复:"我这边还有事,回头再说啊。"

下午总算没有再发生什么惊险的事,晚上七八点,倪薇回来和许志国一起看了一会儿电视,又在跟人打电话的时候动了点儿气,许志国安抚了她几句,夫妻二人就去洗漱睡觉了。

时间不早了,管家和许志国说了一声也离开了。

二楼书房,许容与和叶穗一起站在窗帘边观察楼下情况。

叶穗看看时间,咬牙问道:"现在可以走了吧?都十点多了,我再不走,今晚还能找到酒店吗?"

许容与观察了一下,轻声说道:"我爸妈刚睡下,按说不应该轻举妄动,下楼小声点儿,走吧。"

叶穗紧张死了,听许容与说:"别走院子正门,有摄像头,万一我妈妈查监控被发现就糟了。你跟着我,我们避着摄像头走。我知道院子右边墙根有块砖松了,摄像头还被我哥弄坏了,我爸妈不知道,我们从那里走。"

叶穗:"你们家院子里还装摄像头?你哥还把摄像头弄坏?你怎么知道?"

许容与淡淡地说:"我试过。"

怎么试?为什么试?

叶穗心说这家人真的,都好奇怪啊。

这么奇怪的一家人,按照许容与的说法,以后会是自己的婆家?

叶穗说自己运动神经发达不完全是吹牛,她和许容与蹑手蹑脚地下楼,在院子里树木掩映下的墙根处,找到了那块松动的砖。许容与在下面扶着她，她当机立断，借砖块垫脚先自己爬上墙，把书包往墙外一扔，小心爬上了墙头。

许容与一直说："小心些，别着急，小心！"

叶穗："啰唆！"

感谢马拉松协会，感谢会长杨浩对她的多年栽培，她真的顺利爬上了这面墙。许容与仰着头在墙内观察，看到叶穗坐在墙头并不放心，他说了句"等等"，然后后退了两步助跑，长手一撑，借力攀上了墙头。

坐在墙头的叶穗非常捧场地鼓掌："真厉害！"

许容与瞬间臊红了脸，轻斥道："你不要这么夸张。"

叶穗抛了个媚眼过去，差点把他呛死。

许容与说道："我先下去，在下面接着你。"

叶穗："嗯嗯嗯！"

她的小男友不光学习好，运动也不错嘛，叶穗心里夸着许容与。叶穗眼珠子一转，打算逗逗他，所以许容与跳下墙后，她就跟着跳了，没让他接。

两人前后脚地跳下墙，蹲踩在地上。许容与抬起头好像看到了什么，愣了一下站起来了。

叶穗也跟着站起来，但前方有许容与的身体挡着，她什么也没看见。叶穗挨过去，像以前一样搂住许容与的腰开始撒娇："哎呀，那么危险，吓死我了，求抱啊。"

许容与尴尬地扯下叶穗的手："叶穗，先别——"

叶穗："我冷啊。"

许容与不肯让她搂，她非要抱，两人拉拉扯扯晃着身，位置一转，叶穗把脸埋入了许容与怀里，听到后方传来一声清晰的咳嗽声，叶穗的身体一下子僵住了。

她像树袋熊一样挂在许容与身上，还把两只手插进了他的口袋里，这么亲密的姿势……叶穗第一个念头是，不会还是被他家人发现了吧？

叶穗僵硬地探出头，看到一男一女站在她和许容与面前。

男生是许奕，女生是一个气质高冷的陌生女孩。

四人骤然相遇，兄弟二人身边各带一个异性，哥哥的前女友身边的异性还是自己的弟弟。这个修罗场一样的见面现场，让四人全都沉默了。

尹合子眯眼，看着他们，剩下三个人相顾无言。

这场见面，最茫然的就是尹合子了。院外斜坡道，尹合子看向许奕，脸上带着疑惑。

许奕触电一般尴尬地介绍："啊，这是我弟弟，和……叶穗。这是尹合子。"

连这介绍的内容都怪怪的，除了许容与，其他人都不配拥有身份吗？

尹合子笑着向前伸手，要和叶穗握手："是弟弟和弟弟的女朋友吧？"

她话音一落，三人更尴尬了。

还是叶穗善解人意，上去握了握尹合子的手，又退到了许容与身边。

空气中弥漫着尴尬的气氛，但许容与从容淡定："哥，你和……你朋友怎么在家门外？"

许奕："啊，有份礼物忘了拿，回来拿一下。尹合子他们家司机在坡下等着的。对了，你……和叶穗这么晚了在这儿干什么？"

许容与："帮叶穗找个酒店。"

尹合子在旁边说道："找酒店吗？我舅舅开了家酒店，离这里不远，不如我帮忙问问吧。"

她对叶穗善意一笑，叶穗怀着复杂的心情，笑着点头。

许奕在一旁说道："那你帮忙问问吧。"

尹合子当着几人的面拨了个电话，和电话里的人沟通完后，她挂了电话微微一笑，说道："那叶穗，我就领走啦？你们放心吧？"

许奕:"当然当然。"

许容与看向叶穗,叶穗笑眯眯地点头同意,他低声告诉叶穗:"我明天就去找你。"

尹合子失笑:"不用这么一日不见如隔三秋了,知道你们恩爱。"

此话一出,空气中再次弥漫着尴尬气氛。

尹合子实在不懂,为什么她一提到叶穗和许容与的关系,他们也不否认,但就是……尴尬呢?

尹合子若有所思,和兄弟俩挥手道别,然后带着叶穗离开了。

上车后,叶穗在安静的车厢里窘迫不已,但忍不住对尹合子这个姑娘产生好奇心。尹合子看起来高冷,一身的学霸气场,不像是能跟许奕是有交集的。

叶穗好奇地问她:"你和许奕是怎么认识的啊?"

尹合子:"回北京的火车上,刚认识没多久。"

叶穗主动搭话,为了不冷场,尹合子选一个不太重要的话头当切入点:"你怎么直接叫许奕的名字啊?一般情况下,不都应该跟着弟弟一起喊哥哥吗?"

叶穗眼睛笑得弯起来了,她将头发别到耳后,一下子来了兴致。车里没有开灯,只有窗外微弱的光投入,照在叶穗没有头发遮挡的脸上,仿佛打了一层柔光。

尹合子乍然对上叶穗投过来的视线,心跳好像漏了一拍。

叶穗很漂亮,同为女生的尹合子眼里只剩下惊艳了。

叶穗笑盈盈地问她:"你看我多大?"

尹合子愣了一下,她真的看不出叶穗多大:"你不是和许奕的弟弟一般大吗?"

叶穗:"不是呀,我比容与大。"

尹合子吃了一惊:"姐弟恋啊。"

叶穗点头。

尹合子仔细观察了叶穗一番,想起方才见到的许容与,笑着说:

039

"你们确实郎才女貌，很般配。是我狭隘了，以前听说姐弟恋辛苦，因为男生都是不成熟的，但看你们两个就觉得还好。"

这种客气话接下来的流程，应该是叶穗大吐苦水，说许容与如何幼稚，这场恋爱谈得如何辛苦，从而引出更多话题，和尹合子有话聊。

但是叶穗顿一下，她心虚了，她怎么能厚着脸皮说许容与幼稚而她成熟呢？

叶穗只是带着笑，含糊地点头，然后没了下文。

尹合子有点儿尴尬，幸好叶穗是个自来熟，尹合子问完她，她就来反问："你是在和许奕谈恋爱吗？"

尹合子的脸色略微不自在："没……"

叶穗懂了："哦，那就是他还在追你的阶段啊。你这么好看，许奕真是有眼光。"

尹合子失笑："别夸我好看可以吗？一个真正的美女眼睛都不眨地夸我好看……我还是知道自己几斤几两的。"

叶穗笑了起来。

话匣子一打开，她对尹合子好感顿生。虽然尹合子看着高冷，但人非常不错，坦率真诚，不喜欢假大空的话。

叶穗想，许奕挑女朋友的眼光总算进步了，终于不再是只看脸了。

尹合子送叶穗到酒店的时候，许奕和许容与早就进了家门。兄弟二人默契地谁也没有开灯，直接上楼去许容与的书房了。

许奕站在书桌前，低头看着一桌子的图纸铅笔模板，感慨地说道："爸工作时就是这样，桌上堆满了这些东西。没想到有朝一日，我看到我弟弟做和我爸一样的事情了，时间过得好快啊。"

许容与靠在门口低声说道："对不起。"

许奕回头，一时间也不知道说什么，只好坐了下来轻松地说道："没什么……我已经放下叶穗了。"

许容与:"和那无关。我不想为我自己辩解,从很久以前,我就喜欢叶穗了。我一直不敢告诉你,一直欺骗自己……可我最后还是越过了那条界线。"

许奕抿着嘴没说话,胸膛微微起伏,英俊的面孔在灯影下严肃冷然。

他并不是真的一点脾气都没有,他这半年一直忙着做课题,忙着跟老师到处开会,忙到慢慢放下了叶穗,但他真没想到许容与会背叛自己。

许奕问道:"从什么时候开始的?"

许容与垂眼回答:"从见她第一眼开始。"

许容与的思绪回到了那个停电嘈乱的傍晚,那个和他贴墙面对面站着的姑娘。汗渍顺着脊背向下蜿蜒,荷尔蒙也在不动声色地影响着他,他抗拒得很辛苦。

许容与坦然说道:"从见她第一眼起我就喜欢她。可是那时候我不能表现出来,我非但不能说喜欢,我还要恶语相向,让她离我远一点。我没对谁说过那么多过分的话,只有对她。我那时候就害怕,怕她的靠近。

"我从一开始就背叛了哥哥。行为上努力克制,心不由自主地追随。她问我是不是喜欢她,我矢口否认,我一想到再也见不到她就非常难受。所以我假借朋友之名,继续和她在一起。直到……前段时间,我忍不住向她告白了。"

他在摩天轮上看着叶穗落泪,他就是……难过,那一刻他觉得哪怕背叛一切,他都认了。

许容与喃喃说道:"我想她太散漫,想她对我也没多在意,想她有那么多人追求,想她只是想谈恋爱,是谁都无所谓。我每天从睁眼就开始数她的缺点,然后到了见面我就开始……我就是喜欢她啊。"

就是喜欢。

就是没有办法。

041

许容与自嘲一笑:"我想我得告诉你,但是你一直不在家里,我也缺乏勇气,就一直拖到了今天。爱上哥哥的前女友这种事,我也觉得羞耻。"

许奕猛地站了起来,双目赤红盯紧着许容与。他是校队元老级成员,力量和体格都比许容与大上许多,他一把揪住许容与的衬衫将他抵在门上,一拳挥了过去。

许容与沉着脸眼也不眨地看着许奕向他挥拳,躲都不躲,然而拳头只是擦过他的下巴,落在了他身后的门板上。

许奕的手出了血,许容与的下巴上传来痛感,两人却谁也没管。

许奕抵着他,问道:"你为什么不早告诉我?为什么不早说?半年了,我们有这么多次机会,你为什么一直忍着不说?"

许容与闭着眼睛道歉:"对不起。"

许奕恼怒地说道:"如果你早点说,你不早就可以和叶穗在一起了吗?"

许容与蓦地睁开了眼,望着他。

许奕低声说道:"容与,你为什么不告诉我?我像是一个合格的追慕者吗?我有理由怪你吗?是我让你帮忙照顾她,你不愿意的时候,我不知道你心里的挣扎。我让你递情书的时候,我也不知道你的难过。为什么要为了我轻飘飘的几句话,就一直忍下去,不顾及自己呢?"

许容与想说什么,但他发现自己一个字都说不出口。

许奕失落地笑了一下:"我一直以为我是个合格的哥哥,从你到我们家开始,我一直把你当亲弟弟。我以为你在这个家里束手束脚,只有在我面前才好一些。但是我还是太自大了,你觉得你欠我们,所以你迁就我们……

"你本来喜欢的是航天吧?爸爸让你学建筑,你二话不说就改了志愿。妈妈喜欢那种睥睨所有人的掌控欲。她从我身上得不到,你轻而易举就让步让她从你身上得到了。

"还有我。我想要个弟弟,你就做那个我希望的弟弟。我希望别人家的弟弟是怎么样的,你就成为怎么样的。但我知道你本性骄傲,不愿意被人呼来喝去。只有对我,对我……"

许奕的情绪变得激动,陈芝麻烂谷子的事,他都拿出来说了。很多事情他都知道,但他不知道怎么开口,就选择看不见。

许奕后悔挥出那一拳,他收回手将身形单薄的弟弟抱住:"容与,真的不用这样。我对叶穗的喜欢,恐怕还比不上你的十分之一。我没那么喜欢她,你喜欢叶穗就去追求她吧,想爱谁就去爱吧,不想听妈妈的话就去反抗吧……你没有欠我们什么,我们没权利要求你必须如何做,才能是我们爱的人。至少我,是想做个好哥哥的。

"我相信爸爸妈妈也是爱你的,只是方法有误。所以我希望你反抗,但是你别和我们生分了。虽然只是养父养母,可是毕竟……毕竟……容与,我们都爱你。"

许容与点头说道:"谢谢哥。我知道,所以我在反抗,我没想和大家老死不相往来。"

许志国,倪薇,许奕,都在尽量把他当成家庭成员看,他如果动不动就要脱离家庭,再也不和这些不够爱他的人打交道……那他才是真的浑蛋。

不够爱,可是也在努力爱。

书房灯光下,许家兄弟敞开心扉。半晌,许奕笑了,依然是邻家大哥哥的那种阳光好看的笑容。许容与也微微露出笑,内敛温和。兄弟二人握拳勾手,就此和解。

第二天早上六点半,许容与和许志国夫妻在楼下吃早饭。倪薇之前说不准家里阿姨准备许容与的早饭,但是过了一个年,来做饭的阿姨试着端上这家小少爷的早饭时,女主人倪薇只是瞥了一眼,没有说其他的话。

许奕昏昏沉沉地下了楼。他没洗脸,发顶还翘着一撮头发,幽灵一般地从餐厅晃过去,许志国和倪薇都惊讶地看着他。

夫妻二人对望一眼,非常默契地一起低头去看手表,确定现在是六点半，不是十点半。

倪薇："小奕，你今天是有什么事吗，怎么这么早就起来了？"

许志国难得夸大儿子一次："终于知道不睡懒觉了。很好，新年新气象，就要从今天开始。"

许奕喝完水，正好站在切面包的许容与背后，他把手搭在椅子上慢悠悠地说道："爸妈你们想多了，我和容与说好了今天一起去滑冰，对吧容与？"

许容与淡淡回答："嗯。"

许志国夫妻眼中当即露出失望的神色，他们无数次希望许奕不要这么吊儿郎当，趁着年轻多学些有用的知识，以后不说报效祖国，自己的人生稍微不要那么空洞……结果这话对许奕如耳旁风一样，听过就算了。

倪薇严厉地说道："你再这么混玩下去，毕业后找不到好的工作不要求到我们面前来。我和你爸不会帮你找工作的，我们丢不起那个人。"

许奕惊讶地问："哎，不送我出国了？太好了！"

倪薇一顿，自己总说要把许奕送出国的话被许奕本人知道了，她当即瞪一眼这个儿子，不说话了。

许奕终于从餐厅晃走了。他走后，许志国语重心长对许容与说："多劝劝你哥哥。"

许容与："嗯。"

倪薇淡漠地说道："不管是你，还是你哥，我和你爸不会为你们兄弟两个的前程去拜托老朋友，在朋友面前丢脸。资源给了你们，你们自己不珍惜，我和你爸是不会多管的。"

许容与垂眸，声音仍然淡淡的："嗯。"

许容与的这副冷淡模样和许奕那副懒洋洋的样子正好是两个极端。倪薇被这两个儿子的性格气得胸腹起伏，当即要嘲讽出来，但是被许志国给挡下了。

倪薇哼了一声，没再理这两个孩子的事了。

044

某种程度上，倪薇算是妥协了，反正她不管许容与的事了，许容与有事也别来烦她。

　　她就等着看是不是万事真如他意，他永远求不到她这里来。

　　当天上午，许奕和许容与出去后没多久，许志国也走了。倪薇约了几个太太来家里打麻将。等人的工夫，家里阿姨就抱着一身女式睡衣，一脸不可思议地从楼上下来了。

　　阿姨问倪薇："太太，这是你的衣服吗？"

　　倪薇扫了一眼那套粉红色的睡衣，目露嫌弃，问道："你觉得我会穿这种幼稚的衣服？"

　　阿姨犹豫："那……这是从二少爷衣柜里拿出来的。衣服被塞到了最下面，要不是太太吩咐我把所有的换季衣服收拾了，我都发现不了。"

　　倪薇做了个"稍等"的眼神，开始打电话。

　　电话接通后，倪薇问电话里的人："老李，昨天你不是来我们家帮忙收拾院子吗？你有没有发现容与有什么异常？今天来打扫卫生的阿姨说他房里有一套女式睡衣。"

　　那边的管家印象太深刻了，迟疑地回答："也没什么，就是二少爷早上起得太晚，早饭和午饭都在书房吃。还有……二少爷给自己买了个女款书包。"

　　倪薇："哦，没事了，谢谢哦。"

　　挂了电话，倪薇给家政阿姨使眼色：女款书包见着没？

　　阿姨迷惑地摇摇头。

　　这个阿姨在许家干活也有些年头了，此时不由忧心忡忡地多嘴问道："太太，这怎么回事啊？我听说现在有些青少年教育心理出了问题，有什么性别认知障碍……二少爷不会就是这样吧？"

　　倪薇本来一脸漠然，此时都不由得觉得可笑。

　　"比起这个，难道不是许容与背着我谈恋爱这个理由更正常吗？"她冷笑着说，"他不光谈恋爱，还背着我把女生领到家里藏了一天！许容与，他胆子可真是太大了。"

阿姨慌张地问:"那太太……是不是打电话叫二少爷回来?"

倪薇懒懒地说道:"叫人家回来干什么?没听人家说不希望我干涉私事吗?我说呢,之前还好好的,现在突然说不想让我管他了,我还想着他是不是叛逆期终于到了,原来是谈小女朋友了。哦,之前明瑜水那么好的姑娘,也是因为这个搅黄了吧?这小女朋友厉害,还没见过呢,就要把我们容与的魂勾走了。"

家里阿姨正在为许容与担忧,却见倪薇不慌不乱地打了个电话,根本没有以前那种暴怒的反应。

倪薇漫不经心地想,谈恋爱嘛,谈吧。

参考许奕的恋爱经验,她不觉得小儿子的恋爱能持续多久。等许容与在外面碰得头破血流了,才知道谁是对他好的。

倪薇连打听那个灰姑娘的兴趣都没有。

酒店里,叶穗坐在床上发呆,总觉得自己昨天忘了什么事。她猛然想了起来,慌张地给许容与打电话:"我把我睡衣藏到你衣柜里面了,你回去记得收拾啊,别被发现了……我是不是说晚了?"

许容与沉默片刻:"没事,那个不重要。开下门,我在你门外。"

既然已经打算不再听倪薇的话了,睡衣什么的,顶多就是糟糕一点而已,暴露得早一点而已,没什么的。

叶穗趴在床上玩了半天手机,一听许容与就在门外,她马上跳起来去开门了。

叶穗开门发现许容与穿了一身灰色羽绒大衣,背着一个黑色旅游包,手上还提着一个塑料袋和一壶水。

许容与将水和早饭递给她:"问了酒店大堂的人,没见你下去吃早饭,所以出去给你买了点,趁热吃吧。"

叶穗接过食品袋怔怔地看着他,然后张开手臂笑了起来:"容与,抱抱!"

许容与一动不动,眉目清冷。

叶穗才不介意这个冷淡鬼,他不主动,她就上前一步抱住了他。

许容与弯下腰配合，任由叶穗热情地搂住他的脖颈，将自己都挂在他身上。

许容与抱着叶穗艰难地一步迈进房间，关上门他才松了一口气。

叶穗感动地轻轻嗔他一眼："容与，你太好了吧？我都没说，你就给我带水带早饭，你还有没有带别的？"

许容与说道："有，给你买了口罩和帽子。"

"哇！"她表现得很夸张，好似许容与做了什么惊天的大好事一样。

许容与被弄得很不好意思，低声问道："怎么了？"

叶穗说："夸你呢。你真是我认识的最贴心的男生了，什么事都想在我前头，和你在一起满满的安全感……"

许容与说："别拿我和你前男友比。"

"哦……"她的声调拉得老长，带着几分故意和挑逗，还有心知肚明的揶揄。

许容与侧过身，脸有些红了，但他的性格又岂肯轻易被叶穗拿捏。隔着衣服，许容与捏了捏她腰上的肉，低声说道："胖了一斤了吧？"

叶穗："你知不知道女生的体重不能提？"

许容与轻笑："真的胖了一斤啊。"

叶穗："别把你吹毛求疵的毛病用到我身上！"

她抓狂无比，气得不行，结果抬头一看许容与竟然还在笑。虽然笑得浅淡，但是他平时几乎不笑的。

叶穗眼珠一转，问他："我把睡衣丢你房间真的没事吗？"

许容与嗯了一声："没事。"

他给家里阿姨打过电话了，阿姨说倪薇已经知道了。既然知道了就没什么好怕的了，只是他不清楚倪薇会怎么对付叶穗。

许容与心中忧虑，又觉得抱歉。他有心跟叶穗说一说，但看她现在这么高兴，又不想打扰她的兴致。

叶穗的心还在睡衣上，先是懊恼当时太紧张给忘了，接着又怪

047

许容与:"都是你!如果不是你拿着我的书包,我找不到地方,我就不会把衣服塞进你衣柜,还给忘了。"

许容与瞥她一眼:"倒打一耙。"

叶穗暧昧地冲他眨眼:"倒打一耙本来就是女朋友的专利呀。"

叶穗贴在许容与身上,与他一起靠着门腻歪。追求过她的帅气男生不少,但在那么多帅哥中,许容与也能脱颖而出,睫毛长,眼睛黑,皮肤白,像瓷娃娃一样。

叶穗凑到他唇边,许容与略微狼狈地别开脸:"干什么?"

她轻飘飘地说:"亲一个啊,你怎么从来不亲我啊?"

许容与侧着脸,耳根已经红了,声音仍然冷清:"我没有从来不亲你,我们亲过两次。"

她不理许容与的躲避,捧住他的脸想强吻,许容与退无可退,全身绷得跟石头一样硬,脸还是被她蹭出了一道红痕。

许容与轻声制止:"好了,别闹了。"

两人在屋子里贴着墙嬉闹,直到许奕的声音和敲门声一起传进来:"容与,叶穗,咳咳,你们两个还没好呢?"

旁边一道女声慢悠悠地说:"你别催啊。你弟弟和女朋友小别胜新欢,你不能多给人家一点时间?"

屋内的许容与用力地捏着叶穗的手腕不让她乱动,两人蹭着额头呼吸微乱,听到门外的对话时茫然对望。

叶穗难以置信地问他:"怎么是许奕的声音?许容与,你没告诉我你哥也来了啊?他来干什么?"

许容与身子僵了一下。

叶穗眯眼:"你忘了?天啊,你才多大啊记性就这么差,这么重要的事你都能忘了?"

许容与冷漠地说道:"如果不是进房后你非缠着我,我也不会忘。"

叶穗想了一下,当即笑眯眯地说:"好吧,我魅力太大,这种理由我是可以接受的。"

"脸皮真厚。"许容与低头,黑色眼眸里倒映出叶穗的笑容,她真是一个漂亮得过分的女生。许容与伸手整理着她额前的刘海,又用手指擦去她唇角晕了的口红。

叶穗仰着脸看许容与一直在拨弄她的刘海,从他的眼睛里看到了自己小小的影子。

兴致忽来,叶穗问道:"容与,我去染一头粉毛,你高兴吗?"

许容与愣了一下:"什么意思?"

叶穗解释道:"就是粉色的头发,像樱花一样的颜色。我皮肤白,染粉色会很好看的,不过就是很另类了。"

许容与真的震惊了,在他眼中,女生只有黑色的长发才好看。从他认识叶穗开始,叶穗就是一头秀美的黑色长发,他都没想过她会剪短发,她居然还想染粉色的头发?

许容与虚心求问:"你为什么要染?"

叶穗:"好看啊。"

许容与不觉得。

她还说:"而且我收到一家杂志社的约稿,给他们当模特,人家有个要求就是粉色头发。我想趁寒假把这个实习弄完,毕竟不少钱呢。"

许容与沉默半天,说道:"你要是觉得好看,就染吧。"

叶穗心花怒放,但也知道自己的特立独行很让人为难。

她戳戳许容与:"那你喜欢吗?"

许容与又沉默了半天,违心地说:"你喜欢我就喜欢。"

这时,门外又传来了敲门声,两人羞愧地想起许奕和尹合子还在等他们。

叶穗:"你哥哥和你嫂子等我们干什么?"

许容与喜欢这个嫂子的称呼,含笑说道:"约我们去滑冰。"

叶穗:"好好好,我喜欢滑冰!"

磨蹭了那么久,许奕和尹合子终于等到两个人出来。再次见到叶穗,许奕还是微微尴尬,他飞快地看了旁边的尹合子一眼:"收拾好了？那我们走吧。"

许容与："你们先去吧，我们有点事。"

叶穗快乐地在他旁边点头。

许奕奇怪："你们有什么事？"

许容与："叶穗不喜欢现在的黑发，她想染个粉发，换个风格。我陪她做完头发，再去找你们汇合。"

一石激起千层浪，尹合子作为一个女生都愣住了："粉色的？"

尹合子上下打量着叶穗的打扮穿着，精致的贴钻美甲、短裙、过膝长靴，卫衣也是露肩款式，只靠着外面的羽绒服兜着。她还戴着银灿灿的大耳坠，又酷又美。

想不到许容与这么高冷的人，喜欢的女生是这种类型。

许奕这才正眼看叶穗，大惊："你穿成这样，不冷吗？"

叶穗挽着许容与的手臂说道："我男朋友觉得好看啊。"

许奕再次发问："一头粉毛？你有什么毛病啊？好好的黑发不好吗？"

叶穗再次强调："容与喜欢，容与觉得我好看！"

许容与面无表情地接受着来自哥哥和未来嫂子的注目礼。

许奕坚决不相信他弟弟会有这种审美："容与？"

许容与："哥，我觉得很好看。"

许奕给许容与竖了个大拇指，无话可说。

尹合子安安静静地看着他们的斗嘴，视线短暂地在叶穗和许奕的身上各停了几秒。

她很聪明，察觉得出许奕和叶穗的关系没有表面这么简单，不然许奕不会刻意不去看叶穗，既然他们都不说，那她也当作不知道。

许容与真的跟叶穗一起去弄头发了。叶穗一开始只是开玩笑，想看他能不能接受，谁知他不仅能接受，还亲自陪她一起去染发。

和许容与一起踏入美容店的时候，叶穗就决定大换装了。

上午的时间，基本就做了个头发。许容与一直坐在外面的沙发上等候，还在手机上搜了一堆惨不忍睹的粉色头发的照片。他心想，女朋友喜欢，再难看也要凑合着夸，闭着眼睛吹。

许容与根本不觉得一头粉毛会好看，但是叶穗喜欢另类，他只能努力跟上她与众不同的审美。但是网上找出来的照片丑得让许容与想昏厥，一想到一会儿自己也会看到叶穗这个样子……

许容与盯着照片试图找出粉发的美感在哪里，并且绞尽脑汁地想可以夸叶穗的词。

"容与！"

许容与心烦意乱的时候，叶穗清脆的声音传过来。他抬起头，叶穗已经走到了他面前，笑盈盈地看着他。

樱花粉是很清爽的一种颜色，但少有人能驾驭得住。只有冷白皮人又美，做樱花粉的头发才会好看。而这些，叶穗恰恰都满足。她的审美并没有许容与想的那么奇怪，虽然听起来另类，但她知道自己怎样才最好看。

叶穗咬着唇笑，用手拨弄着刚染好的长发，粉发雪肤，衬得她像漫画里走出来的精致美少女。他们都说不喜欢另类，又有几人抵抗得住精致漂亮的漫画女主呢？

许容与呆愣许久，眼睛里写满了惊艳。

叶穗仰头大笑，她太喜欢这种惊艳的眼神了，尤其是来自男朋友的。

出了美容店，许容与提议帮她拍几张好看的照片。

叶穗："好啊，但是你会拍吗？拍得不好看我可是要删的。"

许容与轻轻瞥她："我知道，我会修图，会把你修得和美少女一模一样。"

叶穗为他的技能震惊了一把，小声问："你怎么会？"

许容与轻描淡写地说："决定和你交往后，我去网上查过给女朋友拍照的攻略。这么简单，我怎么不会？"

许容与穿着冬天的大衣，背影也修长高挑，像个天生的衣架子。

他走了半天,发现叶穗没跟上,便回头看她。

叶穗站在原地轻声说道:"给我带饭带水,买口罩买帽子,陪我去欢乐谷玩,给我买花,会给我拍好看的照片……容与,你真的像你说的那样,你对我这么好,我觉得我不会找到比你更好的男朋友了。你把我宠坏了,如果又不要我了,那我怎么办?"

在爱情中,她难得会患得患失,害怕许容与会离开她。

他们才认真谈恋爱几天啊,她就怕失去他了。

许容与淡淡地看着她:"那希望你保持住现在对我的感情,以后如果吵架了,就记得我对你多好,别和我分手。"

"我们为什么会吵架?你是指每天逼我做题画图的事吗?哦,这是很可能吵架的。你说得很有道理。"叶穗快步冲上前,用手掐他的脸,"嗯,我要好好看看现在的你。我就靠现在这么好看的容与,来扛过魔鬼容与对我的压榨了。"

许容与觉得好笑,拍了拍叶穗的额头。

许奕和尹合子在冰场待了一早上,不会滑冰的尹合子都被许奕教会了才等到许容与和叶穗。

看到叶穗刚染的粉发,许奕愣了一下,还挺好看的,虽然回头率百分百,但是这回头率起码不是因为太难看引起的。

幸好叶穗的颜值不错,也幸好许容与心脏强大,经得起叶穗这样作来作去,换成自己……许奕想到了他和叶穗吵架的情形。

两人分手,不就是这种争吵次数太多,感情完全被消磨掉了吗?

尹合子坐在椅子上,看到走进冰场的叶穗,夸得非常肯定:"很好看!"

叶穗转身对她笑了笑:"谢谢!你也很好看哦,嫂子。"

尹合子的脸一下红了,她窘迫地说道:"别这么说,我和你哥只是朋友……"

尹合子看到许奕和许容与在另一边说话,许容与冷冷淡淡地站着,时不时望过来一眼,看的是谁十分明显。

尹合子羡慕并迟疑地问叶穗:"你和容与感情真好。不过你就叫我嫂子……难道你已经确定以后不会和容与分手,肯定会嫁他了?"

叶穗愣住了,尹合子的语气很认真,看起来并不怀疑这些称呼是她随口叫的,但是叶穗心里高兴,因为尹合子是一个非常认真的姑娘。

于是叶穗也认真回答她:"我不知道我以后会不会嫁给许容与,但我知道我要是说分手,很可能会被他打断腿。为了不被他暴打,我还是先认下他未来老婆这个称号吧。"

说完叶穗便笑起来,娇俏又妩媚。

她的笑容感染了尹合子:"叶穗,你性格真好,喜欢你的人一定很多。"

叶穗哈哈一笑,她心里清楚她不只是要人喜欢她,她还需要人爱她。她像她妈妈一样需要爱情,渴望爱情。如果没有人爱她,她该多可怜。

许容与本来只打算在冰场里坐一坐,不打算滑冰,他连作业都拿过来了,但是他人都来了,叶穗怎么会允许冰场上只有自己一个人的身影呢?

叶穗非拉着许容与:"来来来,我们一起。"

许容与:"不用了,我不喜欢人多。"

叶穗:"人也没很多啊,我们不靠近他们就行了。"

许容与:"我不喜欢和小孩子一起玩。"

叶穗:"之前去欢乐谷也没见你不喜欢啊?你不要矫情了。"

许容与仍然说不。

叶穗忽然问道:"你不会滑冰吧?"

许容与终于沉默了。

旁边坐着的许奕早就笑倒了,尹合子忍俊不禁地看着他们两个。少年面红耳赤,叶穗温柔地拉住许容与的手,把他带走了。

"没事,我教你滑冰。别怕在我面前掉面子,容与,我不会笑话你的。"

叶穗已经做好温柔以待的准备了,以为会看到许容与丢脸的一面,例如肢体不协调,或者上冰后摔倒。

但是结果很失望,许容与连学滑冰都很有天赋,这可能就是学神和普通人的区别吧,人家只是不愿意学,但学起来效率远比一般人高,因为可以迅速掌握要点。

到目前为止,叶穗还没发现许容与有什么学不会的。

许容与慢慢滑了一圈,已经可以自由行动了,回头看到叶穗失望的神情,他眯眼问道:"我看你很希望看到我滑倒的样子?"

冰场一片雪白,叶穗滑到许容与身边,开始面对着他倒退着滑:"确实蛮希望看到你摔的。你摔了,我就可以说是我的责任,天天照顾你,喂你吃饭。你就得完完全全依靠我,听我的。你敢骂我一下,我就不给你吃饭。这种完全掌控你的感觉,想起来就挺好的。"

"神经病。"许容与瞪她,想伸手去拍她。

叶穗敏捷地躲开了他的手,许容与重心不稳身子一晃,叶穗又想起他滑冰还滑得不好,赶紧来扶他,两人你来我往地纠缠着,不知是谁的脚先绊了谁,最后双双摔倒了。

叶穗惨叫:"你压死我了!"

场外的许奕和尹合子连忙站起来问他们:"你们两个没事吧?"

许容与和叶穗这对互相坑对方的乌鸦嘴,一瘸一拐地爬起来,都失去了继续滑冰的兴致。

疯玩了一天,四人又约了晚饭。本是高兴的时候,要结账的时候,叶穗忽然想起来一件事,说道:"对了,我明天早上的票,我打算回家了。"

许奕和尹合子一起抬头看她。

许容与没说话。

许奕诧异地问:"你不在北京多待几天?"

叶穗笑道:"不了。北京物价这么高,我哪儿消费得起。再说过了初五,我就该准备实习了,总不能真完不成作业,返校后又要被老师骂了。"

尹合子:"哦……那,再见。"

许奕:"再见。"

叶穗和他们道了再见,再看许容与。许容与别过脸,没看她。

车票是早上八点的,第二天叶穗早早退房,背着包离开了酒店。她有些近视,正眯着眼打算晃去地铁站的时候,在酒店外看到了熟悉的身影。

许容与站在远处静静地看着她,叶穗似乎没想到他会过来,笑着走过去,正要开口时,许容与低声说道:"我来送你。"

叶穗站在地铁站外面的风口处,目不转睛地与许容与对视,这次她看到了许容与眼中不加掩饰的爱意。

是热的,滚烫的,她一直想要的爱情的模样。

第三章
小小矛盾

叶穗来北京的时候没带什么大件行李,所以许容与送她去车站,两人也是两手空空。地铁上太过拥挤,他们只能一路站到车站。

叶穗扭头悄悄地看许容与,他抓着车厢吊环,黑色的立领风衣挡住了他的下巴,侧面只能看到他墨黑的眉宇,脸庞干净又清俊。

叶穗和许容与都是地铁中独特而亮丽的风景。

许容与买了站票,这才跟着叶穗进了站,叶穗马上就要上车了,许容与和她面对面站着,伸手把叶穗的衣领往上扯了扯。

许容与说得都不爱说了:"多穿点,别感冒。衣领拉那么低并不会给美貌值加成太多。"

叶穗嘿嘿一笑,乖乖地说:"嗯嗯。"

许容与看着她的笑容,眼睫轻轻一颤,又不说话了。

他不说话,叶穗却凑过来,拉着他的衣袖,声音甜甜的:"容与,看我。"

许容与没什么心情,可有可无地抬眼向她看去。

一颦一笑都婉约娇俏,眉眼风流的绝美少女鼻子一耸,眼睛往上一翻,嘴巴歪斜,做了一个奇丑无比的鬼脸来。

叶穗做完鬼脸发现许容与只是眉毛动了一下,表情还是无动于衷的样子,于是更加卖力地做鬼脸。各种从网上看来的鬼脸,脸挤成一团,东边鼓西边塞,舌头伸长如吊死鬼,嘴歪眼斜眉毛抖……她竭尽所能地丑给他看,丑得过路人都忍不住瞩目。

许容与脸僵着半天,在她一连串搞怪下,还是没忍住嘴角一翘,笑出了声。

他伸手在她额头上一推,嫌弃道:"丑死了。"

叶穗收了自己夸张的表情,笑眯眯地说道:"丑萌丑萌的对不对?容与,有没有高兴点啊?"

许容与无话可说,良久才不好意思地轻声问她:"我不高兴得这么明显?"

叶穗:"不明显啊。你跟谁都是这张别人欠你钱的脸……但是谁让学姐疼你呢?"

她踮起脚,像模像样地拍了拍他头,诚恳地安慰他:"容与,高兴点儿。"

许容与吸了口气,心想自己不能那样。他比叶穗小,本来就怕叶穗嫌他幼稚,所以总是尽可能地装得成熟点儿,想让叶穗忽略他们之间的年龄差距,可眼下岂不是要功亏一篑?

许容与当即恢复了老气横秋的样子。他取出手机摆弄,哗啦啦的金币响声清脆,叶穗站在他对面半天,在他看过来时,她才反应过来这是自己手机的声音。

之前叶穗还许容与买手机的钱,直接转账给他的,手机上有转账人的转账记录和信息,叶穗打开手机一眼看到了许容与的账户信息,发现许容与给她转了五千元。

许容与垂眼看她。

叶穗:"不不不,我不能收你的钱……"

许容与:"我自己接小活的私房钱,和我家里无关。"

叶穗忽然心动,什么活儿这么赚钱?她也想接……啊不对,这不是现在的重点。

托叶一梦的"福",叶穗对金钱交易非常敏感。她常年觉得叶一梦的男朋友换来换去,都是因为叶一梦在找人给她买单。

叶一梦是个被宠坏的公主,老公去世后她没有经济来源,她就是靠着美貌为她的高消费买单。

叶穗对此深恶痛绝。

所以哪怕她和自己的妈妈一样毕生寻找爱情,但她自认为她们还是不一样的。她只是谈恋爱,不管男朋友有没有钱,她都不会花男朋友的钱。

叶穗无所谓地笑了笑,继续拒绝:"我不要。"

许容与沉默了一会儿,说道:"叶穗,不要和我这么生分,把我排挤到你生活之外。男朋友给女朋友花钱很常见。如果你跟我谈恋爱,你不可能回避得了金钱这个问题。

"我比你有钱,我比你穷,都会是你纠结的原因。我尽量让你感受不到其中的差距,但你也不要过分敏感,把男朋友对女朋友的爱,上升到太严重的高度。

"我想给你花钱,就和你想给我花钱,道理是一样的。如果你不想,只有精神恋爱不打算涉及金钱,只能说明你不够爱我。你是吗?"

叶穗沉默,许容与平时不说话,一说话起来,果然不怎么动听。大道理一条条压下来,她不收他的钱就成了不爱他了,叶穗还能说什么呢?

她压力巨大,觉得自己真的很难摆脱许容与了。

看她收了钱,许容与放下心温和地说道:"以后缺钱了告诉我,知道吗?"

叶穗瞥他:"知道了,跟老父亲似的!"

她的额头又被打了。

说话的工夫,已经在检票了。许容与拉着叶穗嘱咐她:"到家了给我发信息,中午要好好吃饭,下午和我视频。你的实习工作什么样,也要和我说。天气冷,不要再穿着单衫到处逛。有困难就跟我说,别一个人扛着……"

周围人检票的行人路过都要看他们一眼,这男朋友唠叨得也太具体了。

叶穗忍俊不禁,真是怕了许容与。她脸色古怪地笑着,觉得许容与嘱咐自己的话奇奇怪怪。等他说得差不多了,叶穗努力把两人的关系变回情侣。

她声音很大:"亲爱的,我要走了,叫句宝贝儿来听听?"

许容与哽住,满腔的倾诉欲就此打住了。

叶穗眨着眼睛满怀期待地看着他。

许容与冷冰冰地说:"你不觉得宝贝儿这个词非常油腻吗?"

叶穗觉得这个词真是无辜死了:"亲爱的,也许有的人会说得很油腻猥琐,但是你不一样啊!我就想听你叫我宝贝儿,喊我睡觉,给我讲床头故事,给我唱情歌……"

许容与喉结滚了滚,他唇动了动,到底还是说不出口。

半晌,许容与咳嗽一声:"你上车吧。"

叶穗恨铁不成钢地白了他一眼。这个不争气的男人,连个宝贝儿都说不出口!

车确实快开了,她没空和许容与啰唆了。瞪他几眼后,叶穗背着包跑向检票口。

马上要过闸口了,叶穗忽然听到身后的许容与抬高声音喊她的名字:"叶穗!"

叶穗充满期待地回头。

许容与说:"记得学习!"

叶穗大窘,觉得他太讨厌了。

"……滚吧你!"

靠着车窗,她不可能看得到许容与,然而脸贴着玻璃,叶穗把手按在自己的心口上,甜蜜得想要爆炸。

叶穗心里藏着一个秘密。她有一个浪漫不起来、连情话都不会说的男朋友,男朋友连和她接吻都不肯,都害羞。

可她喜欢他。

非常非常喜欢他。

满车的情侣甜蜜往来她都不羡慕,她觉得自己的男朋友最好。

火车缓缓驶出火车站,叶穗心里感动着,忽然收到一个语音信息。

她打开信息,将手机放到耳边,听到了男生低凉醇美的声音:"宝贝儿。"

刹那间,叶穗觉得自己死而无憾!

容与啊……容与。

什么男友能比许容与好!什么人能比许容与对她更好!

她果断地录了声音做成闹钟铃声,好让自己每天能够听到他的声音。

叶穗回到家休息了一晚,第二天就去给杂志社拍了模特照,当晚回家的路上她和许容与在手机上聊天,快到家的时候一辆黑色奔驰停在叶穗家楼下。

叶穗还在回答许容与的问题:"嗯嗯,对,你放心吧,我真的每天都有想建筑方案怎么写。虽然我还没动笔,但是我脑子有在动啊……真的真的!你别催了!"

其实能考上东大,她学习能有多差啊?只是跟许容与一比,显得她像个学渣。

叶穗发完消息,漫不经心地看了眼小区大门,看到楼下停着一辆奔驰车,心中诧异。这里是老居民区,房子老旧破损,怎么还有这么好的车停在楼下?

她怀着疑惑的心情路过车旁时,车门忽然打开了,一个肥硕油腻的中年男人从车里挤了出来,拦在了叶穗面前。

张新明作为叶一梦的新老公,面对这个便宜女儿时,脸上堆满了笑:"穗穗,你回来了啊?你妈和我过来接你回家,可你总不接我们电话,叔叔就只好来这里等你了。"

叶穗警惕地后退："我不回你们家过节，我自己一个人就好。"

"哎，你这孩子，真是的，还和你妈闹别扭呢？"张新明一脸硬挤出来的好笑表情，搓着手向叶穗靠近，"真的，你妈妈在我跟前哭了好几晚。家里都给你把房间收拾出来了，你一个人过节不来和我们住，跑哪里去了？"

叶穗冷漠回绝："和你无关，反正我不去。"

胖子急了，伸手要来拉她。车门从另一边打开，叶一梦气急败坏地下了车："叶穗！"

叶穗嘴角扯了扯，飞快看了一眼那个想拉她的手的胖男人，再瞥一眼她那个一无所知的妈妈。她真的无话可说，当即从两人身旁跑过去，一溜烟进了单元楼。

之后哪怕叶一梦敲门敲得整栋楼的住户都跑出来看，叶穗也没有开门的意思。叶一梦见她铁了心不和自己走，又在外面骂了一通，哭了一场，最后心不甘情不愿地和张新明走了。

叶穗躲在窗帘后，看到关上车门前，张新明抬头盯着她这边的屋子看了好久，才恋恋不舍地上了车，开车离开。

叶穗垂下眼睛，她发信息问许容与："你在干什么？"

叶穗只是想和许容与聊聊天，没想到她才问了一句话，许容与的电话就打过来了。

许容与那边的背景音嘈杂，他的声音清清淡淡，让人觉得安心："发生什么事了？"

叶穗茫然："啊？没什么事啊。"

许容与说道："我说过我在参加晚宴，你又问了我一次，分明是你心不在焉。发生什么事了？我不是说有烦恼都告诉我吗？"

叶穗握紧手机，别扭了一下。她想起来许容与说他被他爸妈硬拉去参加什么晚宴，晚宴上都是不认识的人，他肯定也非常无聊，所以一直在和她聊天。

没想到她心不在焉的，犯了这种低级错误……

叶穗没有直接回答。

许容与追问道:"到底怎么了?叶穗,你不会希望我今晚就坐车过去找你吧?我们距离可没有那么远。"

叶穗吓了一跳:"别别别!"

许容与的父母本来就对她没好感,她要是再从人家的晚宴上拐走了人家的小儿子,没有见过面的准公公婆婆还不恨死她了啊?

叶穗支吾一下,说了自己继父的事:"他不怀好意。"

许容与:"他做什么了?"

叶穗:"没有。我只是能感觉到啊……你知道我,咳咳,对这方面很敏感的。"

她说得小心,因为平时一说起男女之间的事许容与就会不高兴,但是这一次,许容与在意的根本不是这个。

许容与应该是走到了僻静的地方,周遭声音小下去了,他的声音坚定无比:"回学校住,叶穗。"

叶穗:"啊?也没这个必要吧,你太夸张了……"

许容与冷声说道:"我是男的,我知道男人的脑子里在想什么。你住到学校去,叶穗。你能联系到宿管那边的负责人吗?不能的话我……"

叶穗:"可以的,我和领导还是蛮熟的,你放心吧。"

许容与轻轻嗯了一声,挂了电话。

他站在酒店的走廊里,望着玻璃窗外璀璨的灯光,身后的晚宴现场华丽得像一个辉煌的宫殿,

过堂风穿过,他仿佛站在风暴旋涡里,回头的刹那,万般滋味涌上心头,他对自己说——他还是太弱了。

他还得成长得更快些。

他要带叶穗离开她的原生家庭,给她最好的一切。

晚宴现场,倪薇和其他贵妇人坐在一起,讨论起各自的儿女。倪薇平时工作繁忙,这种为子女相亲性质的宴会她参加得不多,但她两个儿子都英俊不凡,尤其是小儿子,出类拔萃,让她很容易成

为贵妇人们搭话的对象。

听人夸自己的两个孩子,倪薇眼角眉梢荡着丝丝自矜的笑意,抿了一口红酒。

有人说起:"之前明家那个丫头,真是不得了。听说喜欢上了一个花花公子,明家夫妇两人听说后都快吓晕了。哎,对了,之前不是还有人介绍明瑜水和你们家容与相亲吗?"

倪薇轻笑:"可惜明小姐看不上我们容与。"

"怎么会看不上?哎,现在的孩子就是不知道父母心,我看明家夫妇头发都愁白了。本来今晚明家夫妇把他们女儿都骗过来了,但我听说那男的要去赛车,明瑜水那丫头又追着跑了。"

"现在的小姑娘都喜欢那种坏男生,没法说啊。"

众人讨论着明家的事,倪薇嘴角轻轻扯了扯。

她们聊天时,许容与走了进来,人声瞬间静谧,有个太太打了一声招呼,许容与听到声音,看到倪薇在这边后,就走了过来。

倪薇恰好说道:"五月份我们会办生日宴,到时候请你们赏光呀。"

众人连声答应,之前说话的太太看了看许容与,说:"我有个侄女,也非常优秀,现在正好放假,你看要不要找个机会让两个孩子见见面?"

倪薇还没开口,许容与便礼貌拒绝:"对不起阿姨,可能不行。"

在座的阿姨们以及倪薇全都看向了许容与,倪薇轻轻一笑,问出了众人的疑惑:"为什么不行?难道容与你交女朋友了,妈妈不知道?"

倪薇似笑非笑,她当然知道根底,但她就是在问许容与认不认。

许容与不能认。倪薇已经知道了,但是她在人前装不知道,要是许容与当着众人的面直接承认,倪薇可能就要采取行动了。

他这个妈妈,从某方面看,偏激又幼稚。

许容与慢慢说道:"我没有交女朋友。"

阿姨们放下了心,继而又疑惑,既然没有女朋友,为什么都不和女方见见面?"

许容与从容地回答她们,话却是说给倪薇听的:"我打算后天返校,回学校做我的模型。"

倪薇不动声色地看着许容与。

贵夫人们连忙追问什么模型,等许容与耐心解释了自己参加的是什么大赛,这个赛事的难度和面对高校的方向后,众人又是一顿毫不吝啬地夸赞,觉得这个少年优秀了。

在一片夸赞声中,倪薇和许容与对视。

倪薇压下心里的火,知道许容与又在和她博弈,且他知道她顾面子,在这么多人面前,她不可能翻脸。而倪薇又是有原则的人,她现在不翻脸,以后也不会翻旧账。

倪薇笑了一声:"好,你回学校吧。许容与,下不为例。同一个招数不能用两遍,知道吧?"

许容与微微笑一下:"知道了,谢谢妈。"

叶穗听了许容与的话,在发现张新明第二天还把车停在她楼下后,她就果断返校了。提着大包小包的行李走进东大西门,保安室大爷看她的眼神分外古怪,因为她染的那一头粉毛。

于是,叶穗刚要进校门,就被门卫拦在了校门口。叶穗所有的证件都在包里最底下塞着,拿出来不方便。被人用怀疑的眼神看着,她真是欲哭无泪:"我真的是东大学生啊。大爷,我是建院大三学生,我真的不骗你……"

大爷不相信:"学生证拿出来。"

叶穗:"我学生证在行李箱最里面塞着,我真的不方便啦。"

大爷:"那你打电话让人证明你是你。"

叶穗长叹一口气,擦把汗正要拨电话时,一道温雅的男声插话说道:"不用打电话了,我证明这位是叶穗同学。"

叶穗诧异,扭头看到一辆银色轿车停在校门口,因为门卫和她扯皮,那车就一直没开进来。这时,车里下来了一位身材挺拔的青年,青年眉目温润。

叶穗在脑海里搜寻了一遍，确定自己并不认识这个人。

青年对叶穗一颔首，微微笑道："叶穗同学是吧？我是你们这学期的助教，正好管理你们小组的作业。叶穗同学……嗯，非常有特色，我自然认识。我姓陈，你叫我陈老师就好了。"

陈老师年轻俊朗，叶穗红着脸伸出手，和对方握手。

陈老师点头笑道："叶穗同学，以后请多指教了。"

陈老师的履历非常优秀，大学和研究生都是东大毕业，海归博士，回来后直接到东大任职。算起来，他也算是东大建院的学长。

陈老师不光帮叶穗在门卫那里确认了身份，还亲自帮叶穗提行李箱，将她送去了五舍楼下。叶穗站在五舍楼前，看到陈老师越走越远，她忍了半天，还是没忍住。

于是，叶穗打开朋友圈，特意屏蔽了许容与，以及许容与的舍友，小心地发了一条朋友圈："我们院新来了一个助教，今天我在学校门口碰到了，真人特别帅！陈老师说以后他管我们小组的作业，天啊，幸福到昏过去了！"

叶穗的微信好友很多，朋友圈一发出去，好友们听说新助教是个年轻帅哥，留言人数暴增，纷纷问她有没有具体信息，有没有拍照。

叶穗害羞地承认："拍得很模糊。"

而许容与，在返校的火车上，刷到了这条信息。

他看着叶穗的朋友圈截图挑眉，叶穗恐怕想不到，自己在学校还有后援会群，而自己的男朋友，是后援会常年潜水的成员之一。

火车上，许容与打开自己的朋友圈刷新。再三确认自己被女朋友屏蔽后，回头看看群里的叶穗和别人欢快互动，许容与沉默了。

许容与真的很难相信自己被女朋友屏蔽了，群里陌生人都能看到的朋友圈，他问了一圈自己的舍友，舍友们也没看到。

叶穗做得真是彻底啊。

许容与不急不缓,在群里发言:"这图片不会是假的吧?"

群里的人还没顾得上回答他,第二张图就甩了出来。

叶穗发表了自己对新来的助教老师的评价后,因为被朋友圈的伙伴们追问,她又发了一张比较模糊的照片,以证明新来的陈老师确实帅。

朋友圈的女生一片哗然:"啊,真的好帅!"

"好想去你们建院旁听!这位助教老师上的哪个老师的课?"

叶穗班里只有她和蒋文文两个女生,对新来助教老师的帅气,男生们反而没感觉。

在女生们追问叶穗的时候,男同学们疑惑地留言:"哪里帅了?"

叶穗回答:"眼睛眉毛鼻子,哪里都蛮有型。分开来看可能一般,但组合起来就格外有韵味,这大概就是气质吧。古人说的那什么,陌上人如玉,公子世无双的感觉。"

她一个工科女生,为了夸新来的陈老师,还绞尽脑汁拽了拽文,一群男生转而夸她文采斐然。

叶穗的朋友圈其乐融融的时候,后援会群中哀鸿遍野。

男生们哭号着发信息:"叶女神又有欣赏的男神了!上半学期叶女神没交男朋友,我心惊胆战又庆幸,没想到下学期还没开始,她就有目标了。"

"这个人我真的看着很普通,我也不差啊。为什么我找穗穗表白的时候就被发好人卡?"

许容与冷冷地发言:"学校禁止师生恋。"

群里顿时沉默,俗称"一人聊死一群",说的就是许容与。

群主觉得许容与也太刚正不阿了。从来没在群里说过话,一说话就这么义正词严,堵得人无话可说。

群主只好回复:"其实到不了那个程度……叶女神不过是对异性的欣赏。"

叶穗的学校生活过得非常滋润。

她本来还没找好实习，但是陈听飞，也就是他们院新来的助教老师，提前来学校踩点租房子，发现她还没找到实习后，就帮她联系了一家设计院。叶穗感激的同时，又是被自己的男朋友催设计大赛的建筑方案，焦头烂额，又是陈听飞指导她的作业。

陈听飞看了两天叶穗的作业后，笑道："叶同学还是蛮有创意的，但是我们建筑学的作业不能光靠想象力，还得和实际相结合，叶同学可以把自己天马行空的想法稍微往回收一收。"

叶穗："谢谢老师指导。"

陈听飞要去教工食堂，叶穗也想去蹭饭。听过陈听飞的建议后，叶穗心里佩服不已，灵机一动地说："陈老师，不如你来做我们设计的指导老师吧？"

陈听飞愣了一下，温润的眉目中浮起遗憾之色："我的资历还不够做你的指导老师。不过你平时有问题，可以向我提问，我随时解答。"

叶穗稍有遗憾，陈听飞顿了一下又问道："我知道你下学期要交设计图大赛的作业，和你一起参赛是你们班的哪个同学？我看他的图就画得非常不错，功底扎实，很少有男生的手绘比女生出色的。"

叶穗他在夸许容与，心里一阵高兴："那他可能是例外。他不是我们班的，是个大一小学弟，叫许容与，人特别出色。"

陈听飞意外地看叶穗一眼，疑惑叶穗怎么和一个大一学生合作。不过他看着叶穗一头粉色的长发……嗯，这么个性的姑娘，做什么都不意外。

叶穗和陈老师说了一路话，吃完饭两人便分开了。叶穗无事可干打算回宿舍时收到了一条信息。看到信息内容叶穗心花怒放，立马找到一辆自行车，骑车赶往学校东门了。

到了东校门口叶穗放好自行车，看到许容与推着行李箱正从校门外进来。空旷的校门口，梧桐垂立，男生身量瘦高，身上的风衣板挺有型，气质卓然。

许容与淡淡地看了叶穗一眼。

"容与！"叶穗惊喜地喊了他一声，然后朝许容与奔过去，不等许容与放下行李箱，就搂着他亲密地拥抱。

门卫大爷擦擦眼镜，眼睁睁看着眉眼清正的男生被那个一头粉毛的少女拥抱，他年纪大了，确实不太能接受得了学生染一头樱花粉。

许容与微微躬身，任由她抱。有时候叶穗的过度热情，能够让他感受到强烈的爱意，这种感觉驱散了他对叶穗的微微不满。

许容与本来早两天就到了。但他这两天先听许志国的话，去拜访了爸爸的老同学以及自己的老师，在各个老师家里拜访一圈，到今天才返校。

这两天，许容与从后援会群里听说了叶穗经常向陈老师请教，虽然很大可能是陈听飞来学校来得太早。

整个东大，他新学期要带的学生，只有一个叶穗在校。想到这里，许容与站在校门口，教育叶穗："在校不要和我搂搂抱抱。"

叶穗翻个白眼，心想女朋友投怀送抱还有意见，你到哪里找我这么主动的女朋友啊？

许容与嗤笑："你是不是在翻我白眼？"

叶穗确认了一下自己低着头许容与不可能看到后，抬头张望。

许容与瞥她："看什么？"

叶穗："看你是不是在我心里装了个全方位摄像头，怎么我做什么你都知道呢？"

许容与面无表情，叶穗虚伪地掸了掸他衣领上不存在的灰尘，给他正了正衣领，笑盈盈地抬眼说道："亲爱的，你是住进了我心里吧？"

叶穗肤白如瓷，眼藏秋波，依偎在许容与身前不停地冲他抛媚眼。

亲爱的……许容与再面不改色，面对这个嬉皮笑脸捉弄他的女朋友都得败下阵来。他表情放松下来，露出一个浅笑，伸手捏了捏叶穗的脸。

许容与凑近叶穗的脸，呼吸相缠间轻声问她："这是什么做的脸皮？怎么就知道甜言蜜语？住进蜜罐里了吧？"

叶穗娇滴滴地捏着嗓子："没有呀。是我仗着自己长得美，知道怎样你都爱我。对吧我亲爱的容与？"

许容与狠狈地别开脸，脸上通红一片。他才见到她，心间就滚烫一片。

亲爱的容与叫得这么自然，一看就很有经验。

许容与提前到校，叶穗是非常开心的。虽然他的到校理由，是监督她一起完成设计模型，而且他还背了一行李箱的建材模板，叶穗佩服得想哭。

她请许容与去五食堂吃饭，跟许容与介绍："五食堂放假了也一直开着，我听说除夕的时候他们还准备了年夜饭……反正比我自己弄得要好。早知道我除夕就在学校过好了。"

许容与："现在也不晚，早点到校，早点开始学习。"

一说到学习，叶穗不太想和许容与说话了。

许容与毫无自知，筷子在餐盘上戳了两下，漫不经心地说："我看了你下学期的课表，你课程任务还是蛮重的。为了帮你完成下学期的任务，我提前规划了任务表格，发给你看看，没有意见的话就按我的表格执行吧。"

想到许容与放假期间还要求她每天自习一小时，叶穗腿肚子都有点软了。

"那个，容与啊，你真的要提前返校？你爸妈，还有你哥哥，多舍不得你啊。要不然你还是回北京去吧？你不要担心我，我一个人也蛮好的，真的！"叶穗义正词严地说，"虽然我们还没公开关系，但我不能让叔叔阿姨觉得我是耽误你学习的坏女生。你回家陪陪亲人，多孝顺啊对不对？"

许容与微微一笑，在她说完后，出其不意地转了话题："听说你们大三来了个新助教，本科和研究生都是东大毕业的，也算是我们的学长？"

叶穗一口米饭卡在喉咙里,她心虚地想到了自己在朋友圈发的关于陈老师的言语。

小腿肚子更抖了。

叶穗注视着许容与的眼神,自我安慰许容与不可能看得到她的朋友圈,咽下了口中的米饭,她镇定地问:"你怎么知道的?"

许容与:"昨天去拜访蔡老师,听蔡老师说起的。"

叶穗松了一口气,和她无关就好。

许容与垂眸:"陈老师是不是很帅啊?你到校这么早,应该已经见过了。"

叶穗说道:"还行,没有你帅。"

许容与嘴角噙笑,抬眼慢悠悠地说道:"不对吧?我听说陈老师眼睛眉毛鼻子,哪里都蛮有型。分开来看可能一般,但组合起来就格外有韵味,这大概就是气质吧。古人说的那什么,陌上人如玉,公子世无双的感觉。"

叶穗心里警铃大作,她觉得这段话非常耳熟。

许容与是不是给她的朋友圈也安了摄像头啊?

叶穗干笑一声:"哪儿能呢!"

许容与继续说道:"陈老师……"

"容与,我不许你这么妄自菲薄!"叶穗忽然站起来隔着餐桌,双手捧住了许容与的脸。许容与骇得向后躲了一下,握着筷子的手僵硬着。

叶穗专注地凝视他,非常认真地说道:"容与,你每天都不照镜子的吗?你才是最帅的啊。什么陈老师张老师,都比不上你。你就算不相信自己的帅气,也要相信我挑男朋友的眼光啊。在我眼里,你才是最完美的!"

许容与意志如果不坚定,就要被叶穗的彩虹屁吹得飘飘欲仙了。

然而就算他知道这是彩虹屁,叶穗这么诚恳地捧着他的脸吹,许容与内心也是高兴的。

但他还是想抬杠:"虽然我知道你是在夸我,但我就是忍不住想杠一下。既然你选男友的眼光这么高,那不知道在你眼里,是我帅,还是我哥帅?"

叶穗面露难色,许容与似笑非笑地说:"想好了再答啊,你说我哥帅,我会吃醋;你说我帅,我会替我哥不值。"

叶穗喃喃自语:"你这个魔鬼,你为什么要来校?你还是回北京去吧!"

许容与的嘴,只在于他想不想说,不在于他能不能说得过叶穗。

叶穗诚恳说道:"我们还是讨论我的学习计划吧,我忽然发现我还是很热爱学习的。"

许容与轻笑,被叶穗狠狠剜了一眼。

自从叶穗怀疑自己的朋友圈有人泄密,她都不敢在朋友圈乱发东西了。但是不发点什么叶穗心里痒痒的,当晚她偷偷登录自己常年不用的微博,在微博上写道:"我怀疑我男朋友知道了我在朋友圈夸我助教老师帅的话,我跟我男朋友见面时腿都被他吓软了。为了以后防他,我还是把微博捡起来用吧。"

叶穗的微博之前只是发了几张自己的自拍照,圈了那么几万的粉丝。但她常年不用微博,渐渐没多少活跃粉丝了。这次她突然冒出来,还在关注她的活跃粉丝立刻跳了出来。

"啊太不容易了!我终于等到女神回归了!"

"可是女神你为什么已经有男朋友了呜呜!"

"女神放心吧,你在这里随便说话,我们都不会告诉你男朋友的!"

"只有我疑惑女神你男朋友帅还是你老师帅吗?为什么你夸你老师帅,你男朋友都要吃醋。"

"我实在想不通女神你都这么好看了,你男朋友难道不应该捧着你吗?怎么还跟你闹脾气?"

叶穗觉得大家可能有点误会,就认真回复了最后一条:"可能是因为我男朋友的颜值不比我差吧。在我男朋友眼里,我大概就是

'你以为你是有多好看'那种水平。"

叶穗再拣了一条答复:"我男朋友蛮帅的,是我喜欢的那款。缺点就是学习太好,嘴还毒,我总说不过他。"

晚上跟老师联系好二舍的住宿问题,许容与把宿舍大扫除了一番。看到叶穗没有给他发信息,许容与就安心坐在书桌前开始写方案。中途收到一个同学的信息,让他上网下载一个文件。

他登上自己常年不用的微博账号,在同学的指导下去找那个资料,不想他才登录,就发现自己特别关注的博主发评论了。

许容与沉默,他知道这是叶穗的账号。

之前加入叶穗后援会群的时候,群里就有同学爆过叶穗的微博账号。但是大家说叶穗常年不登录,账号里没什么东西,当时许容与本着全面监视的原则,把叶穗的各个社交账号都加了个遍。

半年过去了,叶穗的微博一点动静都没有,学校里的同学都取消关注了,许容与也没想到过了这么久,这个账号居然活过来了。

许容与挑了挑眉,点了进去。

微博主页第一条就是叶穗对自己的一串吐槽。

他拉开评论,评论里全是在心疼女神的。

"天啊女神你怎么了?这种男朋友还不分留着过年?"

"居然欺负我女神,是可忍孰不可忍!女神甩了他吧!"

"女神你要是被绑架了你就眨眨眼!家暴只有零次和无数次的区别!这个坚决不能忍!"

叶穗看来是慌了,手忙脚乱地回复:"不是家暴不是家暴!是他喜欢打我额头,其实我也喜欢掐他的……"

传达错误信息,叶穗一阵心塞。

许容与欣赏了半天她的微博,心情复杂。夹在一群关爱女神的评论里,他发了一条:"你男朋友对你要求严格,你不反省一下是什么原因吗?"

天啊,这种评论!

叶穗见不得人说许容与不好，但同样见不得有人说自己不好。她气愤地回了这条："杠精，遇到事就指责女方，男的就是完美的？"

叶穗还点进去他账号，看了下他性别填的是"女"，于是更生气了。

默然片刻，许容与回复了一串省略号。

叶穗气不打一处来，看到这个用一串无意义数字当ID（账号）的号，她觉得肯定是黑粉特意注册了小号来气自己的。眼不见为净，她愤怒地把这个账号拉黑了，还嫌不够，又去举报了这个账号。

许容与被女朋友的火气弄得很无语。

同学给他发信息："容与，你资料下载完没有？怎么不回我信息了？"

许容与回过神："稍等。"

他和女朋友掐架掐得太入神，忘了自己本来的目的了。

所以说，恋爱真的会影响学习。

许容与第二天送叶穗去实习的设计院，他在设计院门外看了下，确认是正规的，才放心让叶穗进去。

他将买好的早饭递给叶穗。叶穗心中触动，笑盈盈接过，和许容与对视的刹那，心想她起床起得晚，许容与总是记得给她带早饭，现在好像已经养成习惯了。

叶穗笑道："怎么样，我没骗你吧？陈老师帮找的实习公司，还是不错的吧？"

许容与瞥了她一眼。

叶穗瞪他一眼，自知不该提起陈老师，就立刻转移了话题。许容与哪里都好，就是有的没的醋，他都喜欢拿出来挤对她，有点故意的味道。

叶穗跟他挥手道别："那我进去了啊？"

许容与："嗯，中午……"

叶穗："中午不用给我送饭，公司管一顿饭的。容与你白天干

073

什么？要不要我请假陪你？"

许容与一个大一学生没有要求实习，而且他在年前就跟着大二的学长学姐做过古建筑测绘了，现在完全没什么事。满校园都没几个学生，许容与一个人待着多寂寞啊。

许容与："我一天的计划满满当当，你与其担心我没事干，不如关心下你自己是不是太闲。"

叶穗浑身充满了干劲儿："好了你走吧。知道你是大忙人一个，纡尊降贵来送我，我太感激了。我这就去上班，这就去工作，争取做祖国的栋梁，为我社会主义大建设做出自己的贡献！"

许容与失笑，眼看她进了公司，自己才转身离开。

回到学校宿舍后，许容与开了电脑，在老师的介绍下，他接了一个设计私活儿，忙了一上午，和甲方联系敲定合作后，许容与去接了杯水准备歇一歇，吃完饭再继续工作。

他闲下来的时候想到自己的微博账号被叶穗举报的事，不知道有没有举报成功。许容与捏着眉心，心想如果真被举报成功了也挺麻烦的，他这个号用了好几年，不太想换。

登上微博后，许容与意外地发现自己竟然没有被举报成功，他不太会用微博的功能，想试一下，直接给叶穗发了条私信，一个笑脸表情。

没想到居然发送成功了。

许容与不知道这是自己又被叶穗从黑名单放出来了，他以为这是举报不成功，发私信的目的也是以示举报失败。

叶穗在工作闲下来时登录微博，准备吐槽公司对实习生的压榨，然后看到了昨天那串数字ID给自己发来的私信，是个笑脸。

这是挑衅啊！

叶穗容易心软，一般她都是前一天掐架，第二天就会找机会把黑名单重新放出来。但是放出黑名单后，又来挑衅她的人，这真是独一份啊。

正好工作上受了气,叶穗就硬气地骂了回去:"欠不欠啊你?滚啊!"

网上键盘侠多,经常会有素质低、现实中过得不好的人在微博上彰显存在感。这是叶穗不怎么玩微博的一个原因。以前她随便发几张自拍,就被人评头品足攻击,之后她就将微博账号闲置了。

现在把微博捡回来玩,叶穗打算拿它当成朋友圈用,也不准备忍着气被骂了。

回完私信,她已经预料到即将到来的骂架了。她正要把这个人再次拉黑,没想到这个女人发来了下一条信息,竟然意外地没有破口大骂,而是语气平和地问她:"这个时间,你不用上班吗?怎么在玩微博?"

咦?这满满的教导主任质问的语气……

她相信杠精应该是找到新的攻击她的理由了吧?

叶穗从来不怕吵架,正好这会儿没事,她就回了过去:"姐姐我工作很闲,正好在休息,不劳你费心!"

那边停顿了一下,信息回过来:"你和你男朋友怎么样了?"

叶穗愣住了,觉得意外无比。

她的语气真的称不上好,但是对方居然没有受到她语气的影响跟着杠。仔细想来,其实这个人除了昨天第一次留言时说话内容和语气都不动听外,之后根本没像泼妇一样骂街。

对方只是发了一串省略号,就被叶穗拉黑举报了。人家今天和她说话,依然没有动怒,大骂脏字……

这个杠精,也许不是一般的杠精。

叶穗自我反省,大概是她上网时间久,脾气太坏,才看谁都觉得在杠她。也许人家说话的语气就是那个样子。比如她男朋友许容与,说话难听吗?难听,但人家只是实话实说。

想到这一层,叶穗略微心虚。为了弥补自己的错误和证明自己的猜测,她试着和这个人多交流:"我和我男朋友挺好的啊。"

对方回问:"是吗?不是还因为你的老师在斗气吗?"

075

叶穗:"所以我决定不在朋友圈乱发东西了啊,我在微博上说不让我男朋友知道就好了。"

对方回复:"你觉得这个方式能解决根本矛盾吗?"

叶穗确认了,这个人,真的不是杠精,但也是真的说话不怎么好听,总带着一种训斥的口吻……

换个时间,叶穗可能就翻个白眼不理了。但是现在,她真的很好奇对方到底什么意思。

于是她接着往下聊:"根本矛盾是什么?你又不认识我们,在网上听我的只言片语又能知道多少?我和我男朋友之间没有矛盾!"

对方又发来了一串省略号,随后回复:"根本矛盾是你男朋友介意你和异性关系好,而你自己也知道,不然你不会心虚,特意把你男朋友屏蔽出你的朋友圈。"

叶穗:"姐姐你怎么知道我在朋友圈屏蔽我男朋友?"

对方淡定地回复:"猜的。"

叶穗沉默了,之后领导喊她,她去忙了一会儿工作。到中午吃饭时间,她拿出手机,想了很久后,心平气和地回复了这个人的话:"你并不了解我。我不是只和异性关系好,我对谁都一样。总不能因为我有男朋友,我就不能跟异性说笑了吧?"

那边隔了一个小时才回她信息:"那你男朋友和你的异性朋友的区别在哪里?玩得好的异性叫男朋友,玩得一般的就是普通的异性朋友吗?"

叶穗又愣住了,手指按在手机屏幕上,盯着对方回过来的信息,良久没有回话。她坐在公司食堂里,心却已经乱了。好几个公司员工跟她打招呼,她盯着男人们的脸,都是过了一会儿才反应过来。

她对爱情的定位不明确。

她模模糊糊地产生了这个想法。

因为长得过分漂亮,她和同性的关系充满虚伪和攀比,相对的,她就会和异性的关系更好一些。但是时间长了,她身边的异性,只有杨浩这么一个算是铁哥们儿的朋友，其他异性，都或多或少对她心存爱慕。

为了维持关系，她假装不知道。

网上随便一段聊天，让叶穗的心乱了，下午工作时出了好几次错，被骂了好几回。灰头土脸的叶穗无心工作，干脆请了两小时假，想要想通这个问题——她是不是对许容与不好？

她在公园的长椅上坐了一个小时，期间有男人来邀请她去喝咖啡或者搭讪。

叶穗每次都笑着拒绝。

她在通讯录上翻找半天，最后还是决定找自己的好哥们儿杨浩说这个问题。叶穗对杨浩开门见山地说："我谈恋爱了。"

杨浩那边很清闲，发过来一条语音，听着没什么热情："哦。"他对叶穗谈恋爱的速度司空见惯，并且不以为然。

叶穗停顿了一会儿："我是不是对我的男朋友都不太好？"

杨浩语气激动："你又被分手了？"

叶穗莫名心慌，真的有点担心许容与和她分手。她仔细想想，自己一堆缺点，搭配许容与那么完美的人……许容与除了年龄比她小，就没什么缺点了。反而是她，一直在拖他的后腿。

许容与现在是被她无拘束的个性和过度的美貌所吸引，但是许容与比她小，没遇到过几个出色的女人。他家条件又那么好，一旦他见多了漂亮又优秀的女人，他就会和她分手吧。

叶穗忍气吞声地对杨浩说道："没有被分，但是我觉得快了……"

杨浩没回话，过了一会儿，直接电话打过来了。

叶穗接了电话。

"喂！"杨浩的声音生气勃勃，对她的新恋情充满了兴趣，"谁啊，你和谁在谈恋爱？"

叶穗："无可奉告。"

杨浩就不多问了："穗穗，不容易啊。难得见你才谈恋爱，就怕自己不够优秀被分手。稀奇稀奇！"

叶穗："你怎么知道我才谈恋爱？"

杨浩支吾了一下，他看了叶穗的朋友圈，叶穗在朋友圈狂夸新来的助教陈老师，但是她不肯说自己谈恋爱的对象是谁。杨浩非常理解。

而且陈老师符合叶穗的描述，确实很优秀啊，叶穗担心自己被分手是正常的。

杨浩理解："你说你才谈恋爱，我就猜你刚谈没多久呗。我说实话啊穗穗，你要好好谈恋爱的话，得改改你那一身懒散的毛病。多少男人都被你给气跑了啊？"

叶穗："那身为男人，你觉得我对象，咳咳，会喜欢什么样的女人？"

杨浩："温柔的，善良的，贤惠的，会做饭的……"

杨浩给叶穗支了不少招。

叶穗半信半疑。

许容与其实没想那么多。

他只是天生认真，和女朋友在网上讨论这个话题。后来女朋友不理他了，他就去忙自己的事了，没把网上的聊天放在心上。

下午六点的时候，许容与接到叶穗的电话。她的语气听起来没有微博上那样火药味冲天，许容与和她争论了一早上，这会儿听到她甜美的声音，精神还有些恍惚。

叶穗甜甜地说道："你下楼吧，我在二舍楼下等你。"

许容与："工作结束了？"

叶穗："嗯。"

许容与："晚上要一起做方案，本子拿了吧？"

叶穗："嗯！"

许容与："晚上不出去乱逛，不给你买零食哦。"

叶穗："嗯！"

许容与迟疑,有点疑惑这还是叶穗吗?他不放心地试探两句,叶穗催促他赶紧下楼,保证自己准备做得很充分。

许容与下了楼。

出了大楼,他还没张望,旁边一个女生就伸出手拦住了他,抱怨道:"你在看哪里啊?"

许容与向旁侧躲了一下,才认出是叶穗,他吃了一惊。

因为叶穗显得,嗯,很不一样。

许容与对自己的女朋友有明确认知——长得美,也从来不浪费自己的美貌。

永远化着妆,长发永远飘逸,红唇永远鲜艳,美甲一直在换不同的款式,衣服永远不好好穿,什么样的衣服能凸显她的好身材,她就穿什么。

羽绒服里面的穿着,永远是时髦新潮的。这些衣服价格不贵,但叶穗身材好,怎么穿都像杂志模特,走在路上不停地发着光,吸引所有人的视线。

所以许容与一下楼,本能地就去找视觉效果最突出的人。根本没想到一个穿得灰扑扑的、戴着羽绒服帽子的女生从旁边冒出来,搂住了他的手臂。

许容与手臂僵了下,眼神怪异地将她上下看了看:过膝靴短裙针织衫大耳环全不见了,只能看得见拉链拉到脖颈的大黑羽绒服。一头绚丽的、每次都让他眼角直抽的粉色发也藏在了帽子里。叶穗仰头,许容与只能看到她笑弯的眉眼。

叶穗笑眯眯地抬手晃了晃:"给你的。"

许容与一看,是叶穗给他带的小蛋糕。

叶穗:"我找食堂师傅教我做的,水平还可以的。这是我特意给你带的晚饭。"

许容与:"你怎么了?"

叶穗:"没怎么啊,我就是想对你好一点啊。"

许容与咳嗽一声:"你这一身衣服……"

叶穗："哦，你不是一直念叨我多穿点嘛。我寻思着我都有男朋友了，好身材给我男朋友看就行了，就换了穿衣风格。怎么样，还好吧？"

她特意转了一圈，让许容与欣赏。

许容与沉默。叶穗兴致盎然地说道："我打算改走贤妻良母的路线，好好照顾我男朋友的衣食住行。以后我给你送早饭午饭晚饭，一切以你为先，做一个优秀的女朋友！容与，开心不开心？"

许容与看着她的笑脸，勉强回答："嗯，开心。"

叶穗满意："我就知道我多照顾你的话，你会非常开心的。对了容与，我找好了晚上写作业的地方，我们一起吧？"

许容与："为什么不等我来找？"

叶穗茫然抬头："啊？这种事很辛苦啊，我帮你，你不高兴吗？"

许容与沉默一下，更加勉强地说了一声："谢谢，我很高兴你为我着想。"

叶穗大度地说道："不客气。"

然而叶穗没想过，对许容与来说——他如果喜欢贤妻良母型的女朋友，他为什么喜欢她？

许容与如果真的喜欢穿着打扮非常普通的女生，他为什么只念叨着让叶穗穿厚点儿，从来不批评她化妆做美甲？还支持她染樱花粉的头发？

而且，他满满控制欲，喜欢操心，喜欢投喂叶穗，喜欢对叶穗的事方方面面掌控。他喜欢给叶穗定计划，监督她完成。叶穗是个没计划没欲望没要求的姑娘，她对身边的事都随随便便好说话，许容与的控制欲正好可以发挥，而不被她讨厌。

许容与被许志国夫妻安排了这么多年，一直强忍着，好不容易能自己安排自己的事，安排叶穗的事，这种爱好居然又被剥夺。

两人一起去咖啡厅做作业，叶穗去上洗手间的时候，许容与想了一下，给叶穗的微博留言："男人都是视觉动物，你懂吗？"

叶穗给他回复："姐姐，不懂的是你。我男友有深度，他爱的是内涵。别的男人可能是视觉动物，但我男友肯定不是。"

许容与冷冰冰地敲字："男人都是视觉动物，要不要打赌？"

叶穗："神经病！"

她为什么要和一个网上的陌生人拿自己的男朋友打赌？又想拉黑这个数字姐姐了！

第四章
委曲求全

叶穗回到餐桌前,许容与盯着她看了两眼,没忍住说道:"你没去……补一下妆?"

叶穗心一惊,想自己脑子里一堆事,居然忘了补妆了。她连忙从包里掏出小镜子,当着许容与的面搔首弄姿半天。忽想到许容与正坐在对面盯着她看,自己这样显得太轻浮。

叶穗缓缓放下小镜子,对许容与落落大方地露齿而笑:"我喜欢自然美,这样子不好看吗?"

许容与静坐良久,在叶穗脸快笑僵的时候,昧着良心慢慢地说:"好看。"

但是本来还可以更好看一些。

叶穗难得认真安排和许容与的约会,财政大权掌握在自己手中,还蛮……辛苦的。

比如她工作前要算自己几点起床,几点吃早饭,叫男朋友一起吃早饭,男朋友送她去公司会不会耽误人家时间,男朋友中午饭怎么解决,晚上饭怎么解决,晚上两人一起去哪里学习逛街……

这些都是她没有经验。

叶穗是享受型人格，无拘无束，不喜欢管别人的事。交往的朋友和她在一起时因为她不会问东问西，大家很自在。但时间久了，也难免会觉得女朋友对自己不上心。叶穗下定决心在许容与身上改正自己的缺点。

东大正月十九才开学，现在距离开学还有一周的时间，叶穗坚持每天对许容与嘘寒问暖。

"容与，你起床了没？我在二舍楼下等你，给你带了早点。"

"容与，午饭你去吃西门的东门鸡腿炒饭吧，我已经跟老板娘说好了。"

"容与，你六点再出门吧，我们公司今晚加班，我恐怕回不去。"

坚持了三天后，叶穗苦着脸，觉得贤妻良母真是太辛苦了，她有点想放弃了。

午休时间，叶穗把长发扎起来，趴在办公桌前，学着许容与以前给自己做的计划表那样，把自己一天要做的事记录下来。她趴在桌前拿着水彩笔勾勾画画，写完一天的计划，密密麻麻的，她看到这么待办事项，顿时有些花容失色。

叶穗咬着笔，有点想半途而废了……

旁边一个公司的正式员工路过，看到她的计划表，凑过来多看了两眼，夸道："穗儿，厉害啊，想不到你是这么有规划、自控能力这么强的人。每天的事你都安排得满满当当，你简直不是人啊！"

叶穗抬头，与真诚夸赞的同事对视两秒，她干笑一声，谦虚地说道："哪里哪里。"

同事停在她桌前看计划表，人不走了："哇，你连和男朋友逛街的时间都算得这么清楚？这个，有点太过了吧？"

叶穗："还好吧？我看容与……就是我男朋友啦，他一天的计划就安排得这么细。"

"你对你男朋友真的好上心。坐几路车去哪个店都安排得这么细，你男朋友和你生活在一起一定很放心。"同事盯着叶穗脂粉不施的漂亮脸蛋半天，弯下腰，"穗儿，说实话，你刚过来实习时，

083

我还对你有刻板印象,觉得你这么漂亮,能干什么啊?但是现在看了你的计划表,我就知道你做什么都会成功的。以前的偏见,真是不好意思了啊。"

叶穗:"哈……哈哈,我就是这么有计划的人,我也没办法。"

在同事敬佩的目光下,叶穗背上代表硕大压力的大山,继续吭哧吭哧地做自己的日程计划表。

当天下班,许容与来公司楼前接她,两人一起去叶穗计划好的咖啡店吃晚饭和写方案。叶穗出大楼旋转门前,又看到中午那个同事对她竖了大拇指,她只好顶着偶像包袱和男朋友见面。

许容与走到她身边,两手插在衣兜里,站得笔直,眼皮不抬,人非常冷淡:"走吧。"

叶穗亲昵地说道:"别走别走,这个茶先喝一口。我刚才在办公室才煮好的,说是清肠胃。"

许容与默默地照她说的喝了茶。

叶穗又神奇地变出一块提拉米苏,笑眯眯地说:"你昨天不是说过我们公司楼前的甜点好吃吗?我今天给你买了。知道你争强好胜,这块大的给你吃,小的我吃。"

许容与:"我为什么要在这么奇怪的地方争强好胜?"

叶穗:"喂,我把大的让给你,自己吃小的,我牺牲多大啊,你感激一点好吗?"

同事从旁边走过,又夸张地说道:"叶穗真的好疼你的男朋友啊。"

叶穗维护自己的偶像包袱:"没有没有。"

提拉米苏快戳到许容与眼前了,许容与往后退开了一步。他看一眼叶穗,叶穗的眼睛里写满了爱意:吃吧吃吧,我特意给你买的。

许容与心想:我昨天想吃,就代表我今天也想吃吗?你为什么不考虑一下我昨天已经吃过了?为什么不问我一下?

但是,叶穗好不容易奋起一把,他还是应该鼓励的。

许容与明明心情不好,明明不喜欢女朋友这个样子,他还是心疼了一下叶穗的付出和自己的无情。吃了一小口后，许容与虚伪地夸了一句："辛苦了，挺好吃的，我非常喜欢。"

叶穗笑眯眯地说："喜欢就好。"

别过脸，她的表情垮了下去。他为什么要说喜欢？他要是说不喜欢她的安排的话，她就可以顺理成章地卸下身上的重任了啊。

谁想做什么贤妻良母啊！

晚上一起写完方案，许容与出去打了个电话，回来的时候看到叶穗还趴在桌前写写画画，惊讶地感叹叶穗居然有爱学习的时候。看来她这两日状态调整得非常不错，虽然他不喜欢她的多事，但是任何良好的改变都需要鼓励。

许容与拉开沙发坐下。

对面叶穗抬起头说道："容与，你觉得我这两天做得不太好对不对？"

她眼里写满了对未来幸福生活的期盼。

许容与心疼了一下，想到叶穗以前一定不常被人夸，她肯定是想求表扬，需要鼓励，虽然他不太喜欢，但是……许容与嘴边的话一转："不，挺好的。"

叶穗顿时很失望，叹了一口气。再次抬头时，她的眼睛里写满了犹豫。

许容与："嗯？"

叶穗贝齿咬着下唇，神色非常难为情。许容与耐心等待半天，叶穗终于忍不住还是开了口："容与，明天就是元宵节，我们一起过吧。"

许容与眼中闪过一丝暖意，他忽然也觉得几分赧然，轻轻嗯了一声。

叶穗又说道："我们实习是没有工资的你知道吧？"

许容与不解："知道，到底怎么了？"

叶穗期期艾艾，她本来坐在许容与对面，但是现在觉得不方便，她站起来，长腿一跨，越过了茶几。拿着手上的一页纸，非常不好意思地跟许容与说："让一让，让一让。"

许容与莫名其妙地被她往里挤，一张单人沙发，她硬要挤过来和他一起坐。许容与手脚都没处放了，无语地看她。

叶穗从他腋窝下穿过，以非常亲密的姿势靠在他怀里，抬起头小声说道："容与，你能不能借我点钱？"

许容与目中了然和疑惑二色一起浮起。

他问道："上次不是给了你五千？你用完了？你买什么了……"

他本能地想教育叶穗，但是一想她每天操劳那么多也蛮辛苦，就闭了嘴不说话，直接掏出手机准备给她转账了。

叶穗大呼冤枉："你不当家不知柴米贵！谈恋爱真的很花钱！马上开学了，我还要留生活费。但是你看看，我们每次喝的咖啡，买的甜点，哪个不花钱啊？还有明天是元宵节，两个人一起玩总要花钱吧？又是一笔钱出去了！我又不赚钱，上次的模特钱还没给我结，只能找你借点钱了。"

许容与准备给她转账的动作停住了。

他抬头若有所思："你每天要花多少？"

叶穗委屈死了："两个人一起，怎么也得两三百吧。"

许容与表情淡淡的，暂时看不出他什么态度，因为他的语气也很平和："你生活费还剩多少？"

叶穗说了一个数字。

许容与心里有数，问道："这个数字不对吧？"

叶穗顶不住男友的眼神压力，只好重新说了一个数字，是上个钱数的一半。

许容与皱着眉说道："你没钱了为什么现在才告诉我？还剩下两三天就开学了，钱花光了你才告诉我？"

叶穗没觉得怎样，回答："没有花光啊，谈恋爱本来就费钱嘛，买衣服本来就费钱。我只是忍不住买了衣服鞋子，而且衣服鞋子其实也没多贵……"

许容与说道:"没见到你穿过。"

叶穗心虚了一把,干笑:"买完了我才想起我现在不需要那些。但是太好看了,我就想留着……"

许容与没有笑:"你不赚钱你花这么多?你有没有点计划?你知道我们的建材模板还没买全吗?知道实地测绘需要钱吗?知道考察估测需要钱吗?下学期还没开始,你就把花钱成这样了?有没有账单?拿来我看看!"

叶穗被训得一下子蒙了,她瞪着许容与:"你这么凶干什么?你整天什么都不做当然不觉得花钱了。而且我都是拿我自己的钱在补贴好吧?我下学期的生活费也没着落呢,我都没有抱怨。我要不是实在凑不出来,我才不会跟你说。"

许容与言简意赅:"账单让我看看。"

叶穗:"你不会是怀疑我乱花钱吧?"

她有点生气,她每天多辛苦地在管账啊,算得脑仁儿都疼。明明不想干,偏偏包袱一堆,最后许容与还不体谅她的不容易,还来质问她把钱都花哪里去了。

许容与安抚道:"我没有怀疑你乱花钱。"

叶穗表情稍微一缓。

但是许容与仍然坚持说道:"把账单拿来看看。"

叶穗:"你!"

情侣之间基本的信任都没有吗!

叶穗气愤地把自己平时记的账单扔了过去,别过头,理直气壮地等着他看完了来跟自己道歉。结果许容与拿过一支笔,开始拿着她的账单勾勾画画。一大片划掉的内容,代表的是他觉得不重要的支出。

许容与冷冷淡淡地说道:"例如今晚的两个蛋糕,我说我需要了吗?你还乱买了茶叶,我看你是被人哄骗买的假货,还拿来给我喝,三无产品吧?中午还跟同事去吃人均一百的自助餐,叶穗,心里没有点数吗?别人请你你就去?你……"

"喂！"她这次是真不高兴了，"你不要抨击我的生活方式！"

许容与抬头："我希望你认真审视你的生活方式。"

他的语气很平静，显然没觉得自己的话有多过分。叶穗看他拿着那支笔，在她的本子上刷地划去一杠，刷地再划去一杠。账单被他看过后，全是被划掉的线条，好像她每天安排的80%的事都是没必要的。

许容与从衣食住行的方方面面都对叶穗进行了攻击。

他虽然不开口，但他手中的笔每划一次，叶穗盯着他青筋微突的手背，心里就恼一次。

本子翻了页，翻到了明天的事务安排，看到人均两百的日料餐厅，许容与手上顿都不顿一下，直接划掉了。

叶穗扑过去阻止他："这个不能划！元宵节的日料店很难预订的！我托了同事的关系才订下来！这个不能取消！容与，一年就这么一次啊，你不能划！"

许容与眼都不眨："我们都是学生，花的父母的钱。人该有廉耻自尊心，不必要的消费你之前已经占太多了，之后要补救回来。"

叶穗："你是说我没有廉耻自尊心了？"

许容与抬眼，平静地说道："我没这么说。"

叶穗冷笑："可你就是这个意思。"

许容与捏了捏眉心，他显然不理解叶穗在气恼什么。许容与低声说道："不要无理取闹。叶穗，你知道你有点过了。"

叶穗："我不知道！过分的是你！"

许容与顿了一下，做出了让步："好吧，你如果特别想去这家日料店，明天我们就去吧。"

叶穗站了起来，抓了抓头发，恼怒地说："根本就不是去不去日料店的问题。我这段时间劳心劳力，从睁开眼就开始想两个人的一天怎么过，你衣服起个褶子我都要关心一下。我还想给你买衣服买鞋子，想尽法子让你过得比以前没谈恋爱时好。你非但不体谅，你还在全盘否定我。"

许容与:"第一,我没有全盘否定你。第二,你抱怨你每天很累,难道我不累吗?我让你管我的方方面面了?谁让你每天那么操心了吗?你做的安排都是我喜欢的?你把我的事搅得一团乱,我有说过你什么吗?第三,一切都是自愿的,互相迁就的,不要抱怨。"

叶穗看着许容与那非常平静的样子,好像她的生气和羞怒全是无用功,根本影响不到他。她觉得心凉,原来她做了那么多,每天让自己那么辛苦,许容与真的没有领情。

她真是第一次遇到这么冷心冷情、理智客观的人。

叶穗一下子泄气了,赌气地说:"那什么都不要安排好了。明天就约自习室约会吧!别人元宵节出去玩,我们就在自习室!"

许容与眯眼看她:"你认真的?"

叶穗说:"没错,我认真的!学习让我振奋,使我快乐!反正比跟男朋友待在一起快乐!明天我哪里都不去了,我就要待在自习室学习!"

许容与说道:"那你可能忘了还没开学,自习室不开门。你在咖啡店坐一晚,还不如去你的日料店。"

叶穗气得说不出话。

两人对望,半天后叶穗才说:"你错了,我有陈老师的电话,陈老师会帮我安排好的。"

许容与的脸沉了下去,他警告道:"不要在这时候提陈老师。我们吵架的事,你把陈老师扯进来干什么?"

他没有直接说"你在无理取闹",但他的态度就是那样的。叶穗扯着嘴角,对许容与挑衅一笑。

许容与额角轻轻一抽,就看叶穗当着他的面打了电话。和许容与说话时她还带着一股子愤懑,电话接通后马上切换甜美声线:"陈老师您好,我是叶穗。"

许容与当即站了起来,叶穗早就有准备,在许容与站起来欲抢她手机的时候灵巧躲开。许容与伸手拽着她手臂,想将她拖过来。叶穗语速飞快地和手机那头的陈听飞说事。等许容与把手机抢到手时,叶穗已经通话完毕。

她十分痛快地冲许容与笑:"陈老师答应把办公室让给我们自习!许容与,你不是就喜欢押着我自习吗?明晚我们就快乐地自习个够吧!"

许容与盯着叶穗看了半天,看她不打算改主意,就松开手无所谓地说:"我当然怎么都行,你不要把自己气哭就好。"

叶穗仰头嗤笑:"我当然不会。"

但是今晚不痛快的约会结束后,叶穗心里气得不行。可是她不想发泄,发泄出来就印证了许容与的话,她在自己找罪受。她委屈满满,心想许容与为什么就不能稍微低一下头?

许容与的语气那么强硬,那是对女朋友的态度?

他就不能和她互相吹捧,彼此达到人生巅峰吗?

叶穗给两人约了元宵节的自习,许容与无所谓,她自己一晚上翻来覆去,又气又委屈。尤其她半夜睡不着,委委屈屈地打开朋友圈,发现许容与那边安安静静的,什么表示都没有,她更难过了。她从床上爬起来,给许容与打电话,许容与居然关机。

大概已经睡了吧。

晚上两人闹成那样,他还能睡得着?

这是一点儿都不在乎她吧?

叶穗多随和大度的人啊,这次却被许容与气得胃疼。

第二天早上,叶穗懒得给他买什么早饭,叫他起床了。她洗漱时,盯着镜子里脂粉不施的姑娘,一肚子气又涌了上来。叶穗在心里暗骂一句,扭头就把收起来的新潮无比的衣服重新翻出来穿上了。

男人算什么东西,她要丢掉自己贤惠的偶像包袱,打扮得漂漂亮亮的!

化妆完毕,踩上高跟鞋,叶穗雄赳赳气昂昂地上班去了。

过了半小时,许容与在五舍楼下给叶穗打电话,电话那头的叶穗非常虚伪地笑着说:"不好意思,我已经在公司了,晚上再见。"

许容与问道:"你们公司这个点儿好像还没开门吧?"

正站在公司写字楼外,穿着长裙光着腿打哆嗦的叶穗被许容与一句话堵住了。她翻了个白眼,假笑着说道:"哎呀我领导来了,我先挂电话了,拜拜。"

傍晚许容与来接叶穗,终于见到了她本人。看到她又换回了之前的穿衣风格,过膝长裙衬得她腰细腿长,摇曳婀娜,许容与眼睛轻轻亮了一下。

他的女朋友,明眸皓齿,顾盼生姿,还是和以前一样动人。

许容与咳嗽一声,笑着将水壶递过去:"很漂亮。"

叶穗扬起眼梢,似笑非笑,没接他的水。

许容与疑惑不解,不知道她又在闹什么。

元宵节两人真的回东大了,叶穗联系了陈听飞老师,陈听飞从校外公寓开车过来,第一次见到了叶穗口中的学弟。陈听飞带着两人上了系院大楼,把办公室的门给两人打开,然后将钥匙给了叶穗。

陈听飞:"你们两个上完自习把门锁了就行,明天我再来拿钥匙吧。"

叶穗说道:"谢谢老师!"

陈老师望着她轻笑道:"不客气,回头记得请我吃饭,补回来就行。"

许容与神色一顿。

陈听飞点了个头,人就出办公室了。青年面孔俊朗,像是有钱人家的公子哥出来历练。许容与若有所思,想到在校门口看到的这位陈老师开的车,确实是个有钱人。

许容与正想问一下叶穗陈老师的情况,叶穗已经坐在办公桌前把书本拿出来了,开始心无旁骛地翻书学习。她低头认真看书,一副不准备和许容与说话的样子。

叶穗拿书挡住了脸:"不要打扰我,我要学习!"

许容与沉默。

他不是完全没感觉,就算他情商再低,也察觉到女朋友对他的态度有问题。

许容与头痛了一下,茫然而无措。他还真的没有这方面的经验,主要是他都没懂叶穗为什么不高兴,自习室是她订的,他问她确定不确定,是她自己斩钉截铁说确定,现在她又闹什么脾气?

没有经验的许容与,呆坐半天,想到了一个可能有经验的人。

他给许奕发信息:"哥,你惹嫂子生气了怎么哄嫂子高兴?"

许奕:"买东西啊。怎么,你惹叶穗生气了?那完了,穗穗多随和,你得大出血了。"

许容与心想:我正在努力改掉她乱花钱的毛病,怎么还能继续乱买东西?

他没理许奕的八卦,许奕追问他也不搭理。许容与决定上网找找参考,打开网页一搜索,发现网上还真有和他一样烦恼的网友。

大家提供的答案,非常奇怪,许容与确定这些办法用在叶穗身上毫无参考性。

许容与无计可施,只能硬着头皮继续找靠谱的方法,后来真让他查到了不少哄女朋友高兴的方法。许容与精神一振,开始认真揣摩。他做事时容易心无旁骛,哪怕上网,都看得聚精会神。

叶穗在隔壁桌用余光悄悄看他,许容与垂下的眉眼丁点不动。叶穗咬了咬牙,暗恨他的无情——猜都不用猜,许容与肯定真的在学习。

他压根就没觉得她在生气,也没反省过他做错什么。

叶穗愤愤不平地掏出手机,打开朋友圈,正大光明地发了一个愤怒的、头上冒火的表情图。表情图发出去还没有一秒,评论区里就多了很多关心她的留言。

蒋文文:"穗儿没事吧?大过节的生什么气啊?"

余瞬:"要不要出来玩儿啊?"

不知道什么时候加上的明瑜水紧跟着回复了余瞬一条省略号。

林林总总，留言不少，可惜就是没有许容与的。

叶穗特意没有屏蔽他，他都看不到她发的朋友圈。这种毫不关心她的男朋友，要来干什么？

有那么一瞬，偷看许容与的叶穗，心里冒出了分手的念头。

许容与喜欢不留情面地教育她，他家境又太好，和他在一起家庭迟早成为一道难关。他还比她小，成绩比她好太多，未来发展大概和她也不是同一个方向的，他们平时的生活理念也不一样，两人根本就不搭。

但是这个分手的念头刚冒出来，叶穗就被自己吓了一跳，赶紧浇灭。她和许容与谈恋爱不过一个月就想分手？虽然一觉得不合适就分手是她的常态，但是许容与之前警告过她，分手后就老死不相往来，因为这么可笑的理由草率分手的话，她肠子会悔青的。

许容与还在看他的手机，一点没看叶穗。

叶穗闷闷不乐地往下划拉朋友圈，看到今晚过节，大家都在吃汤圆、逛灯会，连她妈妈叶一梦都在开开心心地和老公开车自驾游。看了叶一梦的朋友圈，叶穗才知道为什么张新明没来烦她，原来这对夫妻出去旅游了。

叶一梦连通知她一声都没有。

她妈妈……越来越忘记她这个女儿的存在了吧。

近则不逊，远则怨，就像她们母女这样吧。

自从爸爸去世后，合家欢就没有她的份儿了。

她有男朋友了，想和男友好好过节，伪装出合家欢的样子，许容与还嫌她不切实际，批评她乱花钱……

叶穗看着自己的手机，眼圈慢慢红了。越是看朋友圈上面的过节分享，越是感觉到自己的孤独无助和委屈。别人都在过元宵节，就她在冷冰冰的办公室里上自习，旁边那个叫男朋友的人有和没有的区别在哪里？

叶穗呆呆坐在办公桌前，无人安抚，一腔委屈越放越大，慢慢地，她的眼睛变得湿润，鼻头发酸，热泪盈在眼眶里，涌上眼睫，滴答滴答地往下掉。

豆大的眼泪滑过脸颊，落在手背上，滴在桌上。

许容与忽然转过头来，轻声叫道："叶穗……"

许容与愣住了。他观察力敏锐，很多时候不是特意看都能看出区别，更何况叶穗是真的落泪了。她哭得无声无息，只有眼泪一直往下掉。

许容与一把搂住她的肩膀，另一只手拂起她落在颊畔上的碎发。他强行将叶穗的转椅转到自己这边，便看到叶穗垂头落泪，在看到他的脸后，叶穗哭得更凶了。

叶穗狠狠地扭过脸不让许容与看，她狠狠地拿手背擦了下自己的脸，脸颊被擦出一片红痕，睫毛湿漉漉地黏在一起。她抿着嘴，又傻又可怜。

许容与凑近她，轻声问道："你……哭什么？"

叶穗不吭声。

许容与："不是你非说要在这里上自习吗？"

叶穗立刻回头，泪眼婆娑地瞪着他，厉声质问："我说我明天要去跳楼你也鼓励我去吗？"

许容与懂了，既觉得不可思议，又确实有些愧疚。

许容与看她哭心里就不舒服，只想赶紧止住她的眼泪："好了好了，那我们出去吧……"

"出去干什么？现在都几点了，我和你出去干什么？"叶穗肩撇开许容与搭在她肩上的手，从转椅上站起来，走到办公桌后的空地上，"今天到现在这么长时间，你到现在才说出去，早干吗去了？"

许容与沉默着，他慢慢说道："早些时候，我不知道你在生气。"

叶穗指着他说道："看，你就是这样！"她边落泪边说话，理直气也壮，气势比谁都高。

许容与忍不住心烦意乱。他本来就见不得叶穗哭，现在还来指责他，许容与压下心头的火气，尽量平静地问道："我是怎样了？"

叶穗:"永远这么冷静,不生气不难过,不高兴不失望。我说什么你都有话等着我,准备来训我。这像是谈恋爱吗?我真的给自己找了个爸爸吗?"

许容与也恼了,跟着她站起来,仍然努力平心静气:"我不冷静怎么办?跟着你一起大喊大闹?有问题了不应该冷静下来解决吗?而且昨天的事,你仔细想想,我真的错了吗?让你不要乱花钱也没错吧?"

"可我就是要!"叶穗抬高声音,"我一年能过几个大节?我爸我妈都不在,我借钱都要过个好节,让自己不要那么可怜,又有什么错?就算超过我自己的承受能力,可我只是跟你借钱,也没让你替我承担吧?你天天训我!整天让我记那些破账,逼着我学习,我现在连吃个大餐的机会都没有吗?"

许容与微愣,有些茫然地问道:"你……这么重视这个元宵节?对不起,我不知道……"

叶穗继续说道:"你当然不知道了,你生活幸福美满,有父母有哥哥,在家里是最受宠的孩子。你不把元宵节当回事,你当然不知道我有多珍惜了。"

她说着又开始掉眼泪:"我还给你买茶叶,你说你肠胃不好,我就上网问人,买了那么点儿茶叶,也没见过你多喝两口。因为你嘴挑,高贵嘛,当然看不上了。"

许容与愣了半天,有些挫败地说道:"不是你想的那样。"

他家庭的和睦只是表象,那些热闹不属于他。他从初中就习惯了一个人,什么都是自己一个人。可能他确实冷心冷情,或者温暖离开得太久了,他已经忘了那种感觉……总之他确实不奢望什么春节,什么元宵节,什么端午节。

都是他一个人。

一直是他一个人。

他表现得不需要那些,就真的不需要那些了。他不知道叶穗和自己不一样,不知道她这么看重一个小小的节日。他也没有理解她的口是心非,他搞砸了这一切……因为他和叶穗之间的问题太多了,顾左不顾右,他没想到这么多……

然而,许容与颤抖着嘴唇怔望着叶穗,说不出自己的家庭没她想得那么完美。

倪薇不是他的亲妈妈,许奕也不是他的亲哥哥,那些人并没有理由对他太好。他和她一样是可怜人。可是他站在这里,面对着心爱的人,心乱如麻,自尊心和羞耻心拉扯着他。他太难说出这个从不对人言的秘密,太难揭开自己心里的伤疤给人看了……

许容与的脸色渐渐苍白。

他的眼睛很黑,暴风雪蕴于其中,幽暗又肆意,带着许多疯狂。他唇齿艰涩,声音颤抖,走向她的四肢僵硬无比:"听我说,叶穗,我……对不起,我……我……"

叶穗垂下眼,丧气地自嘲。她报复一般地嗤笑一声:"和你谈恋爱谈得太无聊了,你根本没那么喜欢我。"

那个转身走的潇洒姿势,充满了叶穗强烈的个人风格。

许容与终于挣脱了自持冷静的束缚。

叶穗踩着高跟鞋,耷拉着脑袋转身打开门,踏出门的瞬间,她的手腕被人从后面拉住,许容与的气息靠过来,叶穗侧过身躲避,伸手推他。

许容与扼住她的手腕,一下子将她推靠在门上。

叶穗穿上高跟鞋一米七出头,仰头也才能和许容与的下巴堪堪对上。

许容与抓她手腕的力道很重,叶穗近乎尖叫:"许容与!"

许容与:"别叫我。别说和我谈恋爱无聊。和我谈恋爱,不会无聊的。一定不会的。"他发誓一般保证,冰凉的鼻尖与她相贴,轻轻蹭着。

叶穗仰头看着他,轻声说道:"容与,对我来说,你还是太小了……"

许容与淡漠地说道:"你以为你对我来说就是完美无缺的?你

又是多称职的女朋友？你只顾着你自己高兴，喜欢就来不喜欢就走，发脾气不说原因，突然闹也让我看不出征兆……你是我遇到的最麻烦的难题！

"我讨厌你和异性关系好，和谁都亲亲热热做朋友。讨厌你对感情太儿戏，不付出不培养不磨合，一旦觉得没那么好转身就走。我还讨厌你总说我年纪小，说我是弟弟，觉得和我有代沟。更幼稚的人，更不负责任的人，到底是谁？你是有多完美，才什么辩解机会都不给我就转身离开？"

叶穗眼睛里还泛着泪花，却开始瞠目结舌了。

她就知道，许容与的嘴，得理不饶人！她哪里说得过他！她为了许容与低声下气做那么多自己本来不会做的事，到头来无理取闹忘恩负义的人好像只有她一样？

叶穗扬起下巴："行，你辩解吧。我不是不讲道理的人，但我是不要逻辑的人，我倒要欣赏欣赏你怎么用你这么厉害的嘴来说服我。"

许容与手臂撑在墙上，垂着头入神地看着叶穗仰起的脸。那个慵懒的、随意的灵魂，在叶穗身体里复活，肆意地嘲笑着他的谨慎小心。

叶穗的灵魂告诉他：我不在乎其他！我只要爱！我只要它在。

它当然在。

许容与撑在墙壁上的手指轻轻一动，一声清脆的啪声后，办公室的灯熄灭了。骤然降临的黑暗，让叶穗不适地眨了下眼。

接着，她的唇被堵上了。

许容与亲上了她的唇角。唇齿相挨相撞，不依不饶地亲吻她。

叶穗肩膀一缩，受惊一般地头向后一躲，黑暗中，她感受到许容与和她相贴的呼吸。

叶穗颤声问道："你干什么？"

"证明我不想当什么弟弟。让你欣赏我怎么用我这么厉害的嘴来说服你。"许容与冷静无比，"两个理由，你选一个吧。"

叶穗呆了半天，大脑短路一样喃喃地说道："那你关灯干什么？"
许容与低声："我害羞啊，学姐。"
一声"学姐"，被他叼在唇齿间喊得暧昧纠缠，许容与的声音在叶穗耳边缠绵悱恻，叶穗飘飘然时，下巴再次被抬起，许容与垂下头又亲了过来。

叶穗的心跳开始加快，胸腔里的怒火渐渐平息。
叶穗嘀咕着推许容与："讨厌，你对我一点也不好……"
许容与轻声说道："我永永远远对你好……"
叶穗眨着眼睛抱有怀疑，黑暗中触感更加清晰，许容与微笑着搂住她的腰，亲上她的睫毛，眼睛。叶穗一阵发痒，笑了出来，衣兜里的钥匙落了地。

忽然，办公室的门被推开，陈听飞的声音从门口传来："咦，怎么关灯了？"
许容与一把推开叶穗，弯下了腰。

办公室灯的开关被推开门的陈听飞老师打开，陈老师被门口的人影吓了一跳，原本应该坐在办公桌前的叶穗和许容与，居然和他距离不过一尺。

两人挤在一起，许容与弯下腰蹲在地上捡钥匙，叶穗的粉红长发一半扎一半披，蹲在地上捡她的高跟鞋……

陈听飞眯着眼，带着怀疑的神色看着两人："你们两个……干什么呢？"

叶穗："他在捡钥匙。我……帮他捡钥匙。"
陈老师的目光落在她手上的高跟鞋上。
叶穗干巴巴地说道："我帮他捡钥匙的时候，脚崴了一下，鞋子掉了，我在捡鞋。"

许容与飞快地抬眼看了陈老师一下，又低下头小声打招呼："老师您怎么又回来了？"

陈听飞又盯了这两个学生两秒："我回来拿个教案。"

叶穗厚着脸皮对他露齿而笑,倒是那个大一新生耳根通红,没怎么抬头。陈听飞走到自己的办公桌前拿教案,扫了眼桌子没看出什么不对。

拿了东西准备走人的陈听飞敲了敲门,提醒两人:"叶穗同学!"

叶穗眯着眼笑得非常乖巧:"嗯?"

陈听飞警告:"你们两个,不要在办公室胡来,知道吗?"

许容与脸涨红,完全不敢抬头。叶穗非常自然地装出听不懂老师的话的表情。陈老师带着满心疑虑重新关上门,欲言又止地走了。

陈听飞走了半分钟后,许容与才抬起头,与蹲在对面望着他笑的叶穗四目相对。

叶穗干脆坐在地上,手上晃着自己的高跟鞋,吊儿郎当地开口:"容与,你不行啊。脸皮这么薄,怎么跟我混?"

显然,一吻定情,她突然不生气了。

这就是叶穗,脾气来得快,走得快。很少有事让她念念不忘。许容与有时候真的很佩服她的没心没肺。她没心没肺,却摊上多思多虑的他,也是彼此的劫了。

许容与轻轻笑起来,他伸手来拉叶穗:"走吧。"

叶穗:"去哪里?"

许容与:"过节日,怎么能让我们穗穗在这里待一晚上呢?"

他忽然开玩笑一样地叫她穗穗,叫得温柔又多情,叶穗没听他这么叫过,心冷不丁酥了一下,麻麻的,她捂住了自己的心口。

叶穗咬着牙抵抗许容与的攻势,扭过脸故意说道:"去什么去?我还要上自习呢,要去你自己去吧。"

许容与低头凑过去,叶穗仰头想躲,许容与只是笑着伸手擦去了她眼角的泪痕。

许容与目中星光盈盈,倒映在她眼中。他出神半晌:"我爱你。"

叶穗:"话题转得太生硬了,我不吃这套。"

许容与不以为然,轻轻拍了拍叶穗的肩膀,温和地说道:"叶穗同学,让我有机会弥补错误,对你好一些,可以吗?"

叶穗低着头,心怦怦直跳。许容与随意的道歉居然能调动她全身的血液,心想他温柔体贴的时候真动人,她也爱他。

叶穗扑哧一声笑出声,优雅又矫情地把手搭在许容与手上,被他拉了起来。

许容与和叶穗出了东大,茫茫夜色,叶穗已经不生气了,但是她也不知道这么晚了,两人还能去哪里。叶穗被许容与拽着手,小跑着跟在他后面还劝他:"算了吧容与,太晚了,肯定哪里都是人。灯市也全是人,想想也没太大意思……"

许容与握着她手腕,回头看了她一眼,叶穗盯着许容与的时候,脚步不禁慢了一步,恍了一下神,才听到他说:"交给我。"

好吧。叶穗追上他,笑嘻嘻问道:"许家小少爷要使用特权帮女朋友过节吗?"

许容与竟然接了她的玩笑话,非常顺理成章地说下去:"许家小少爷不用特权也能帮女朋友过节。"

叶穗双手捧脸,被许容与那回头一笑砸得心花怒放头晕眼花:"天啊,学弟真会讨姐姐欢心!"

被难得嘴甜的许容与哄得晕头转向的叶穗直到被许容与拉上公交车,才呃了一声——咦?公交车?

公交车!

好吧。

公交车一路往市中心走,晚上车里没什么人,许容与和叶穗上车后,轻而易举就找到了后排靠窗的座位。许容与坐在窗边,叶穗坐在他旁边。叶穗左右看看,车上除了专心开车的司机,只有一个昏昏欲睡的老太太。

看着许容与的侧脸轮廓,叶穗微微一笑,手在座位下,一点点摸进了许容与的风衣兜里,和他十指相扣。

许容与侧头看她,路灯照进车内,叶穗仰着脸,脸上笼着介于晕黄和皎白之间的柔光，黑暗让她的年龄无端缩小，像个十几岁的青涩的小姑娘一样懵懂，惹人怜爱。

叶穗仰着脸冲他甜甜一笑："学姐手冷，衣服没兜，借你暖暖手啊。"

许容与垂眸，浓长1的睫毛覆在眼上，他低声问道："只是暖手吗？"

叶穗懒洋洋地说道："嗯？"

话音未落，就见总是显得不近人情、不肯靠近叶穗的许容与，突然扯开他的大衣，将叶穗拥进怀里，用大衣把他们裹在了一起。叶穗的鼻头贴着他的衣领，抬头噙笑地与他对视，眼睛里盛满了星光。

叶穗小声说道："容与，很懂嘛。"

她的额头被人轻轻拍了一下，一点儿都不痛，更像是亲昵的抚摸。叶穗周身都是许容与身上的气息，她沉醉地轻轻吸一口气。她本来为了美穿得比较少，现在被他抱着，全身热烘烘的，脸也通红了。

许容与和她咬耳朵："叶穗，你看。"

叶穗蹭着少年平直的肩膀："我申请一下啊，希望我的男朋友以后可以叫我穗穗。"

许容与拒绝："你的男朋友还在和你进行地下恋情，为了少些麻烦，还是叫大名保险。希望女朋友能够理解一下。"

叶穗哼了一声，又被拍了下额头。

"叶穗，你看。"

叶穗缓缓地、不在意地偏过脸，顺着许容与的目光看去。透过车窗玻璃，他们看到一路蜿蜒的灯火游龙。五彩缤纷、绚烂多彩，城市像被打翻的颜料，在肆意挥洒。灯光照在窗上，浮在少年男女的面孔上，也映在他们的眼中。

灯如海，星如昼，人如蚁。

广播上循环播放着今年该市斥巨资打造夜城灯市，从某条线到某条线，是旅游出玩的人流高峰。请出游的旅客行人注意交通保证安全，禁止燃放烟花爆竹……

搭配着广播声，叶穗入神地看着车外从眼前掠过的灯市，许容与清淡的声线在她耳边解说："我查过，这条公交线上的灯都非常好看，人不算多，还能看到全景。我怕去灯市的人太多，就想这样看一看。当然如果你想去灯市，我们现在就可以下车。"

"不用，"叶穗声音柔软低吟，紧紧握着许容与的手，"这样就可以了……照你的计划走吧，你总是比我想得周全。"

叶穗靠在许容与的肩上，看了一路花灯，她的思绪逐渐涌上心头，走马观花，往年的情形都在脑中一一闪过。

最开始是和爸爸妈妈一起逛庙会看花灯的小叶穗，后来是爸爸去世后跟妈妈置气一个人坐着公交车在城里游荡的叶穗，再后来是太寂寞一定要在这天找个人出来陪自己的叶穗……

她不要一个人待着，一个人待着太可怜了。再匆忙，她也要在这天扒拉出一个朋友来取暖。

叶穗的肩膀轻轻瑟缩了一下，许容与便抱她抱得更紧了些。

"还是冷？我让你穿衣服穿多点啊。"许容与顿了一下，补充道，"我不是批判你，我就是建议你穿暖和点。"

显然他被叶穗晚上的大爆发吓怕了。

叶穗却只是仰着脸，甜甜地对他一笑。她眼中水光盈盈，欲说还休，最后却还是一言不发，只是搂紧他，轻轻在他的下巴上亲了一下。

两人在终点站下了车，又到了上次的摩天轮附近。这里是市中心，摩天轮是非常显著的城市标志。他们还没走到跟前，已经可以看到在半空中转动的摩天轮。

但是那里人山人海。

叶穗看了一眼脸就绿了，死活不走："我不要去坐摩天轮！人太多了我不想排队！"

许容与睥睨她："你小声点儿，没人让你坐摩天轮！"

叶穗放下心,拍拍胸口:"我以为你们大直男的思路都是哄女朋友就要带她坐摩天轮,跟她在最高处表白接吻,不是就好。"

许容与沉默地看了她一眼,默默删除了自己从网上搜索的那条"带女朋友坐摩天轮,在最高处跟她道歉表白"的建议。

许容与选了备选方案,他和叶穗进了一家档次不错的咖啡店。

刚进门,叶穗:"嚯!"

人超多啊,位置坐满不说,好些人还在站着排队,聊天聊得非常大声。

叶穗刚张口,知道她要说什么的许容与回头瞪她一眼,眼底略有些狼狈:"没人要你在这里排队,你也不用喊。"

叶穗:"如果你不是瞪着我说这样的话,我还比较相信你是真的没打算让我排队。"

许容与暗恨,把备选方案也删除。但是已经来了,他还是排队买了两杯咖啡,一碟新品甜点,打包带走。

两人出了咖啡厅,一人捧着一杯咖啡,吹着寒风,叶穗扬起装着小蛋糕的袋子,眼睛亮晶晶地朝江面一指:"去那边坐吧。"

许容与说道:"我正有此意。"

叶穗回头看向许容与沉静的侧脸,在许容与没有看她的时候,她拉下眼皮,对他做一个鬼脸,看着他笑。

许容与还在死鸭子嘴硬。跟叶穗玩浪漫这种手段,他哪里是叶穗的对手?

两人没有上桥,而是在江畔栏杆外停下。叶穗靠在扶栏上,开开心心地打开她的小蛋糕,拿出小勺子,笑眯眯地喂给许容与吃。

前方是江面上的摩天轮,周围人流向桥上拥挤而去。还有小贩卖小饰品,学生架着画板写生。

头顶月华如练,远处灯光璀璨。叶穗望着江景,咬着小勺子,喃喃地说道:"真好看。"

许容与没说话,而是望着她的侧脸。

叶穗望着江面,眯起了眼睛:"好幸福。"

许容与惊讶地问:"这就幸福了?"

叶穗:"对啊。我小时候,我爸妈经常带我来这里,这是我们本地的标志性建筑。那时候我爸每次都给我和我妈一人买一个棉花糖,我妈小孩子脾气,还总和我比谁的棉花糖更大,我爸更爱谁。

"那时候我妈对我也很好的。我们回去的时候,她还会讲故事给我听。

"但是现在……"

现在大家就像仇人一样。

爸爸是她和妈妈之间的黏合剂,爸爸不在了,妈妈就走丢了,叶穗就成一个人了。她垂下眼,吃了一口过甜的蛋糕,露出一个略微悲伤的笑。

她的幸福真简单啊。许容与说道:"你等我一下。"

叶穗不以为然:"嗯。"

叶穗沉浸在自己的思绪中,没理会许容与走了。她是本地人,这个城市留着她太多的回忆。她走过这座城市的每一寸土地,她不愿意离开这里,总觉得叶一梦已经抛弃了爸爸,如果自己也走了,那她爸爸一个人孤孤单单的,多可怜。

但是不离开这里,又总是挣不开往事的束缚,没有办法继续向前走。

叶穗望着江水有些茫然,她对自己的未来很迷惘。以东大建筑系在全国的名气,毕业后她可以轻松找到待遇可观的工作。但是做建筑师,真的是她的梦想吗?她在继承爸爸的遗愿,她靠近又抗拒,她也不知道自己喜不喜欢建筑学……

而且东大总是要求建筑学院的学生实习,每学期都有数不完的实习。越实习,叶穗越觉得自己不喜欢朝九晚五的工作。

但她都大三了,还有一年就毕业了……她毕业了该做什么呢?

"叶穗。"许容与忽然将棉花糖递到了她的眼皮底下。

叶穗睁大眼睛,笑了:"我就知道我说棉花糖,你肯定要去买。哎,好老套。"

许容与右手拿着一个卷轴，闻言一顿。

叶穗靠在栏杆上晃着腿，心安理得地把吃完的蛋糕和袋子丢给许容与，又接过棉花糖接着吃。她随口问道："你手上拿的什么？"

许容与嘴角扯动，表情冷淡："没什么，都是好老套没创意的东西。"

叶穗哈哈大笑，轻轻抬起脚尖踢了许容与的膝盖一下："不要这么计较。"

许容与瞪她一眼，才把卷轴拿来。她没手打开，只是眨着眼睛催促许容与。看着许容与慢慢地打开卷轴，她惊讶地哇了一声，因为这是一幅画——只是素描图，画的却是叶穗。

靠江的美人垂眼沉思，长发飞扬，风情万种，这幅素描图画得惟妙惟肖，连叶穗的神态都捕捉到了。

叶穗乍一看，被画中自己的风情惊艳了一把——她还有这么好看的时候呢？画得真好。

叶穗当即指责许容与："你看看，你还说不让我乱花钱，不让我订饭店。你自己不也是乱花钱？画得这么好，肯定不少钱吧？你这个败家子啊！"

许容与含笑："你喜欢就好。"

叶穗："再喜欢也不能败家啊，你这是乱花钱！"

她理直气壮地拿着许容与平时说她的话来堵他，念叨一通，抬头又与许容与眼中的笑意对上。

许容与一直在笑，温柔地看着她和画中的美人，叶穗脑子一蒙，忽然静了下来。

许容与证实了她的猜测："我画的。"

叶穗张口结舌，许容与抬手抚了抚她发顶，揪了下她头顶的粉毛，叹气说道："叶穗同学，我们是建筑系学生，当然会画画了。我只是借了别人的画架画板而已，掏了材料钱。"

叶穗继续找碴儿："为什么还要你掏材料钱？你这么帅，都不能免了材料钱？谁说的颜值即正义呢？"

105

许容与一本正经地说道:"可能是因为借我画板的同学是男的。"

叶穗:"哇,原来我男朋友借的不是漂亮的女孩子的画板,鼓掌鼓掌!"

叶穗拿着棉花糖靠在栏杆上,虚拍着鼓掌,笑得前仰后合。她的脚不知道踢了哪里,身子向前一倾,许容与连忙伸手接住她。

叶穗撞进了许容与怀里,不忘高高举起棉花糖,免得弄脏了他的衣服。

两人一低头一仰头,严肃对视,然后情难自禁,都笑了起来。

吃完了棉花糖,喝完了咖啡,江畔的人走了大半,叶穗和许容与还在江边。叶穗坐在扶栏上,许容与就站在她身后,随她一起仰头,看着江景上空的摩天轮亮光。

叶穗问道:"容与,大学毕业后,我要做什么呢?"

许容与漫不经心地回答:"我很高兴你这么早就开始想这个问题了,但是你想做什么做什么吧。"

叶穗:"那我想做什么做什么,你家里人不会嫌弃我啊?"

许容与淡淡地说:"那就不是你的问题,是我的问题了。我的问题不用你担心。"

叶穗:"你这话说的,你的问题不就是我的问题?"

许容与愣了一下,唇角轻轻翘起,高兴她有这种认知。但是许容与仍然低声,将话说清楚:"叶穗,你没必要为了我勉强自己做不擅长的事。你为了让我高兴去改变自己的特色,我也并不会高兴。就拿最近的事来说……我不说明白,你能懂吧?"

"嗯。"她茫然片刻,扭头问他,"那你毕业后要做什么?"

许容与平静地说道:"继续读书吧。研究生,博士,博士后,也许还在东大,也许在清华,也许出国。建筑学就是这样的,本科知识只是启蒙而已。既然已经学了这门专业,我当然要学好。"

叶穗:"哦。"

但是叶穗挺高兴的,推了推许容与的肩膀:"你终于不用你的高要求来要求我了啊？"

许容与微妙地沉默了一下，说道："我觉得，你可能不是这块料。大学顺利毕业就行了。"

叶穗面无表情："要是不想因为被女朋友推下水上明天的头条新闻，闭嘴吧您！"

许容与笑了一声。

叶穗脾气来得快去得也很快，不过一会儿，她自我调节好了，又开始用手指轻轻蹭一蹭许容与的胸口，抓他前襟的立领毛衣。许容与眼皮一抬，对上她的眼睛。

叶穗非常矫情地扭过身子，向前轻轻一歪，许容与无奈地伸手搂抱住了她倒过来的上半身。

许容与脸微红，他尴尬地说："别闹。"

叶穗非常随便："没闹啊。容与，把你晚上跟我接吻那时候说的话再说一遍呗。"

许容与脸色一沉。接吻那时候？怎么说得这么大方坦然？

叶穗提醒他："就那个我永永远远对你好那句。"

许容与不吭声，叶穗指尖冰凉，如蛇一般爬上他的颈。她的上半身柔软地贴在他怀里，大半重量都依偎着他。

叶穗觉得许容与的反应真的很有意思，于是故贴着他的耳朵轻轻吐气，碾磨着，看着他后颈的肌肉一点点僵硬，绷紧，起伏。

许容与咬紧牙关，叶穗的长发落在他肩上。幸好天已经晚了，摩天轮早就停了，这边的过路人不多。

灯光落在水面上，叶穗像藤蔓一样缠着许容与，央求他："说嘛，说嘛。说我永永远远对你好……"

许容与全身僵硬，仿佛置身冰火两重天，他第一次知道女人这么可怕。

许容与艰难地吞咽口水，目视江水粼粼。他小声说道："我，永永远远……"

叶穗忽然上前贴住了他，与他亲吻。

许容与僵硬地后退一步,同时一手搂着她的腰,一手捉住她抚摸着他腰的手。叶穗调皮地对他一眨眼,看他目不转睛地望着她。

叶穗失笑:"不要这么纯情好不好?"

许容与握紧叶穗的手,不让她乱动。然后低头与她额头相抵,却不亲吻她。叶穗的腰被他掐疼了,她皱着眉要挣扎,许容与却紧扣着她不放。

既不让她离开,也不许她靠近。

呼吸在一寸之内缠绵。

许容与的眼睛紧盯着她,光华流转。他一字一句地磨着她通红的耳尖,轻轻一咬:"你给我等着。"

叶穗嘻嘻一笑,有点期待哦。

第五章
甜蜜日常

　　叶穗恢复了以往的行事风格，不再提什么帮男朋友带早晚饭之类的话。这些事重新变成了许容与做，二人就如同失忆一般，绝口不提之前的事。

　　东大正月十九开学，十七日下午大部分学生已经陆续返校了，寂静了不到一个月的校园重新热闹起来。但叶穗的实习到十八日下午才结束。

　　苦熬了半个月的实习工作结束，设计院不用付薪金，唯独可惜一个好用的劳力又走了。那些设计院的设计师和建筑师们对叶穗依依不舍，叶穗出了公司大门，则是大大松一口气——终于逃离工作了。

　　许容与来接她下班，她领着男朋友，开心地去一家杂志社领了自己当模特的工资。叶穗发了条微博炫耀自己的酬劳，敬请粉丝们期待她的平面模特作品登上杂志。

　　许容与掏出手机，打开了特别关注一栏。

　　他关注的这位博主不知道是有多喜欢炫耀，不光在自己的朋友圈分享，还在微博分享，还特意点开私聊，给他那个微博账号发了一条非常详细的内容炫耀："数字姐姐，我厉害吧哈哈哈？"

许容与抬头看了一眼走在自己前面一无所知开开心心的叶穗，他漫不经心地给她点了个赞，回复了微博上那位博主一条非常严肃的评论："很棒。再接再厉。"

叶穗眉眼弯弯，虽然这个数字姐姐说话语气总是很冷淡、很不友好，但是她竟然慢慢地发现了这个姐姐冰冷语言背后的柔软内心。她想这位姐姐现实中应该是一个高冷御姐，但有一颗豆腐心。

叶穗关了私聊，再看微博上和朋友圈的评论，大多内容乏善可陈。

"发张自拍啊！"

"我女神终于有靠颜值赚钱的觉悟了，想到精心养护的小仙女要被更多人喜欢，有点小难过，委屈。"

叶穗乐不可支地沉浸于大家夸她颜值的世界中，忽然灵机一动，转头问自己现实中的男朋友："容与，我去做直播怎么样？我可以教我的粉丝们怎么化妆、怎么穿衣服，跟大家分享我的日常……就美妆主播吧！"

许容与委婉地说道："这和你的专业有什么关系吗？"

"没关系啊。"叶穗明白他的意思了，瞥他一眼，"我要是像你一样能靠专业赚钱，我还用得着拍杂志做模特吗？但是你看，我实习公司根本不给钱啊。我还得靠副业养我的专业……我的专业是最能花钱的了！"

许容与的嘴抿成了一条线，其实他不喜欢叶穗去做什么主播，并不是歧视这种职业，而是他觉得这种取悦大众的职业，没什么意义，对社会硬实力没什么贡献，无法推动社会的发展与进步。女朋友要直播，他不赞同。

但是看到叶穗亮晶晶地望着他的眼睛，许容与又想，反正叶穗不知道自己喜欢什么不喜欢什么，趁着年轻，多尝试些可能性也好。

叶穗晃晃悠悠地走在人行道上，一边说话一边回头看许容与。

许容与突然伸手拽她胳膊，她被拉得一个踉跄，正好和后面走来的一个人擦了下肩，双方都吓一跳，互相道歉。

送走路人后,叶穗斜眼看向许容与,指责他:"不同意就不同意,用得着把我推出去撞人吗?你要把我撞得缺胳膊少腿吗?你好狠的心啊。"

许容与冷冰冰地说:"你不会自己看?后面是树。"

叶穗回头看了一眼:"哦。"

许容与说道:"我也没有不同意,你做什么我都是支持的。"

叶穗用纤长的手指点着下巴,故意问他:"这么支持我?"

许容与反问:"我不支持你就不尝试了吗?"

叶穗苦恼:"可我问你的意见就是想要你的支持嘛!"

许容与:"我的意见不能左右你的决定,你把我当隐形人吧。"

他语气平淡地挤对人,听着还蛮刺激的。叶穗现在听多了,开始觉得他这种人设很带感。

叶小姐仰头哈哈笑出来。两人走在林荫道上,再一会儿就到东校门了,叶穗瞅一眼左右无人,扑到许容与身上,分外热情地抱住了他的肩膀。

许容与立马就脸红了,身体也绷紧了:"干什么?快松开,别让人看见了。"

叶穗努嘴,凑近他。许容与眉头皱起,警惕地盯着她。

叶穗逗他:"亲爱的,亲一个呗。明天就开学了,我们就成普通的学姐学弟关系了。学姐为了你的名声,就不能和你光明正大地牵手了。"

许容与:"你认真的?"

叶穗手搂着他脖颈,在他耳边打了个响指。

许容与:"在这里?"

叶穗慵懒地笑说:"亲爱的,你一这么说我就知道你愿意了。但是姐姐我是个直肠子,以后愿意的话就直说,别和姐姐拐弯抹角,可以吗?"

许容与语气冷冰冰:"直肠子都是没有进化的禽兽,你是吗?"

"喂——"话音未落,他飞快探身,轻轻啄了一下叶穗的唇。

111

蜻蜓点水一样轻微而柔软。

叶穗扑哧一笑，缓缓地张开了手臂。许容与没想到她这么大胆，连忙弯腰去捞她。这么又闹又抱的，叶穗如愿被许容与推到了树上。

头顶的光线穿过树叶缝隙，天地旋转，叶穗被亲得眼角绯红，她仰着细长的脖颈，按着许容与粗硬的短发，看到他身后的灰蓝色天幕。

许容与低声说话，声音覆在她颈上，闷闷地说："我最讨厌你用手段逗弄我，这让我想起你在我之前到底恋爱经验有多丰富。"

叶穗轻笑："可我只逗你一个人。"

许容与不说话了。

叶穗发着呆，出神般地、疑惑地看着他——真喜欢他。

竟然还是这么喜欢他。

热情燃烧得轰轰烈烈，居然一直没有退散？

可能因为这个亲吻是短期内最后一次，许容与难得的分外动情，让叶穗疑惑他被什么附身了。他这么热情，她都有点招架不住了，连连叫停。

叶穗从他身上跳下去，捂着腰哀号："容与，我的老腰啊——"

许容与斥了她一句："别大呼小叫，把关上门那点儿事嚷得天下皆知。"

叶穗瞪向许容与时，他又伸手在她的腰上轻轻拍了一下："我给你捏一捏？"

叶穗一脸坏笑："我没问题啊，我担心你控制不住。"

理所当然，她又被她男朋友拍了——这次不是拍额头，而是拍她的腰。

这时许容与手机响了一下，他看完消息后咳嗽一声："我去超市给到校的舍友买点东西，你去不去？"

叶穗裹紧自己的小皮夹，摇头拒绝："不去。太冷了，我要回宿舍了。"

许容与望着她，叶穗盯过去："你是不是瞪了我一眼？就因为我不陪你去超市？"

"没有。我走了。"许容与顿一下，低声说道，"晚上联系。"

叶穗懒洋洋地说："晚上联系不了，我要改实习论文。"

许容与睫毛下垂，安安静静站在原地沉默，叶穗的心一下子软了，说道："明天联系吧。"

"嗯。"许容与轻轻地回复，走了两步不忘提醒她，"记得你是有男朋友的人。"

叶穗无奈极了，她捧着脸保证："我真的不是你想象中那么轻浮的女人啊，要我把我的心掏出来给你看你才信吗？"

为什么她不盯着男朋友有没有劈腿，而是她男朋友天天盯着她有没有和异性多说一句话呢？这顺序不太对吧？

许容与笑了一下，对她挥了挥手，显然心情不错。

叶穗松了口气，可算送走这位大爷了。她还是挺怕自己说要改实习论文，然后许容与再来一句"我帮你"吧。许家小少爷的高标准严要求，她自认是很难在一晚上达到的。

许容与本以为东校门外是他和叶穗今天的最后联系，谁想到他从超市买了一塑料袋啤酒，提着回东大，在东校门口，他竟然又遇到了叶穗。这么长时间过去了，叶穗居然还没进校。

许容与看着与门卫争执的叶穗挑高了眉毛。

叶穗非常心累，拿着手机站在校门口，辛苦地和新来的门卫掰扯。她的长发本来扎着，这会儿粉色长发柔软地散在肩上。女孩肌肤赛雪，大眼翘鼻，配着自己的一头粉发，像是从漫画中走出的女主角。

校门口进进出出的学生都会哇一声，扭头看她，然后偷偷拍照录视频。

叶穗扯着自己的一绺粉色长发，掀开长发让人看自己的脸蛋，一手拿着手机，就快戳到那个耿直的门卫小哥的脸上了："你看！

是我啊！就是我啊！东大校花评选里面的这个第二名就是我本人啊！建筑系大三学生叶穗啊！"

门卫小哥盯着她手机里的照片："长得不一样。"

叶穗崩溃了："一样啊！真的一样啊！照片是修过的，这又不是我修的我怎么知道……小哥，你多看两张照片好不好？我真的是东大的风云人物。"

旁边的学生们快笑死了，门卫小哥还是半信半疑。

突然叶穗听到一声嘲讽——

"还有人自己说自己是学校风云人物的？"

她耳尖一动，扭过头，看到了许容与。心累的叶穗一把拉过许容与："来来来，容与！你跟他证明我真的是东大学生，我不是坏人要混进东大！"

新来的门卫小哥还是难以置信："这位学生你怎么证明她是东大的？"

许容与一脸无语的表情："登录学校官网学生信息页不就行了吗？"

叶穗被看得脸红了，周围学生放声大笑。

搞完这一切，叶穗灰溜溜地拉着许容与赶紧从校门口逃走。跑出一段，叶穗气得跺脚："丢人死了丢人死了！我肯定又要在校论坛被人嘲讽了！我又要被骂是没脑子的草包了！"

许容与勾了一下嘴角，看她跳脚跳得厉害。

叶穗忽然转头，看着他说道："容与，要不我还是把头发染回黑色吧。"

许容与望着她一头粉发，招了招手，等叶穗走到他身边，他懒懒地伸手勾了下她的发，态度温柔得非常古怪："不用，大家习惯就好了。我觉得非常好看，粉发挺好的，它会帮你好好进步的，不要染回黑色。"

叶穗半信半疑，但是许容与很少夸她，她就这么接受了。

叶穗眼尖地看到许容与提着的塑料袋里是一袋子啤酒罐："你喝酒？"

许容与愣一下，然后咳一声，耳根子红了。

许容与微弱地说道："我是男的……"

他心中略微紧张。

叶穗稀奇地看了他一眼，像是没想到他开窍得这么快。叶穗只是感慨了一下，她并不在乎这个，又去纠结她要不要染回黑发，许容与微微松口气。

叶穗最后还是听从了许容与的建议，毕竟他当时非常认真地说他喜欢这个发色，叶穗就维持着这么个造型去上课。

第一天的课上完，叶穗就想杀了许容与，她终于明白许容与为什么不建议她把头发染回去了。

因为她顶着一头粉毛，上什么课，教授往台下一看，不管认不认识她，都抬手点她："这个同学你来回答一下这个问题。对，就是你，不要东张西望，就是粉头发的这个女生。"

"那个粉头发的女生站起来收一下作业！"

"粉发女生，你说说你设计这个博物馆的思路。"

叶穗上学从未上得这么战战兢兢过，上午蒋文文都还和她坐在一起，下午上课时她的好朋友蒋文文就躲着她了——唯恐老师叫叶穗同学回答问题的时候，误伤到旁边的学生。

叶穗："呜呜呜。"

许容与在哪里？

她想宰了这个一肚子坏水的男朋友！

叶穗发了一条微博："约会又开始了，微笑。"

微博发完后叶穗没理会粉丝们对她为什么用"微笑"这个生无所恋表情的疑惑。她泡了一杯枸杞咖啡，戴上了耳机，盘腿坐在床上小桌板前打开软件，听着耳机里许容与的指导，开始了设计图的

115

工作。

　　谷雨杯的报名已经开始,叶穗没法再混日子,她只能被许容与逼着一起报名,从此开始每晚熬夜作图的日常。

　　这本是建筑学专业学生的常态。加班?不至于,就是常常熬夜而已。

　　改不完的建筑方案,画不完的设计图,做不完的模型。

　　顶着一头粉毛,叶穗拿出自己从未有过的热忱,投入到学习中。耳机里偶尔传来许容与清淡的声线,成为她唯一的提神利器。叶穗叹了口气,又喝了一大口苦涩的咖啡。

　　许容与提醒她:"你坐下来两个小时,唉声叹气了至少三十次,请你打起精神。"

　　叶穗揉脸:"困啊。都十一点了,平常这时候我都准备睡了。"

　　许容与问道:"怎么能让你不困?"

　　叶穗:"不做作业了可以不?"

　　许容与:"亲爱的你再说一遍。"

　　许容与宿舍里那几个室友突然听到许容与说"亲爱的"时齐齐回头,露出的毛骨悚然表情。

　　叶穗这边嘀咕:"我就知道不行。"

　　悔不当初啊。

　　她本来可以自己参加设计赛,能够入围,完成学院对大三学生的要求就行了。许容与偏要插一脚,要和她同一组。她被许容与的美色诱惑,还受到他那些甜言蜜语的鼓励,脑子一抽,真的跟他组了队去完成设计……

　　和许大神同组做设计,是人类可以完成的吗?

　　刚开学就晚上熬夜、白天被老师点名提问的叶穗,心里苦如猪胆,整日在崩溃的边缘晃来晃去。

　　叶穗将杯里那点咖啡喝干净,把杯子往桌上一砸,郑重其事地对许容与说:"好,那我们退而求其次。"

　　耳机里点击鼠标的声音一直很规律,显然许容与一点也不困,还抽空应了她一声:"嗯?"

叶穗提要求:"你现在下电梯出宿舍,来我们五舍楼下,咱俩亲一次二十分钟以上的,让我精神一下。"

许容与磕绊了一下,半天没有回应,无比羞耻地问道:"你要不要脸?"

叶穗嘻嘻一笑,捧着腮帮坐在桌前,喃喃自语:"其他情侣也这么干啊。"

许容与语气冷淡:"你真的很不要脸。"

叶穗盯着作图软件中的线条,脑子里却浮现某人清秀的面孔。叶穗心里发痒,哀叹自从开学后,能和许容与待在一起的时间少了一大半。她每天少有的乐趣,就变成了逗男朋友和数着日子等男朋友过生日。

现在她还要再逗一逗许容与,借此来提神。

宿舍门被推开,上自习的舍友们回来了。李晓茹看了一眼还在写作业的叶穗,惊讶了一下,但什么也没说,端着盆去洗漱了。

文瑶同学面孔泛红,柔声和叶穗打了个招呼。

高坐在床铺上的叶穗探身往下一看,盯着文瑶的脸蛋,哦了一声:"刚和你男朋友约会回来吧?简直像吃了十全大补丸。"

文瑶脸更红了,又羞又嗔地瞪一眼叶穗。她坐在自己的书桌前,低头闷了一会儿,目光闪烁,仰头轻声问道:"穗儿,你还没有男朋友吗?马上就是你的生日了啊。"

戴着耳机的叶穗,故意很大声地说:"是啊,马上就是我的生日了!"

她的话是说给耳机那头的许容与听的,结果那边一点儿反应都没给她,叶穗暗自翻个白眼。

她这个漂亮又娇嗔的白眼被下面的文瑶看到,文瑶以为叶穗在烦恼到现在都还没有男朋友的事,便建议她:"要不我让程刚再帮你找找?你这么好看,喜欢你的人很多啊。"

程刚就是那个小文瑶一届、曾经追求过叶穗的文瑶的男朋友。

上学期文瑶因为这个男友和叶穗的关系一直挺别扭,但过了一个学期,不知道这对小情侣之间发生了什么,文瑶明显自信了很多,也不再话里话外地试探叶穗了。

也许感情好真的能激发女人爱管闲事的心,文瑶突然热情起来,想帮叶穗介绍男朋友。好歹和叶穗同宿舍三年,她算了解叶穗对男人的态度。叶穗哪怕刚分手,没目标,但只要是节日前,她一定会匆匆忙忙拉一个男的当她男朋友,陪她过节。

谁知道这一次,明明处于空窗期的叶穗,却一点儿没有平常遇到各大节日就会慌张的心态。叶穗非常淡定地摇了摇手指,笑眯眯地说:"不用了。男朋友有什么用呢?还不是在我过生日的时候拉着我写作业吗?我受够男人啦。"

耳机里的男声清淡:"你已经挤对了我一晚上,适可而止一点。"

叶穗闭了嘴。她喜欢挑战许容与的底线,探触角一般跳来跳去。只有这样不断地试探底线,许容与对她的容忍度才会越来越高,对她的要求会越来越低。时间长了,她会是许容与心里最与众不同的人。

这都是她自己总结出来的。

蒋文文推门进来,听到了叶穗和文瑶的聊天内容。蒋文文笑了一声,懒洋洋地说道:"瑶瑶你就别操心咱们叶同学了吧?叶同学说不定有对象的。"

文瑶一惊:"哎,是吗?"

叶穗也一惊:"哎,是吗?"

哪怕耳机那头的许容与,听到她们女生宿舍的对话,都吃惊了一下,停下了手中笔。室友们都回来了,为了保护隐私,叶穗没有给许容与继续听八卦的机会,给许容与发了一条信息就切断了聊天,和男朋友说拜拜了。

叶穗纳闷蒋文文怎么知道她有男朋友了?她和许容与应该瞒得蛮好的吧?

李晓茹从浴室里出来,蒋文文也去洗漱了。叶穗坐立不安地继续做图，时而看一眼忙进忙出的蒋文文。等到宿舍熄灯了，蒋文文上了床，叶穗才踩着梯子下去找蒋文文。

叶穗推了推床铺上的蒋文文，蒋文文翻个白眼，给她让出位置后，叶穗立马钻进她的被窝说悄悄话。蒋文文伸手，羡慕地摸着叶穗的淡粉色长发："你可真厉害。粉色头发都敢染，班导没找你谈话吗？"

叶穗："谈了啊。"

蒋文文："然后呢？"

叶穗麻木地说道："我以为班导会强迫我染回黑发，不要影响校风，我都做好准备了。但是班导夸我现在学习比以前用功多了，上课都不睡觉了，都是我头发的功劳。班导鼓励我再接再厉，说我这种督促自己学习的方式挺好的。"

蒋文文笑出声："想出这个法子督促你学习的人，也是真的很了解你啊。"

叶穗气哼哼地说道："嗯！"

可不是了解她嘛！死命地夸她染粉色头发有多好看，她每次一说染回去，许容与都能把她夸出一朵花，让她不好意思染。

恨死许容与了！

叶穗眼珠轻微一转，她侧过脸，好奇地看着蒋文文："但是谁说我交男朋友了啊？"

蒋文文在被子里笑到小声抽气："你现在这状态，不是交了个天天逼你学习的男朋友，就是你突然发愤图强自我觉醒。我相信一个寒假不至于有什么事刺激你开始好好学习，唯一的理由，就是你男朋友很厉害啊。让我猜猜，他是学霸吧？"

叶穗迟疑了一下，觉得蒋文文是自己在大学唯一的朋友，这么瞒着也不好，她轻轻嗯了一声。

蒋文文："很帅吧？"

叶穗鼻音带笑："嗯……"

蒋文文："家世也非常好？"

叶穗："嘿嘿。"

熄灯了一段时间，月光隔着窗帘轻柔泻入，蒋文文的眼睛适应了黑暗环境，她捂着嘴忍着笑。叶穗这副拼命掩饰着内心的欢喜、提起男朋友却想笑的样子，让蒋文文的心情也跟着好了起来。

蒋文文："该不会还是我们同一专业的吧？"

叶穗的嘴巴惊讶地张大。

蒋文文最后试探着问："该不会你们的关系还不好对外公开，所以必须欺着瞒着不敢让人知道吧？"

叶穗睁大了眼睛："也没这么夸张，但是公开确实对他不好……哎呀，你怎么什么都知道？你到底怎么猜出来的啊。"

蒋文文神秘一笑，却不肯说。

叶穗追问了半天，她好奇死了，自己拼命兜着这个秘密，谁都不敢说，也不敢在朋友圈炫耀，怎么蒋文文还是知道了？叶穗推了蒋文文半天，蒋文文却故意逗她一样，只是说："好啦好啦，我也是猜的啊。你放心吧，其他人都不知道，我不会乱说的。"

她伸手揉着叶穗的粉发，再次羡慕了一下她的好发质："我会帮你们保守秘密的。"

也许是因为这个共同的秘密，接下来的几天，叶穗和蒋文文形影不离。叶穗认对自己隐瞒好朋友的行为有点不好意思，她从小就异性缘好，却不讨女孩子喜欢，难得有个女生朋友，所以分外珍惜。

打饭做笔记什么的都是小事。

蒋文文是个简单的姑娘，接受了叶穗的殷勤，在跟叶穗保证过不会乱说以后，再没提过叶穗的男朋友，甚至都没跟叶穗本人打听过。叶穗很感激蒋文文这种守口如瓶的良好品格。

但是叶穗和蒋文文形影不离的话，许容与便有些微不满。

叶穗总是叫苦，实际上许容与要比她忙得多。

叶穗手头上只有她的专业课和谷雨杯大赛，而许容与以成绩优秀通过了校方的考察，开始修大二的课，同时选修了研一的课，还要在导师的指导下写一篇论文。他每天要做大量的实测考察和沙盘模型，整天常驻在图书馆，看资料，查论文。

许容与每天同时做这么多课业，他不光见不到叶穗，每天抽空聊天的时间，只有一起做设计的那一两个小时。

等到许容与熬夜赶完了课业，终于能抽出一下午时间陪叶穗的时候，叶穗非常惊讶地回复："啊？可是我下午有课。"

许容与鄙夷："嗯，我知道你的课表。'恋爱学理论与实践'这门选修课嘛。上学期我亲眼看着你选的，想拦都拦不住，你非要选这么一门课。"

叶穗："喂喂喂！你选你的研一选修课，我选我的恋爱选修课，我没攻击你除了学习还是学习，你也不要攻击我的恋爱脑好吗？何况恋爱课怎么了？有整整两个学分啊！而且一点都不难！我完全可以满分通过的！这是多么适合我的一门课啊？我们学校真是英明。"

她又突发奇想："可惜那门减肥课我没法达标，不然我一下子就能拿到四个学分了。而且都能满分通过！我多厉害！"

许容与赞叹："你就在这种奇怪的地方很厉害。"

叶穗："呸！术业有专攻，你不懂就不要打扰我上课。没事不聊了啊，我现在可是一节课都不逃的好学生呢。"

许容与轻笑："是吗？是不想逃还是不敢逃呢？"

叶穗不想理他了。

许容与逗了叶穗一会儿，见她不理他了，只能见好就收。和叶穗聊天的工夫许容与人已经到叶穗上课的教室外了。

许容与低声下气地给女朋友发信息："一会儿下课的时候，我进去和你一起听下半节课吧？"

叶穗："啊？不用了，我已经有蒋文文陪我了。"

许容与微微失落，也有些迟疑。

许容与本来只想和叶穗独处一会儿，但要是加上她的同学，就有点尴尬了，他也怕自己整天和叶穗聊天写作业上课，会被蒋文文看出来，许容与犹豫了一下，还是决定就这么算了。

叶穗非常大度地回复他："没事，你来吧。文文已经猜到我们的关系了，她嘴很严的，不会大惊小怪，你放心吧。"

许容与在教室外等了五分钟，下课铃声响了，叶穗从教室里出来找他。刚出来叶穗就露出一个大大的笑容，克制着没有扑过来抱许容与，但许容与一见到她耳根就开始红了。

叶穗咳嗽一声，走过来镇定地拉起他的手腕。许容与僵了一下，听叶穗自然地说："来，许学弟，跟学姐一起听课吧。"

许容与被叶穗强行拉进教室，果然在叶穗旁边的座位上看到了蒋文文。蒋文文是个热爱学习的工科女生，也如叶穗所说，一点都不八卦。只是在看到叶穗把许容与拉进来的时候惊讶地看了许容与一眼，同时对他露出一个同情的眼神。

许容与观察敏锐，看出了蒋文文眼底微弱的同情，他有些愕然，他有什么值得同情的吗？

许容与含蓄地和蒋文文打了招呼："学姐好。"

蒋文文客气地回应："许学弟好。许学弟还跟着我们穗穗一起上课啊，真是……热爱学习啊。"

这"热爱学习"，说得蛮奇怪的。

许容与正要试探蒋文文是什么意思，胳膊就被叶穗一扯，强行吸引走了他的注意力。叶穗在本子上写了一行字，画了粗线条，只展示给许容与一人看——我的生日是哪天？我最喜欢什么礼物？请大声背一遍！

许容与抿嘴盯着叶穗羞答答的模样，片刻后忍不住笑出了声——她的脸皮真的很厚啊！变着法子提醒他，管他要礼物。

许容与忍笑看着叶穗，想她怎么这么又撩人又含蓄呢？

蒋文文在旁边看着两人的互动，心里更同情许容与了。她看到叶穗低头写字时，许容与目光宁静地看着她。

这是男生掩饰不住的爱慕眼神。作为叶穗的好友，蒋文文无数次从周围男生的眼睛里看到过这种眼神。

他们爱恋地望着叶穗，叶穗却满不在乎，我行我素。

许容与多好啊。他从大一上学期到这学期，一直和叶穗在一起。但是，叶穗已经有男朋友了，许容与不过是暗恋罢了。

蒋文文在心里替这么优秀的许容与难过，也并非真的一点八卦心都没有。她挣扎了半天，还是背着那两人，悄悄拿出手机联系了一个人："会长，我问过穗穗，同专业的，不能公开。"

蒋文文有一次和杨浩聊天，杨浩无意中说起叶穗谈恋爱的事。

马拉松协会会长杨浩，一个体育专业爱好八卦的高大男生，当即和蒋文文探讨起叶穗，最后两人得出结论——

哎，叶穗和谁恋都太苦了啊！

杨浩和蒋文文隔着手机，一阵唏嘘。因为共同的好朋友叶穗的关系，两人竟难得地产生了共同话题。

隔壁桌，许容与目有疑虑，低声问叶穗："你那个好朋友，一直用同情的眼神看我干什么？"

叶穗回头望了一眼，警惕地说道："你看错了吧……警告你啊，不要勾引我的好朋友。我和闺密爱上同一个人这种事，一旦发生，我铁定和你分手选我闺密啊。"

啪的一声，叶穗又被许容与拍了额头。

许容与："你敢不选我？"

叶穗泪花都要被他打出来了，捂着额头趴在桌上哀号。周围同学看过来，不满许容与对漂亮的叶穗动粗。许容与镇定无比，即使叶穗狠狠掐着他的腰，他也岿然不动。

隔壁蒋文文再次看过来，目光中依然是满满的同情。

许容与看到了，叶穗这次也看到了。

二人迷惑，所以蒋文文到底在同情什么？

"恋爱学理论与实践"这门课，真的有课本。

课上以辩论、讨论、研究心理学为主，老师传授如何正确看待情感方面问题，学生们积极探讨怎么才能找到对象。据说，结课的时候需要小剧场表演或参加辩论赛,以此来算成绩。

如此奇葩,让许容与感到匪夷所思。

他从自己不能公开的女朋友这里,第一次见识到如此神奇的选修课。整节课上,听同学们热烈讨论,许容与如石雕一般,无言以对。因为他的俊朗和沉默,还有女同学主动找他辩论,老师也来感兴趣地旁听。

"这位同学,你对爱情有什么想法,有什么期待,都可以大胆说出来,大家不会笑话你的。"

许容与沉默片刻,他说:"我没什么想法。"

叶穗趴在桌上笑得双肩瑟瑟颤抖,她把脸埋在掌中,斜过眼睛悄悄看许容与,许容与怀疑她都快笑得抽过去了。

偏偏一个学姐非常见不得许容与这副过度斯文的样子,不赞同地纠正他:"不要这么害羞。一个人怎么可能对爱情完全没想法?这位同学,你可以想象一下,如果你有了女朋友,你真的对自己的另一半一点想法都没有吗?"

许容与一脸平静:"没有。"

学姐无语。这个长相俊秀的男生,不是太害羞,就是真的榆木疙瘩,完全没思想。

学姐失望地对许容与旁边那个笑得快抽过去的女生说:"这位粉头发的同学,你总有想法吧?"

叶穗抬起一张漂亮的脸蛋,眼神像狐狸一样狡黠。她非常诚恳地说:"我有想法的,我希望男朋友不要太干涉我,总问我在哪里,在干什么,跟查岗一样。希望男朋友不要那么上进,学习不要太好,我会太有压力。男朋友不要总挤对我,我也会受伤的。希望男朋友给我私人时间,可以让我在外面好好玩而不是打电话不停催我。希望……"

学姐心说这俩人真是一对奇葩。

叶穗滔滔不绝地说着对男朋友的具体期许,许容与静静地看着叶穗侃侃而谈。

学姐听到最后脸都木了,老师和其他学生已经笑成了一团。蒋文文惊讶地睁大眼睛。

叶穗换口气的工夫,许容与接了话:"我突然想到了,其实我对女朋友也是有想法的。"

因为叶穗太能说了,提问的学姐赶紧把发言权交给了叶穗的同桌许容与。

许容与看着叶穗说道:"我希望女朋友好好学习,期末考到年级前三,拿到奖学金。"

叶穗沉默,心里莫名浮起一丝烦躁——怎么又是学习啊!就不能不提学习嘛!

学姐干笑:"这位同学也是真的很有想法啊。"

一堂恋爱课上得趣味十足,后半节课叶穗完全不想再和许容与搭话了。等下了课后,蒋文文慢吞吞地收拾书本,看到许容与和叶穗说了什么,叶穗转头跟自己打了一声招呼,背上包就和许容与走了。

蒋文文感觉怪怪的。

蒋文文出了多媒体教室,意外地发现叶穗和许容与居然还没走,教室外的台阶下站着一位身形挺拔的青年,正在和两个人说话。

蒋文文目光闪了一下,打招呼:"陈老师!"

原来过来的人是陈听飞。

陈听飞要去教职工食堂,正好赶上他们下课。看到叶穗,陈听飞就把人喊了过来:"叶穗同学,你小组的那个作业,我看了一下不行,你通知一下你们小组的成员,晚上去设计室加工吧。"

叶穗一下子垂头丧气,应了一声,问道:"陈老师,不能通融一下吗?"

陈听飞好气又好笑:"我通融了,到时候你们老师看到你们的作业,还是会打回来啊。你们一次性做得漂亮点不好吗?"

陈听飞转向叶穗旁边的许容与,目光微微闪了一下。他经常看到大一的许容与和大三的叶穗在一起。陈听飞问过几个建院的教授,他们都说许容与的成绩远比叶穗好,两人还要一起参加谷雨杯设计大赛。

不过陈听飞对许容与的感觉一直淡淡的,他不太喜欢这种性格冷淡的学生。

陈听飞对许容与点了点头:"你可以监督监督叶穗的作业。"

许容与:"嗯。"

陈听飞嘴角轻微扯了下——看,所以他不喜欢许容与。一身富家子弟的清高劲儿,为人太冷,没有叶穗热情。

这样的两人怎么扯到一起去的?

蒋文文过来,陈听飞又和她点了下头。他只是助教,并不负责蒋文文那一组的作业,只是客气而冷淡地问候两句,鼓励一番,最后还叮嘱叶穗抓紧时间做小组作业。

叶穗垂头丧气地跟陈老师挥手道别:"本来还想请老师你吃饭的,但是老师你这么狠心,这顿饭就免了吧。"

陈听飞佯怒:"你别给我掉链子,让教授找我的麻烦,你一辈子不请我吃饭我都不生气。"

叶穗抬高脸,不说话了。

陈听飞欲走的时候,许容与倒是跟了上去:"陈老师,我有问题请教你。叶学姐,我们改天再约吧。"

陈听飞诧异地看一眼许容与,微妙地点了点头。

叶穗眼睁睁地看着许容与给了她一个眼色后,跟着陈听飞扬长而去。叶穗难以置信地回头看向蒋文文:"他就这么走了?我被放鸽子了?不是,他们俩都不是同一个年级的,有什么问题可问的?陈老师是我的老师啊,我都没问题问啊!"

"嗯……"蒋文文安慰叶穗,"可能是为了避嫌吧,你应该理解的。"

叶穗耸了耸肩,听蒋文文小声说道:"不过你男朋友……对你要求好严格啊。"

这话听在叶穗耳里,就是许容与对她很严格,而许容与对她确实很严格。

叶穗叹气，有气无力地说道："别提了……提起来我都想哭。"

蒋文文看叶穗一脸沮丧，连忙安抚她："不过蛮帅的。"

叶穗又一下子笑起来，快乐来得如此容易："那倒是。为了他的脸，我可以忍受他的高要求。"

许容与跟上陈听飞，说起叶穗即将过生日，希望陈老师赏光，到时候可以帮叶穗庆生。

陈听飞非常诧异。他明面上是助教，私下其实非常爱玩乐，他很注意隐私，所以只是这一面被他掩藏得很好。

也就是刚来东大时见到了一头粉发的叶穗，她的性格很有意思，竟然逗得陈听飞忍俊不禁，这才开始关照叶穗的功课。

但是老师和学生之间有天然隔阂，陈听飞从来没想到许容与会邀请他去参加叶穗的生日宴。

陈听飞婉言拒绝："这样不好吧？你们学生一起玩会自在点，我要是去了，你们都会拘束。"

许容与沉静地说道："叶穗挺喜欢老师您的。虽然您是老师，但她也把您当朋友。她的朋友不算多，但都挺放得开的，我相信那些同学不会不自在。而且叶穗喜欢热闹，我还是希望她认定的朋友们都能陪她一起过生日。"

陈听飞垂目良久，笑着说道："好吧，我考虑一下。"

许容与低声道谢："多谢老师。"

许容与转身要走，陈听飞在后面看着许容与拿出手机，说不定是在联系叶穗。陈听飞慢悠悠地喊了他一声："许容与。"

许容与侧过身，疑惑地看过来。

陈听飞扬眉："我以为你应该不喜欢我。"

许容与："确实不喜欢。"

陈听飞喷了一声："这么诚实？那你还来邀请我？"

许容与："其实叶穗的很多朋友我都不喜欢。"

陈听飞："那你不喜欢的人可真是有点多啊。"

许容与微微笑一下，应了陈听飞的嘲讽。

确实，叶穗的朋友99%都是男的，许容与不喜欢的，还真是挺多的。

然而许容与说道："那又怎么样？她喜欢。"

陈听飞怔住，看着许容与就那样走了。

叶穗身上的很多特性许容与都不喜欢，他批评过，可他也没有强制她改过。

所有他喜欢的，不喜欢的，加起来才构成了叶穗这个人。他不能只喜欢她的优点，拒绝她的缺点。

那些被叶穗看作是朋友的人，虽然许容与暂时对他们没有好感，但他也挺想认识的，因为想走进她的世界。

三月中旬，马上就是叶穗的生日了。

许容与本来冷冷淡淡的，但叶穗三番两次耳提面命，不停在他耳边念叨她想要什么礼物，许容与就是再瞎、再聋、再麻木，他也不可能忘掉。叶穗已经提醒到这一步了，看他不说话，她暗自发誓，如果许容与这都要当作没什么，她就和这个人分手！

生日前一晚，许容与还在五舍楼下总结了设计图上的错误，看叶穗听得要打瞌睡了，才放她回去睡觉。

叶穗赶紧拉住他的袖子，眼睛亮晶晶地仰望他："容与！"

许容与垂眼看来。

叶穗："明天我没课，你有什么安排没？"

许容与回答："去设计室。"

叶穗踢了他一脚，狠狠白他一眼，问道："行行行，你不提前说就不说吧。我不问了，那我要不要打扮得很漂亮啊？"

许容与多高冷啊，又高又瘦地戳在那里，一动不动："你随便。"

叶穗威胁："反正我就等着明天，你要是不让我满意，我就要跟你算账！"

她揪住男朋友衣领威胁他,看到路灯下有学生过来,又连忙放开许容与,转身急忙忙地跑进宿舍楼了。

等许容与回过神来,叶穗已经不见了。她没和他道晚安,没和他肉麻得难舍难分。

许容与一个人站在五舍外的风口,等了很久也没见叶穗回来,他叹了一口气,低声说道:"穗穗,晚安。"

叶穗的生日只告诉了许容与一个人。生日这天是周末,她起来得并不早。早上九点钟,宿舍里的其他三个女生都不在,约会的约会,上自习的上自习。

毕竟大三快结束了。

叶穗和蒋文文还好,建筑学是五年制,大三的课程才上了一半,叶穗有大把时间考虑自己未来的发展方向。文瑶和李晓茹的专业,到了大三下学期,就要考虑还剩下的一年该怎么结束了。

叶穗在宿舍里化完妆,开始试那些潮流时尚的衣服,许容与的电话姗姗来迟,喊她下楼。

许容与在楼下等了不到五分钟,叶穗就下了楼。

许容与看着她,一米六八的身高,四肢细长五官明艳,三月份她就穿着裙子赤着腿到处晃了,但是,非常漂亮大方。

心照不宣,许容与唇角扬了扬。

叶穗故意问他:"看着我笑什么呢?被姐姐的风采迷倒了?"

许容与没理她的调侃,看了眼时间说道:"不错,这次只让我等了五分钟,值得表扬。"

叶穗笑眯眯地说:"这不是特殊情况嘛。"

许容与问道:"怎么不背书包?真不打算去设计室了?不改图改作业,打算荒废一天学业了?"

"是啊,打算出校门,去外面找个会给我过生日的男朋友来着。这可比写作业重要多了。"叶穗认真地开玩笑,"我的梦想,就是毕业后能够立刻穿婚纱,我老公又帅又有钱对我又好。还剩下两年我就毕业了，我可得抓紧时间。"

许容与张口就要批评她的不思进取，但是想到今天是她生日，他又闭了嘴，只是淡淡地说了一句："你的梦想挺难实现的。"

叶穗夸张地用手捧心，泫然欲泣："你怎么知道？是不是我男朋友打算抛弃我，不想娶我了？你说实话吧，我承受得住。"

她演得十分生动，可见心情真的非常好。

许容与却没陪她把戏演完，只是平静地说道："法律规定，我国内地男子法定结婚年龄是二十二岁。"

叶穗默默算了算，怎么算怎么不对。

许容与转身走了，她追上去，掰着手指头给许容与算："建筑学是五年制，到时候正好可以娶我啊。你怎么算的啊？许容与，你是不是数学不好？你高数怎么学的？"

许容与："你男朋友肯定不是五年制毕业。"

叶穗："啊……"

许容与一说她就反应过来了。

许容与是学霸啊。别人的大学五年制，许容与的大学，很可能不是五年制。学霸对自己的人生满满都是规划……叶穗不想和他讨论了。

而且，叶穗只是在逗许容与啊。她并不是真的打算毕业后就结婚，结婚也不一定嫁给他。她追求的是完美的爱情，真正的爱人。她有旺盛的爱心无处安放，她需要人来爱她，她也需要发泄自己的爱。

那个人是不是许容与，她并不确定。

只是谈恋爱，那就轰轰烈烈地爱一场。

不管明天，不管结局。

叶穗跟许容与坐上了校车，车上都是本校学生，两人没敢过分亲密。等中途换车上了出租车，叶穗才挽住许容与的手臂，靠在他肩头甜蜜说道："我就知道我们容与是刀子嘴豆腐心，你不会忘了我的生日的。这不就带我出来了吗？"

许容与没说话。

叶穗兴致勃勃地问他："今天的安排是什么？一起吃饭吗？去哪里啊？你说嘛，现在都出校门了，没必要再保密了啊。"

许容与仍然硬邦邦地说："没有安排。出校门是被你逼着出的，坐上出租车也是被你骂上来的，完全没安排。"

"呸！"她才不信。

出租车最后停在了一家会所门口，叶穗下车后惊诧了一下，她知道这里需要提前一个月预约，而且价钱不低。只有她和许容与两个人的话，定在这地方？平时那么节约的许容与这时不怕花钱了？叶穗含情脉脉地看着许容与的背影。

到了包厢外，许容与让出位置，示意叶穗开门。

叶穗笑道："我猜猜，是不是布置了特别浪漫的房间？给我准备了一人高的大蛋糕？吃正宗的西餐，从法国运来的……"

许容与笑了一下："都不对。"

叶穗的心脏怦怦直跳，极其好奇。她回头对许容与一笑，透着几分小女孩的羞涩和紧张，然后握着门把手，小声说道："那我开门了啊？"

许容与点头："开啊。"

叶穗的手刚一用力，又一次回头看许容与："我真的开门了啊？"她是真的紧张。

许容与目光柔和，温柔地露出一个笑容。

叶穗怔怔地看着他唇角难得的笑意，许容与却不说话了，他上前一步，握住叶穗的手，直接替她开了门。

门打开的瞬间，五颜六色的彩带和亮晶晶的彩纸星星喷到了叶穗的头上、身上、脸上。

朋友们的声音很大很热情："惊不惊喜？"

叶穗睁大了眼，有些茫然地看着一屋子人。站在最前面喷她彩带的是以杨浩为首的体育学院的学生，他们还在学校时和叶穗的关系最好。

喷完彩带，杨浩直接走到前面，给了叶穗一个大大咧咧的拥抱："穗穗，生日快乐！小没良心的，怎么不告诉我们今天过生日？"

叶穗茫然地说道："我不知道……"

她不知道。

杨浩被拉开，一个文静的女生走了上来，是叶穗上学期才认识的大四文学院的学姐舒若河。在和叶穗说明创作《却爱她》之后，舒若河和叶穗一直是在通讯APP上联系的，两人平时见面的机会并不多。舒若河正在准备论文答辩，即将毕业的她非常忙碌，但今天也来了。

舒若河拥抱叶穗："学妹，生日快乐呀。"

叶穗懵懂地道谢："谢谢学姐。"

"不客气。"舒若河对叶穗眨眼，"《却爱她》已经出版了，口碑不错哦，一会儿我给你看。"

明明早上去上自习的蒋文文也跑过来，笑盈盈地抱住叶穗："穗儿，生日快乐。"

叶穗抬眼，竟然还看到了许奕和他的准女朋友尹合子，他们居然也来了。叶穗吃了一惊，许奕在这边上学还能理解，但尹合子在北京啊。

郎才女貌的两人站在对面，尹合子捧着生日蛋糕走上来，如温柔的大姐姐一般浅笑："穗穗，生日快乐。"

还有叶穗班上的学委张硕等男生，也笑着跟叶穗打招呼。

紧接着又冒出一人，是师大那个高大英俊的风云人物——叶穗的前男友余瞬。

余瞬大大咧咧地走上来："叶穗，生日快乐啊。"

叶穗甚至看到了其他几个前男友，他们和余瞬一样，被请来参加她的生日，还非常自得其乐地跟叶穗打招呼，有的还是带着现任女友过来的，全然不觉得尴尬。

叶穗不知道许容与是怎么凑齐他们的。

就连和许容与相过亲的明瑜水也来了,她这次是独自来的,她也给叶穗带了礼物,略微不安地祝这个不太熟的学姐生日快乐。

她时不时看一眼许容与求助,再看一眼不搭理她的学长余瞬。余瞬桃花眼闪烁,和另一个漂亮的女生扭头说话。明瑜水非常不甘心地撇过脸,对叶穗微笑。

最后慢悠悠地走来的,是陈听飞。

叶穗惊愕:"陈老师,你怎么也来了?"

陈听飞和平时完全不同。在校时他是正经的老师,出了校门,私服一换,更像个公子哥,任谁也想不到这样的人会在大学当助教。

陈听飞似笑非笑:"有人请,当然是出来玩的啊。穗穗,我能叫你穗穗吧?生日快乐啊!"

叶穗被推着往前走。

许容与就站在她身后。

她一个个看过去,朋友们纷纷和她打招呼,笑容满满,诚意满满。叶穗愣愣地看着一屋子人,眼圈慢慢红了,眼中泛着泪花。当陈听飞打开自己要送的礼物时,叶穗的眼泪猝不及防地掉了下来,滴在陈听飞拆礼物的手上。

陈老师惊讶地抬头,叶穗红着眼眶,咬着下唇转头看了一眼许容与,再看眼一屋子人,她说了一声"抱歉",一下子打开门跑出了包厢,一屋子人惊愕,面面相觑。

许容与低声说道:"抱歉,我出去看看。"

叶穗闷头跑出包厢,拐了个弯儿,看到洗手间后毫不犹豫地跑了进去。紧随其后的许容与急忙拉住了她的手臂,担心洗手间里有人出来,许容与搂着叶穗的肩膀将她带到了无人的楼梯拐角。

许容与回头看向叶穗,微微不安:"怎么了?为什么哭?"

叶穗红着眼看他,眼泪还在滴滴答答。

她捧着脸蹲下去,大哭起来。

许容与跟着她蹲下,手扶在她肩上要安慰她。就听她哭哭啼啼、结结巴巴地说:"我很喜欢……你把我的朋友全都请来了,我爸爸

133

去世后从来没这么多人给我过生日。我太喜欢了,我太喜欢了!"

许容与忍俊不禁:"那你哭什么?"

叶穗眼泪汪汪,捂着脸号啕大哭。像个吃到糖的小孩子一样,又可怜,又可爱。无名的心酸远去,她的心柔软一片。

她颤抖地重复:"我太喜欢了!从来没有人对我这么好过,这么多人对我好……"

许容与轻声安慰:"好了好了,别哭了。来,亲一个。"

叶穗哭得厉害:"你不是说,不在外面承认我吗?不要我和你拉拉扯扯,不要亲我吗?你怕别人知道我们谈恋爱,我都不敢和你走太近,就怕被你爸妈知道了。你哥今天也在,他那么傻,会不会说漏嘴啊?你爸妈恨死我了怎么办……"

许容与一把将她拥进怀里,低头亲上她哭得通红的鼻尖。他心疼无比,怜爱无比。千言万语,难以诉尽。胸腔被堵住,她哭得许容与跟着她一起难受,又舍不得,又心中酸涩,又爱她至极。

许容与低声说道:"傻子。"

叶穗还在哭,被许容与紧抱着,脸贴在他的胸口,被他爱,为他一辈子心动。

第六章
不同生日

满腔的孤独、爱意、感动，乱麻一样交织在一起，叶穗实在太开心了，说着不应该哭，但是靠在许容与怀里，她的眼泪仍然如断了线的珠子般停不下来。她的泪珠沾在睫毛上，眼睛、鼻子都是通红的，精心化的妆也晕了。

许容与忍俊不禁，叶穗从来都是傲得不行、我行我素的样子，难得见她这么无助可怜。

许容与捏住她的鼻子，嗓音里带着笑音："来，抽一下，把鼻涕擦干净。"

叶穗哭得上气不接下气，还是被他这种行为给逗笑了。她蹲在地上和许容与对望，脸上还挂着眼泪呢，又开始笑起来了。

许容与将脸凑近，在她唇上轻轻啄了一下。

不是很深情的吻，却让人心里一下子温暖起来。

叶穗破涕为笑，蹲在地上仰头笑起来，又美又娇。

然后她摸了半天上衣，向许容与伸手："你有湿巾吗？我衣服穿得少，湿巾都在我包里，没带出来。"

许容与递给她湿巾。

叶穗用手遮住脸擤鼻涕，夸他："谢谢你啊容与，你真的好精致，连湿巾都有，没有你我怎么办啊？"

许容与说道："那可不一定。没有我，叶小姐今天肯定蹦迪去了，我看叶小姐会比现在开心。"

叶穗笑了起来，张开手臂搂住他，保证道："不会的不会的，蹦迪哪有我们容与重要呢？"

她眼睛里盛着星光，既欢喜，又有些怅然若失。

叶穗喃喃地说道："没有人我才一个人玩，如果有人陪我，我怎么会喜欢一个人的生日呢？"

许容与垂眼，迟疑着问："你妈妈连生日都不给你过吗？"

叶穗回答："我爸爸的去世是我们家从前和现在的分水岭。我妈妈很恨我，我的存在让她想起我爸爸。我过一次生日，就提醒她曾经的日子又过去了一年。她连自己的生日都不过，怎么会给我过生日呢？"

许容与默然，片刻后说道："没关系，以后我们年年在一起过。"

叶穗还在擦鼻涕，闻言抬头，温柔地看着许容与冷峻面孔——她不知道以后还有没有所谓的"年年在一起"。

但起码今年，她会深深记住的。

包厢里的男女生们面面相觑，窃窃私语。

杨浩等体育学院的男生们聚在一起小声说话，商量着要不要出去看看。陈听飞老师优雅地坐在沙发上倒红酒，鲜红的酒液在高脚杯中轻轻晃动，他娴熟的手法，吸引了和这里大部分人都不是很熟的大小姐明瑜水。

明瑜水悄悄看了眼这位老师，诧异地想叶穗的这位老师看起来也是个有钱的公子哥啊。

说起有钱公子哥，明瑜水又黯然失色地看了一眼余瞬。余瞬正和其他男生聊得火热："哟，哥们儿，看不出，你也是我们穗穗的朋友啊。幸会幸会，大家都不容易啊。"

明瑜水一阵无语。

许奕本来也应该和男生们很玩得开,但这次他身边带着尹合子。为了照顾尹合子的感受,他没有留尹合子一个人。许奕低头漫不经心地玩手机,尹合子在一边担忧地问他:"你给容与发条信息,问问怎么回事,怎么还不回来。"

舒若河在和蒋文文聊天,蒋文文正被爆炸信息弄得一愣一愣:"《却爱她》是以我们穗穗和许学弟为原型的?"

舒若河:"对啊。要我送你本样书不?我的书正在预售呢。"

蒋文文很纠结:"不是……这个……学姐,你有没有觉得,穗儿在和许容与谈恋爱啊?"

舒若河微微吃惊。

蒋文文脊背一绷,身子微微前倾,以为找到了同盟。谁知舒若河茫然地看了她一眼:"啊?他俩不是一直在谈恋爱吗?你不是叶学妹的室友吗?你不知道?"

蒋文文看着杨浩一脸沉思的样子,呆呆地说道:"我不知道啊。"

她一直不太确定。

可今天这情况,叶穗哭着出去后,是许容与追出去的。

如果叶穗和许容与谈恋爱的话,就算是姐弟恋,也没什么不可告人的吧?

蒋文文喃喃地说出了自己的疑问。

一旁明瑜水远离男生们,坐在她们旁边,慢悠悠地说道:"还是能理解的。许伯父家家教很严,是不可能允许许容与和叶穗在一起的。"

舒若河不赞同:"真爱无敌啊。"

明瑜水叹了一口气,许是想到自己的事,她又看了一眼余瞬以及许奕和他高冷的女朋友,轻声说道:"我们这样的家庭,子女婚姻,大部分时候都是身不由己的。"

包厢里正各自聊着,半闭的门重新被推开,叶穗笑盈盈地出现在了门口,挥手和大家打招呼。

朋友们热烈鼓掌:"欢迎欢迎!大美女回来了!"

许容与跟在她后面关上了门。叶穗已经非常自如地摆出了平时的样子,开开心心地和一屋子朋友打招呼。被追问为什么不告诉大家今天是她生日,叶穗笑眯眯地说:"怕麻烦啊。"

许奕轻笑:"你怕麻烦我们,倒不怕麻烦容与?"

叶穗冲他扮了个鬼脸。

许奕还没如何,正在喝红酒的尹合子一口水喷了出来:"穗穗,你别故意逗我笑啊。"

一时间,包厢里欢声笑语,其乐融融。

许容与找了个位置坐下,他本就不是高调爱说话的人,只是淡然地听他们聊最近的趣事。叶穗回头看他时,他对叶穗微微一笑。只是一个很淡的笑容,却如定海神针一样,让叶穗生起了无限勇气。

于是叶穗重新回头,像美丽的蝴蝶一样,享受着大家的包围。

他们包了那个包厢,又是唱歌又是玩游戏,疯玩了一整天。叶穗献唱无数次,跳舞无数次,男生们非常捧场,不管叶穗做什么,他们都鼓掌喝彩,逗得叶穗眉开眼笑。

几个女生看得出来,叶穗确实在男生中很受欢迎。不光长得美,她性格也好,大大咧咧,随和自由,还能歌善舞,会说会笑。

男生们喜欢这种玩得开的女生。

然而叶穗的正经男朋友,一直安静地坐着。

许容与虽然一直很冷淡,但他的存在感却不低。因为叶穗时不时就会回头看许容与一眼。许容与眼中若是有笑意,叶穗便会非常开心地回头继续玩;许容与若是皱眉,叶穗便会调整自己的方式。

尹合子若有所思,侧头和许奕咬耳朵:"穗穗好像很怕你弟弟。"

许奕抽空回头:"啊?"

尹合子看一眼他英俊的脸,无奈一笑:"没事,玩你的吧。"

生日聚会结束已经是晚上了,尹合子要回北京,许奕当然要去送。男生们也互相告别,杨浩一群人喝得大醉,踉踉跄跄地回了宿舍。

叶穗兴奋得脸颊通红,一张张翻看白天拍的照片。夜里,蒋文文爬上她的上铺，和她一起睡，自然地说到许容与。

夜色清寂，女生宿舍对面床铺的两个女生已经熟睡。蒋文文和叶穗面对面躺着，蒋文文轻声问道："原来你和许学弟在一起了。"

叶穗咬唇笑问："我们配不配？"

蒋文文想了想："不好说，感觉你们不是一类人啊。我本来很担心你，但是今天白天看你经常偷看他，我又替你高兴。"

叶穗不解："嗯？"

蒋文文伸手，摸了摸她散在枕头上的柔软长发，突然另起一问："你头发是寒假时染的？许学弟知道吗？"

叶穗："当然知道啊，他和我一起去的。"

蒋文文早就猜到答案了。以前没往这方面想过，但是一旦知道这两人在谈恋爱，蛛丝马迹便都能对得上。蒋文文摸着她的头发，衷心地说："许学弟对你真好，不约束自己的女朋友，欣赏女朋友的美，并且愿意让大家一起欣赏，不限制你穿衣打扮，还允许你染这么个性的头发。这么好的男朋友，现在不好找了。"

叶穗笑了起来，听人夸许容与，她就与有荣焉。

叶穗说道："什么啊，他鼓励我染发，只是为了让我鹤立鸡群，让老师们代替他监督我学习。其实我很讨厌他这点的，让我压力特别大，我本来没觉得我有多差，硬生生被他逼着迎难而上。"

"我每天和他在一起，被他对比得都好像我天天在玩一样，可是我又不能说。我本来都是人家眼里的差生了，还要拉下他的成绩，那我都觉得不好意思。"

叶穗话锋一转："除了这点，其他都很好。他真的很尊重我啊。他说他讨厌我和异性走得近，可你看他今天还请那些男生一起来给我过生日。我平时穿裙子露肩什么的，他都不说。我说我想要做什么，他总是在鼓励我……"

叶穗捂脸，甜蜜地笑着说："其实我知道他不喜欢我去当主播什么的，哈哈。他会嫉妒，还觉得那不是什么正当职业，纯属卖脸，但只要我高兴，他还是会鼓励我尝试。"

叶穗翻了个身,平躺着,望着天花板发呆。

"其实我知道,许容与是实干家,他很讨厌花里胡哨的东西。他理想中的学业和职业,都是能够为社会做出贡献的,而不是独乐乐的那种。我不知道他受到的教育是什么样的,但我挺羡慕他受到的良好教育。一定是很好的教育,才能养出这么好的容与吧。我才不会去当什么主播呢。我想向许容与学习,虽然我还是不知道我以后该做什么,但总是想向许容与靠得近一些。"

叶穗脸色微红,她在黑暗中兀自笑说:"文文,我才知道一场好的恋爱,不光只有心动,它还会教你上进,让你成长。"

她再翻个身,重新面对蒋文文:"文文,我想长长久久地和容与谈恋爱,和他在一起。我今天自己都吓了一跳,我回头看许容与的时候,他只要在那里,我就觉得安心。我很怕他抛弃我,怕他放弃我。我很害怕,觉得他这么出色,我配不上他……我想嫁给他。突然有这种想法,我却很高兴。我很高兴我有一个这么喜欢的人。"

蒋文文低声说道:"我也很高兴。穗穗,你能遇到理解你、包容你的人,是很不容易的。穗穗,别害怕。就像舒学姐写的那本书一样,舒学姐已经提前写好了好结局,你和许学弟也要努力啊。"

叶穗的生日结束得非常圆满,虽然第二天,许容与就拉着她去做设计图了。

五月份他们要把做好的模型交给大赛组,现在已经没多少时间了。叶穗重新被许容与催着学习,她有个好处就是非常听话,许容与让她做什么她就做什么。她是一个很随便的人,自己管不了自己,许容与约束她,她就老老实实地跟着走了。

三月份和四月份的专业考试成绩,叶穗的排名一次比一次高。

陈听飞在学校里遇到她,都夸了她好几次。

四月份,许奕来东大找许容与。忙完事情后,许奕没走,反而给叶穗打了个电话,约她出来。两个人沿着青年湖散步,气氛有点怪。

见到许奕,叶穗很尴尬地问他:"你找我干什么?你怎么不找容与？"

许奕："容与在写论文……他才大一吧，就在写SCI（科学引文索引）论文。我快大四了，也就准备一个毕业论文。我爸妈对我是绝望了，让我不要打扰容与。"

叶穗干笑一声。SCI论文啊，和她距离也挺远的。而且许容与何止在写论文呢，他还在修大二的学分，研一的选修课……

经常被许容与碾压得很慌的叶穗另起话题，不聊许容与了，而是恭喜许奕找到新的女朋友。

没想到这个话题也让人唏嘘。

许奕叹了一口气："我和你同病相怜啊。"

叶穗："哎？"

许奕："尹合子嘛，就和容与一样，是学霸。所谓的学霸……你懂吧？"

叶穗当即和他握手，差点流泪："我懂！"

所谓的学霸，就是无时无刻不在碾压他们这种学渣的人。自两人分手后，叶穗和许容与谈恋爱，许奕找了新的女友，两人之间的关系一直挺尴尬的。但是这话一说，许奕和叶穗之间产生了难得的惺惺相惜的友谊。

两人相视一笑。

许奕一脚踢开一颗石子，慢悠悠地说："其实这次找你，是问你容与生日的事啊。你应该知道容与下个月生日吧？我爸妈肯定给他大办一场，到时候肯定请很多人。你去不去？"

叶穗："我就不去了吧？"

"嗯？"许奕侧头看向叶穗，"为什么不去？你怎么和容与一样，提起这个就一副尴尬的表情？"

叶穗："当然尴尬啊！我要是去了，你爸妈不就知道我是容与的女朋友了吗？那你爸妈还不吃了我啊？不敢去不敢去。"

许奕哭笑不得："不是，你怕什么呢？你就以普通同学的身份参加就行了啊。你不故意跟我爸妈说，我爸妈怎么知道你？"

叶穗瞥了他一眼，站定，忽然撩起自己的长发，眉眼流波，露出一个非常娇媚的表情，眼神清冷高贵，看了一眼许奕。

许奕愣住，后退一步别开了脸。

叶穗："看吧，我这么美，谁抵抗得住我的魅力？我要是在，你们家肯定一眼能看到我。然后我这么漂亮容与还不理我，那不是此地无银三百两嘛！所以我还是不去了！"

许奕："你真是对自己的美貌很自信啊。"

叶穗调皮地对他送个秋波，开心又怅然地自我安慰："没关系，我不去了，把礼物带到就好了。"

许奕没有说服叶穗参加许容与的生日。

四月下旬，许容与给班上同学发请帖的时候，大家都摩拳擦掌，纷纷说一定去北京。同学们从许容与平时的日常谈吐，隐约看出许容与是有钱人，他们都好奇有钱人的生日怎么过，当然要去。

叶穗却躲了出去，她跟老师申请了一个实习，直接躲去了西北地区。许容与给她打电话的时候，她找借口说实习很忙，可能去不了。

许容与在电话里低声说："来吧，没必要躲成这样。"

叶穗："什么躲啊？我是真的很忙啊。我也很遗憾去不了，可我就是去不了，回来我给你补礼物嘛。"

许容与争取："叶穗，你才是我最好的礼物啊。"

叶穗良久没有说话，隔着手机，她听到了对面男生的呼吸声。

许容与也沉默着，静静等着她的回复。

那个瞬间，叶穗目中炽热，想要落泪，好似从他话里，听出千言万语道不尽的孤独一样。她多自我的一个人啊，怎么遇到他，总是想哭呢？

叶穗嘻嘻哈哈地大声挂了电话："我们领班找我，我先走啦。"

但她的一颗心，再平静不了了。

她告诉自己要体谅许容与。她没有信心出现在他的生日宴上，还不在他爸妈眼皮下露出痕迹。然而许容与的生日宴，他邀请她的时候，她觉得他那么孤独，让她蠢蠢欲动。

既不想毁了他，又不想错过他，叶穗左右为难。

一直为难到许容与过生日的那一天。

叶穗刷朋友圈，从许容与的舍友那里刷到了许容与生日宴的布置现场。舍友还拍到许容与的侧脸。有钱人家的宴会，除了他们这些学生，还请了不少社会名流。许容与的同学们，还是第一次见到有人在生日宴上请合唱团来。

"许家太有钱了吧！不知道的话，我还以为许容与是要结婚呢。"

"听说原本是要去什么海岛，被许容与拒绝了，他们家才退而求其次。"

"原来我的同班同学这么有钱！跪了！以后一定紧紧抱住许大神的大腿！求带我飞！"

西北某地区，气候干燥，土地贫瘠。此时的叶穗在测绘休息时，爬树登高，到处找信号好的地方。她不停地刷朋友圈，看到许容与的舍友们、许奕、尹合子、明瑜水都更新了朋友圈，显然都在生日宴上，只有许容与的朋友圈干干净净，一点过生日的痕迹都没有。

叶穗嘟囔着说："这人怎么回事啊？自己过生日也不见他高兴一点。"她简直想打电话过去质问他，又赶紧制止了自己。

一个上午叶穗百爪挠心，不能抵抗，于是下午叶穗还是去和领班请假了。她先坐车回了东大，去校乐队那里借了一把吉他，然后买票坐上高铁，再一次踏上了去北京的征途。

一路上叶穗心跳加速，坐立不安，她还是不能错过他，她要去北京一趟。

叶穗告诉自己，她不闯进他的生日宴，不让他爸妈看到她。她只蹲在许家大门外，等许容与的生日宴结束后，悄悄把许容与叫出来，把自己的礼物送给他就好了。

许容与说她是他最好的礼物，那她就把自己最好的一面送给他。

祝她的少年，所向披靡，踏上征程！

高档的宴会厅里,黑木镶板,灯光璀璨,门口喷泉涌浪。说是生日宴,更像是社会名流的交际场所,何等富丽堂皇。

　　许容与的同学们第一次进入这种地方——是那种在门口想要多站一秒拍张照都会被保安拦住的场所。

　　高校出身的他们尽量维持着礼仪,但是看到这么多平时不可能见到的大人物,仍有种不真实感。许容与穿上西服,笔挺而瘦高,明明是非常清隽出色的相貌,但他并没有多少表情。

　　他从楼上下来时,被几个舍友拦住拍照。

　　舍友小声抱怨:"容与,你摆个笑脸啊,看你家这么有钱,你也没高兴一点?"

　　一个舍友悄悄往楼上看了一眼,看到许容与的父亲许志国先生,正在和一位大人物相谈甚欢。

　　舍友感慨:"没想到你爸居然是许志国先生……咱们老师还拿他十年前设计的那个博物馆举过例子,这么厉害的大神居然是你爸爸。"

　　许容与被开玩笑地推了一下。

　　"哥们儿不够意思啊!你有这么好的资源,还藏着掖着不说!"

　　另一个舍友说道:"不说他爸,许容与他妈也厉害啊。女强人啊!管理那么大一家公司!经常在经济频道看到的大人物,居然是我同学的妈妈。哎呀我不行了,我酸了。这是什么阵容啊!"

　　"许容与,你们家的人都这么厉害吧?"

　　许容与嘴角轻轻扯了一下,做出一个笑的动作,但眼里仍然没有笑意。他和朋友说了几句话,走到角落里,给叶穗发了条信息。叶穗没有回他,他蹙着眉,低头看手机。

　　身后传来女人含着笑意的呼唤:"容与,过来!"

　　许容与回头,看到是倪薇。倪薇将近五十,但是保养得当,身材苗条,看上去也不过三十来岁。她一袭修身的黑色晚礼服,正举着酒杯和几位商界大亨说话,看到许容与下来,就招手让他过去。

许容与过去后,低声和各位长辈打了招呼。

倪薇含笑介绍道:"这个就是我的小儿子容与了,现在在东大读书,大一快结束了。"

几个大亨来之前,当然了解过这场生日宴的主角。倪薇介绍完后众人又是一阵夸赞:"容与是因为东大是许先生的母校,才去东大读书的吧?倪太太,你和许先生可是有子孙福啊。东大的建筑学可是很厉害的。"

倪薇轻笑:"这孩子当初非要去东大,不然我和他爸更想让他留在北京,清华才是建筑学最厉害的。可是我们容与不听话啊。"

这分明是炫耀自己儿子的成绩出色,众人一听就懂。

他们都知道倪薇的大儿子许奕学业一塌糊涂,她从来不提自己大儿子的成绩,只有这个小儿子,才给她炫耀的机会。这些人都和倪薇的公司有生意往来,倪董事长家的小儿子,他们自然一个劲儿地夸。

"这说明容与孝顺。"

"平时回家什么的还能和许奕一起,兄弟俩在一个地方读书,挺好的。"

倪薇微笑着说道:"我们家容与长大了,以后有机会的话,还要麻烦各位多多照顾。"

"应该的应该的。"

许容与一脸平静地完成这个应酬任务。

人散了,许容与要走,身后的倪薇淡淡地出声说道:"站住。去你爸那里,让你爸带你见见那些建筑师、设计师。你在我这边摆脸色没关系,别得罪了你爸那边的同事。"

许容与回头,看向倪薇:"我没有摆脸色,我平时就是这样。"

清冷的少年站在暖色灯光下,睫毛如羽,无论多么秀美,也和这个辉煌璀璨的宴会格格不入。

倪薇眼睛里寒光一闪,盯着他:"那你装也给我装出高兴的样子来。我儿子过生日,全程一副波澜不惊的样子,我不想让人揣测

145

我们家人不和。"

许容与平静地看着她:"那你就不应该把我的生日宴办得像是你自己的交友会一样。我高兴不高兴不重要,你的朋友们有没有尽兴才是重要的。"

倪薇一怔,脸色迅速沉了下来。

她走近他,不让外人看到她和许容与之间的剑拔弩张,但是她握酒杯的手指因用力而发白。

她语气低沉地说:"许容与!这个生日宴是为你办的,我和你爸为了让你认识这些大人物,为了让你以后的路走得顺一些,才办了这个宴会。你可以不喜欢这种方式,但你不应该践踏我和你爸爸的心血,以及对你的期待。"

许容与垂眼,心里忽然一阵烦躁:"什么叫践踏心血?我必须优秀,才对得起你们的栽培?是不是我不够出色,你们就要收回对我的爱?这都是有条件的吗,妈妈?"

倪薇冷冷地看着他,唇抿成一条线,这是她动怒的前兆。

"嗳,容与,妈,你们说什么呢。"

许容与的肩上搭上一条手臂,他向后退了一步。自己和倪薇之间的火药味稍微消散,全靠和钩住他的肩膀嬉笑着的许奕。

"这么热闹的日子,你们别吵架了啊。"

许奕看向倪薇:"妈,你真是的,我弟平时就这个样子,容与就是不爱笑嘛,你逼他干吗?"他又面向许容与,"容与,你怎么回事啊?爸妈是为了给你介绍大人物,拓宽你的人际关系。你就算不喜欢,也不应该在今天和妈吵架吧?太让人寒心了啊。"

许容与抬眼望向倪薇,倪薇仍然面无表情。

许容与轻声道歉:"对不起,妈妈。我心情不好,对你发了脾气,是我的错。我没有怪妈妈多事的意思,是我没有控制好情绪,也没有表达好我的意思。我是领爸爸妈妈的情的。"

倪薇的脸色在他道歉后,才缓和了。

倪薇盯他两秒,放过了他:"去你爸那里吧。"

许容与:"嗯。"说完转身便走。

许奕又跟倪薇嘀咕了两句,许容与看到高大的哥哥死缠烂打,硬是让倪薇笑出了声,脸色彻底缓和下来了。倪薇拍一拍许奕的肩,亲昵又责怪。

这才是一家人真正的温情时候——不会因为什么就不爱你。

许容与移开目光,许奕却从后追了上来:"容与,你怎么回事?"

"嗯?"许容与情绪低落,"可能人太多,不喜欢这种场合……我没事。"

"这是你的生日宴啊!就像妈说的,你装也装出点高兴的样子来吧?"许奕看着他,欲言又止,最后叹了口气,"容与,高兴点。"

容与,高兴点。

这句话许容与经常听到。

可能因为他宠辱不惊的脾气,喜怒不形于色,越来越少少年人该有的活力。每个人都会说他,让他笑一笑,让他高兴点。

可是他从十岁多就被人收养,就要看人眼色行事,就要为了不被送走而努力变得优秀,就要为了得到这家人的亲情而煞费苦心——他的人生陷入荒原,四面茫茫大雾笼罩。他孤独无比,他哪来的那么多高兴呢?

总是让他高兴一点,但是这世上值得高兴的事并不多吧。

宴会上,许容与再低头看了一下手机。他发给叶穗的信息,叶穗依然没有回复。

身后有同学喊他:"容与容与!快过来,寿星分蛋糕啊!"

许容与回头,面对自己的同学们,他沉默一下。想到许奕和倪薇的话,许容与慢慢露出一个极淡的笑意,走向他们。只要一个笑笑,就能让大家满意。

"哎呀不容易,你现在可算像个过生日的样子了。"

"你们家太可怕了。你要是不笑一笑,我们都不敢在这里待了。"

大家催促着让许容与切蛋糕:"快快快!生日快乐!"
"身体健康,万事如意!"

晚上十点左右,生日宴上的人陆陆续续离了场。许容与的同学们从外地来,许家已经给他们安排好了房间。都是五星级标准,大家感动得要哭了。他们在朋友圈不停地发图,让没有来参加许容与生日宴的同学,都嫉妒无比。

早知道许容与的生日宴这么夸张,怎么说也该来参观参观。

蹲在许家别墅外下坡路的叶穗,刷了一晚上朋友圈,终于刷到生日宴结束了的信息。

叶穗长舒一口气。幸好现在是五月份,要是冬天让她在寒风中蹲几个小时,她可能早就哭了。

叶穗找了一棵能够挡住她人的树,蹲在树后面,一边刷手机,一边等。怕许容与他们不回来,叶穗还专门给许奕发了条信息。收到许奕肯定的回复,叶穗才放下心。

许奕还问她:"你问这个干什么?"

叶穗:"别乱打听,和你无关。"

许奕:"说好的分手还是朋友呢?你对我这么残酷?问你一句话你都不回答?"

叶穗懒得理他这个自来熟:"小心我告诉尹合子小姐,我是你的前女友!"

许奕这才急了:"别别别!她很难追,到现在都还没答应做我的女朋友,你这要是一搅和,我和她肯定更没戏了。"

叶穗:"那你就老老实实帮我监督容与在做什么呗。"

过了一会儿,许奕给她传了张照片。

许奕是偷偷拍的。

他们坐在车里,光线昏暗,但是许容与的轮廓却被照得非常清晰。他侧着头在看车窗外,短发垂在耳旁,一颗泪痣落在眼角。

叶穗满心欢喜地看着这张照片,小心翼翼地保存到手机里。她摩挲着照片，好久不见许容与，她真是有些想念他。他这副清清淡淡的样子，居然让她看出了几分寂寞……

今天是他生日，他怎么可能寂寞呢？他应该很开心才对啊！

她就是来让他更开心的！

叶穗背紧了自己的吉他，打开手机戴上耳机，继续熟悉旋律，为一会儿的演奏做好准备。

十点半，躲在角落里的叶穗，看到树影上闪过的车灯，抬头发现一辆加长版林肯缓缓开向许家院门。汽车拐弯的时候，车前灯照得叶穗看不清东西，她用手挡住半边脸，等车灯晃过去，她冷不丁看到了坐在车里的许容与。

蹲了大半宿的叶穗一下子有了精神，她拍了拍自己的脸，从小包里掏出口红和腮红等化妆品，用手机里的镜子功能开始给自己补妆。

补完妆后她又站起来，在原地蹦蹦跳跳，缓解着腿酸。

她还把白色衬衫重新扎了一下，露出纤细的腰，扎出自己最性感的样子来！

叶穗对着手机里的镜子甜甜一笑，确定万事俱备了才满意地收了化妆品。叶穗笑盈盈地对着许容与的照片自言自语："容与，我真羡慕你。你有这么漂亮的一个女朋友，千里迢迢来给你过生日。一会儿你不感动哭，你女朋友就要哭了。"

十一点的时候，再没有见到许家有其他车开进来，想来许家人应该都差不多回来了，准备睡觉了。叶穗这才给许容与发了一条信息："容与，你睡了吗？"

五秒后，他的信息回过来："在写论文。"

叶穗："你真是刻苦。"

生日宴回来都还继续写论文，而且看他这架势，明显又是要熬夜。

叶穗心疼他："你不要老熬夜啊，熬夜会熬出一身毛病的。

千万别觉得自己现在年轻,就过度透支自己的健康。"

　　许容与:"没事,我心里有数。把这一页改完我就睡了。"

　　叶穗无语,许容与再次发信息过来:"今天实习怎么样?"

　　叶穗给他发了条语音:"容与,你出家门一趟。"

　　许容与顿住,他刚刚从浴室里出来,坐在书桌前不过十分钟。许容与手机,将叶穗发的那条语音又听了一遍。他怀疑自己听错了,他心里忽然有了一个不可思议、不切实际的大胆猜测,这个猜测让他的血液沸腾,让他全身僵住……

　　叶穗的下一条语音来了。

　　她害羞地笑着说:"我在你家门外等你。"

　　刺耳的声音在书房里响起,许容与向后跌坐,脊背重重撞在椅背上。刹那间,全身的血液,如洪水一般,急速地流动起来。

　　许容与关上门,出了庭院。五月天,他随便套了一身衬衫和裤子出门,头发都未完全擦干。站在院外凉风中,许容与刚张望一下,手腕就被右后方突然冒出来的女生抓住了。

　　许容与扭头看去——叶穗背着一个半人高的长筒包,白衬衫,黑牛仔裤,粉色长马尾。叶穗笑着站在他面前,非常清爽明艳。

　　许容与的眼睛一下子亮了,反握住她的手:"穗穗……"

　　叶穗食指放在唇边:"嘘!别说话。快,跟我来。"

　　叶穗慌张地回头看,唯恐他的家人追杀出来。

　　她像是从黑夜的迷雾森林中偷跑出来的精灵,拉住许容与的手,轻灵无比地将他从钢筋铁骨的城堡中拐走。

　　许容与不能思考,不能说话,只是被她牵着手跑。

　　她就是一个拐走王子的灰姑娘。

　　许容与看着她背后跳动的马尾,勾起唇,眼神越来越亮。

　　其实也没跑出多远,叶穗只是把他拉到了许家大别墅的对面树林前。叶穗心有余悸地回头看一眼对面的别墅,问许容与:"我们在这里唱歌跳舞的话,你家应该听不到声音吧?"

许容与:"你怎么来北京了?我给你发信息你怎么不回我?"

叶穗嘀咕:"应该听不到声音吧。你看你家灯都熄了,是不是你家人要睡了?"

许容与:"你怎么过来的?晚上住哪里?酒店订好了吗?你太胡闹了!"

叶穗抬头瞪他一眼:"你很快就知道我是不是胡闹了。"

两个人鸡同鸭讲,各说各的,最后的话题竟然奇异地归于一处。叶穗左右看看,确认这个时间点,这边不会有人经过。

她张开双臂,眼尾上挑,笑得像一只可爱而迷糊的狐狸:"我是来给你过生日的啊!容与,抱一下!"

许容与没动,站得如树般笔挺,且面无表情。

他冷冰冰地问:"问你的问题呢。怎么不回我信息?怎么突然跑过来了?你有没有想过如果我今晚不回来,你要在我家门外等多久?你酒店有没有订好?做事情前的规划呢?"

叶穗无语。这个人真是一点情趣都没有!还没开始他就数落她了,一腔情趣喂了狗。

要不是看他长得帅,她早就生气了。

叶穗白了他一眼,假装没听到他咄咄逼人的语气。她把自己背的小包卸下来,丢到许容与怀里:"来,拿一下。"

许容与接了她的包,皱眉问道:"干什么?"

叶穗低头把马丁靴的鞋带绑好,再站直,把衬衫系到肚脐眼儿上方,打了个结,结果后脑勺被后背的东西一磕。

哎哟一声后,叶穗再次弯腰把自己背上的半人高的背包取下,让许容与接住。许容与接住重物,看叶穗拉开拉链,从背包里抱出一把吉他。

叶穗摘掉绑头发的皮筋,长发散过肩膀,一阵熟悉的芳香拂过少年的鼻尖。

许容与抱着吉他的手臂僵硬,忍不住屏住了呼吸。再看叶穗凑过来,在另一个包中翻找,找出了一对猫耳,戴在了头发上。

叶穗从他怀里抱过她的吉他，手放在弦上划过，试了一下音。

许容与静静地看着她。

叶穗往后跳开一步，抱着吉他，对他飞了一眼，眼波荡漾，粉发上的猫耳轻轻晃动，又帅又可爱。

许容与傻了一般地看着她。

叶穗无比开心地说道："容与，我是来给你过生日的！"

她大声说："我是来给你唱情歌的！"

叶穗调皮地对许容与眨眼："许容与先生，你的女朋友要送你一首《恋爱循环》，你听好了。"

黑夜路灯下，女生抱着吉他，弹唱出声。唱的是一首非常可爱的日文歌，许容与听不懂她在唱什么，但那已经不重要了，他像是被定住了，愣愣地站在原地看她。

看她领口半透的衬衫；看她线条干练的牛仔裤，裹着修长笔直的双腿；看一把吉他在她手下震动，看她一本正经地戴着猫耳跟他卖萌……

她站在光和影的交错处，路灯的光追随她，树木的影子罩住她，一半明亮，一半幽暗。她边唱边笑边弹，边忍不住扭动腰肢跳舞。她尽情地舞动身体，为了逗他开心。

霎时风过，全部的光打在她身上，那么的亮。她走进他的世界，走进荒漠中，她唱着歌，不羁又潇洒。她向他走来，如冬去春又来，星坠日又升。

刹那间，光阴流转，他便看到她身后一树树的花绽开，一片片的土地泛绿。

天光的尽头，芳菲满园。

叶穗弹完一曲，看许容与呆傻一般，从始至终没动，就那么看着她。

叶穗摸了摸耳朵，疑惑是不是自己的水平太差，许容与根本不觉得好？叶穗将吉他向上抱了一下，笑道："不满意啊？那我再给你唱首歌吧。叫《星球爆炸》,是我原创的。我还没给别人唱过呢。"

她红了脸,弹着吉他,清了清喉咙:"女巫的尾巴离开,星球开始爆发。我们躺在芒草上,看到亿万年岁月爆炸。看那……"

她可爱非常地唱着歌,还围着许容与转圈,他看她一眼,她就对他眨一下眼。眼睛里亮亮的,像星辰的光在跃动。

许容与想还听什么歌呢,他从她的眼睛里,就看到星球爆炸了啊。

那么的亮!那么的爱!情不自禁,许容与笑出了声。

叶穗当即:"哇,你笑……唔。"

叶穗被许容与抱入怀里,中间横着一把吉他,许容与低头,不管不顾地亲上来。

一辆车开过来。

坐在车中的倪薇,清楚地看到了一切。

黑夜星落,尘嚣散去。

许容与俯下脸来与叶穗面对面,唇贴唇,深情无比地亲吻她,手指轻轻拂过她脸颊的肌肤。他目光专注,眼中似有星火,叶穗分明不是许容与肚子里的蛔虫,可在此刻,她忽然就明白许容与深深地喜欢着她。

虽然他总是安静地坐着,不露痕迹,一言不发,可他只要望来一眼,便如骤雨后的清风,袭上她的心尖。她心中满是欢喜,久久回望着他。

叶穗喘气:"容与,容与……"

许容与并不理会。叶穗艰难地溢出一句:"我的吉他……硌得我胸疼……你稍微退一下,让我放好吉他。"

满腔的激荡,被叶穗的现实打破。

许容与只好退开一点,看叶穗弯下腰小心翼翼地把吉他放好。微弱的路灯光下,许容与咳嗽一声,移开了目光。叶穗无知无觉,或者她知道,也不在乎。叶穗非常鸡贼地暧昧一笑,张开手臂跳起来,扑到许容与怀里，抱紧他。

叶穗笑道："来，亲爱的，咱们继续亲呗，不要在意刚才被我打断的事。"

许容与败给她了，目中含着笑，在她红唇凑来时，他又非常嫌弃地伸手捂住她的唇，把她推开。

许容与："没心情了。"

叶穗奇怪了，她对许容与羞涩地眨眼："这要什么心情？食色性也啊。"

许容与的睫毛轻轻颤了一下。

他心情可见是真的好，平时她这么说，他肯定立马要斥责她，但是这会儿，怀里抱着千里迢迢来给他送礼物的女朋友，他只是带着笑意轻声说："你矜持一点。"

叶穗娇俏地对许容与露出甜丝丝的笑容："容与……"

她仰着巴掌大的脸，眼睛黑曜石一样晶亮，皮肤像雪一样白，又乖又不乖，挂在许容与身上……太招人喜欢了。

许容与低下头，在她鼻尖上轻轻啄了一下。

叶穗笑起来，眉目飞扬，眼波撩起。

许容与又在她的眼睛上轻轻吻了一下。

虽然没有亲她的唇，但叶穗还是扬扬得意，她分明已经感受到许容与对她的喜欢了。

倪薇坐在车上看不下去了，吩咐司机继续上坡。

车前灯向许家宅院对面打过来，刺眼的光照向搂在一起亲吻的青年男女身上。灯光直射过去，喇叭声在黑夜中尖锐刺耳。许容与搂着叶穗腰的手一下子发紧，他低头和叶穗说了一句话。

叶穗吓得当即从他身上跳下来。迎着过亮的车灯，叶穗慌张地回头看来。她美丽的脸蛋，被灯照得煞白无比。

许容与没说话，握紧了叶穗的手。在叶穗吓得轻轻发抖时，他上前一步，非常坚定而平静地将叶穗拽到了他的身后。

面对从车上盈盈下来的倪薇女士，许容与从容地喊了一声："妈。"

叶穗瑟瑟发抖，慌张茫然。她鼓起勇气，从许容与身后悄悄探出来一点："阿姨好……"

但是她看到的是倪薇睨睆过来，那不怒自威的眼神，连鱼尾纹都透着一股煞气。妈呀，叶穗心颤抖了一下，缩回许容与身后。她在心里哀号，这是许容与的妈妈啊！

她不是胆小，但是许容与的妈妈看上去也太可怕了吧？

之前许家其他人先回家，倪薇因为要开个会，没和他们一起。结果没想到晚回来一个小时，倪薇在自家家门口看到了这么令她震撼的一幕。

倪薇还以为自己给许容与的时间够久了，许容与该想通了，没想到在成人礼这晚，他带给她这么大的惊喜。

倪薇素来是优雅而冷静的，她心里气得要疯，但从来不会在外人面前显露。她多余的眼神也不给叶穗一个，只看着许容与开了口："回家。"

许容与跟倪薇对视："我先送叶穗回酒店，再回家。"

倪薇："我让司机送她，你跟我回家。"

许容与："不。她专程来给我过生日，我不会在这时候丢下她不管。"

倪薇冷眼而望，显然不接受这个解释。

许容与态度稍微软一些，说道："不应该让女生一个人离开，这是做人的礼貌，妈妈不应该阻止。"

倪薇目色一冷，她这个小儿子平时不说话，但是该说的时候，嘴可是很利索的。倪薇毫不怀疑，如果她不同意，许容与能跟她一直在这里耗下去。

倪薇唇轻轻勾了一下，平淡地说道："好。我们各退一步。你不要跟我介绍她是谁，我同意你送她离开，你明天什么时候走？"

许容与："我下午有课，明天上午吃完早饭后回学校。"

155

倪薇嗯了一声:"好,明天上午,我们好好谈一谈。"

许容与点了一下头。

倪薇就这么走了。高跟鞋踩在地上,平稳而用力,如她这个人一般波澜不惊。司机降下车窗看向许容与和叶穗,一脸后怕。

司机咳嗽一声:"容与,要不我让我朋友过来送你们?咳咳,你知道,我是给董事长打工的,不方便送你们离开。"

许容与说道:"不用了王叔。我们自己走就好,下了坡就好打车了。"

司机王叔说道:"好。那个……小少爷,别真的惹怒董事长啊。"

许容与承他的情,紧握着身后发抖的叶穗的手,温声对司机说道:"放心吧,王叔,我心里有数。不会和我妈闹得太僵的。"

两个人下坡后走了十五分钟,才叫到出租车。叶穗一直没回过神,一路上不敢说话。上了车,她才缩到许容与怀里,都快哭了:"你妈太吓人了吧!但是幸好她没为难我。我刚才大气都不敢出,就怕你妈问我是谁。"

许容与揉了揉她的发。

叶穗把猫耳从头上摘下来,抱着吉他瞥了一下自己的粉色发尾,更想哭了:"都怪你!不让我把头发染回来……你妈看到我这样,肯定觉得我是不良少女、街头混混,带坏了你。她对我的印象一定糟透了。呜呜呜,怎么办啊?"

许容与轻声安慰:"没事。我妈不会太为难你的,放心吧。"

他这个人向来有让人安定的力量,再大的困难,只要看一眼他的脸,就不觉得可怕了。叶穗再一次仰头,习惯性地从许容与脸上寻找支撑自己的力量。幸好,她再一次找到了。

许容与很平静,于是叶穗也放下心来:容与这么淡定,应该也不是太糟吧?

但她心里还是乱糟糟的,如果早知道会见到他妈妈,她应该好好把自己拾掇一下,起码干干净净清清爽爽的。

许容与低头，看她又烦恼起别的事来，眼露忧虑之色。

叶穗根本不懂。他妈妈一个眼神都不给她，是完全不在乎她的表现。倪薇根本没有把叶穗放在眼里，连了解一下的兴趣都没有。

许容与确实不担心倪薇伤害叶穗，他知道倪薇不是那种人。但是他又清楚地明白倪薇的手段和固执，这绝不是一场他坚持就能轻易胜利的战争。

这是一场硬仗。

许容与不怕艰难。

他怕的是叶穗放弃他。

许容与将叶穗送到酒店，回到家已经是凌晨了，家人都休息了，许容与猜到倪薇回家暂时没有跟其他人提他和叶穗的事，放下心去休息了。

第二天早上吃早饭的时候，许志国看一眼下楼来的小儿子。

许容与脚步一顿，明白他爸爸已经从倪薇那里知道了。

家里还不知道的，是还在睡懒觉不打算起来吃早饭的许奕。

许志国放下报纸，看向许容与："容与，你是怎么……"

倪薇慢悠悠地打断丈夫的话："你不是还要开会吗？你先走吧，这件事交给我，我和容与谈就行。"

许志国思忖着，站起来对许容与说道："不要让我们失望。"

倪薇提醒许志国："我和你说的帮容与做的那个申请，你多操点儿心。"

许容与开口问道："和我有关的什么申请？"

倪薇轻笑："你暂时不用知道。事情还没办成，等办成后再提也不迟。"

许容与眼皮轻微跳了下，许家向来都是奉行先斩后奏。他想了下利害关系后，便放弃追问，转身去餐厅吃早饭了。

自倪薇松口后，家里的阿姨照旧准备了许容与的早饭。

显然将近半年的抗争，许容与还是赢了的，倪薇已经放弃事事必须掌控他的习惯了。

也不能说是放弃……用冷眼旁观更准确些。

是抱着那种盯着他看，好整以暇地看他能走到哪一步的心态。

吃完早饭许志国出门了。许容与去了客厅想和倪薇谈谈，但倪薇正在打国际电话。十分钟后，倪薇的电话打完才有空来管他的事。

倪薇问道："这学期快结束了，你这学期功课怎么样，都干了些什么？"

许容与如实把自己在做的事汇报了一遍。

倪薇脸色好了一些，她点头："不错，还好你没有真的疯了。"

许容与抬头："什么叫疯了？我谈恋爱，在妈妈眼里，就是疯了吗？"

倪薇冷笑："放着门当户对的婚姻不要，非要和不适合你的人谈恋爱。美其名曰释放自我、少年意气，不是发疯是什么？"

许容与的唇轻微动了一下，想要反驳。

但他又冷静下来，放弃了惹怒倪薇的行为，只淡淡地说道："我不和妈妈争辩这种无用话题，随便你怎么想。"

倪薇点头："不错，这种争辩确实很无用，我们直接说关键。"

倪薇顿了一下，说道："分手。"

许容与坚定地说道："不。"

倪薇缓缓说道："许容与，我给了你很长时间的机会了。我可以理解你第一次喜欢一个人，风风火火，不管不顾。谁都有年少轻狂的时候，我给你时间。但是几个月过去了，爱情再甜蜜，你该冷静下来了吧？你既然还没有分手，那我就有义务提醒你，你这场恋爱注定不会有什么好结果，我永远不会接受一个不适合的儿媳进许家的家。与其到时候长痛，不如现在分手。"

许容与说："我不会分手的。我喜欢她，我想和她一直在一起，我会为了她重新规划我的未来。妈妈对我的期望，我会从其他方面补回来。她是很好、很可爱的姑娘，妈妈你现在只是不了解她，你了解了，你也会喜欢她的。我希望你不要从一开始就带着偏见看她。"

"难道你要为了一个姑娘，离开这个家，放弃我和你爸爸，放弃你哥哥？"倪薇停顿一下，她的声音冷冰冰的，"要么选你爱的姑娘，从这个家出去；要么放弃你的爱情，我们依然是一家人。"

许容与："我不会做离家出走这种让你们伤心的事，许家给了我一切，我不是白眼狼。我只是想在中间找到一个平衡，让你们可以接受她。"

许容与站起来，轻声说道："妈妈，我从来没要求过你和爸爸，从来没求过你们什么，是吗？我也是这个家的成员，我希望所有人都能够开心。和哥哥一样，我也是你的儿子……你能够为哥哥放弃那么多原则，为什么不能为我放弃一点？我希望你能够稍微地放下你的傲慢，哪怕一次，为我考虑一下。我只是喜欢一个人而已，这不是什么大逆不道的事。"

倪薇怔然，她扶着沙发扶手，身子微微后靠，仰头看着这个小儿子。他昨天刚过完生日，长了一岁，是个成年人的模样了。

恍惚间，许容与来到这个家，也有七八年了。还记得他当时跟着他妈妈来到他们家，又践又傲的小男孩坐在沙发上，非常不屑他妈妈对许家放低姿态的样子……

许容与的亲生父亲，曾经和许志国是战友，救过许志国的命。因此，他的亲生父亲去世后，抑郁症缠身的亲生母亲亲自来找他们，许家才同意照顾这个孩子。

一晃那么多年过去，许容与和当初大变样，他已经这么高了，长这么大了……

倪薇露出几分怔忡，她缓和了语气，思考措辞："容与，妈妈不是害你。妈妈也是过来人，知道你这个年龄的孩子在想什么。你又是少年天才，满心傲气，我说什么你心里肯定都不屑，不认同我。但你是我儿子，我需要跟你说清楚。

"容与，许家在社会各界的利益牵扯很多，为维持这种关系，许家的儿媳，一定要能撑得起来。对你是这样，对你哥的老婆，我和你爸爸的态度也是这样。不存在对你哥宽容，对你严厉的说法。

何况你现在还年轻,你只是在谈恋爱,根本到不了谈婚论嫁那一步。

"我也不是真的一点都不能接受你谈恋爱。我之前让你相亲,确实是急了些,你如果对这种行为不满,我可以退让。反正你还小,你不急着结婚,前面还有你哥在,我和你爸不会太逼你。哪怕你要谈恋爱,谈一场属于你们年轻人、不考虑门第的恋爱,我都可以理解。

"我给你几年时间,让你去谈恋爱。但是你要跟我保证,几年后,你要和不合适的恋爱对象分手,你把自己整理好,回来和我为你挑选的人结婚,承担起自己应尽的义务和责任。不要太自私。"

以倪薇的强势来说,她能说出这些确实已经做了很大的让步。

倪薇说道:"如果你可以接受这个条件,以后你愿意和谁谈恋爱就和谁谈,我不会再问一句。这种话我不会跟你哥说,但我跟你说,因为我相信容与你是说话算数的人,答应我的事,不会反悔。"

许容与听得出神。

倪薇说她可以给他时间,让他去恋爱。

只要他到时候放弃恋爱,回归家庭就可以。

如果他同意了,他就可以和叶穗谈恋爱了。至少这几年,倪薇都不会打扰他,不会给他安排相亲。他可以放心做自己的课题,完成自己的学业,不用在这上面费心。

而且谁知道几年后,他还会不会和叶穗好呢?说不定那时候,两人已经分手了。

他既谈了恋爱,也没有和家里闹翻。

皆大欢喜。

许容与口袋里的手机振动了一下。

倪薇坐在沙发上喝着咖啡,优雅矜淡,似乎根本不担心许容与的选择。许容与打开手机,看到叶穗给他发的信息,温柔中,透着小心翼翼。

"容与,我想了想,我先回兰州了,等周末我就回东大了。不敢和你一起走,怕你又被你家里人骂。昨晚回去,他们有没有为难你啊？如果为难了，你别伤心啊。你爸妈是爱你，才会为难你。怪我不该偷偷找你，你明明都提醒过我你家里人不同意的。对不起啊。"

但她话头一转："可是我喜欢你啊。昨晚难道你不开心吗？"说完还送了他一个"亲亲"的表情。

许容与轻轻露出一丝笑意。他握着手机，下定决心，不管未来如何，不管几年后他会不会和叶穗分手，在此时，叶穗已经进入了他人生的规划。

她就是他规划中的一部分，他不能丢开她。

倪薇看到许容与眼神的变化，心里一咯噔。

倪薇垂目，缓缓放下咖啡杯，她少有的耐心，用在此时。

"容与，人这一生很长，也很短，不是非谁不可。许多人你觉得很重要，可时过境迁，你会发现他只是你人生中的一个过客。你的未来还会遇到更多的人，看更好的风景。如日升日落，潮起潮落，都是自然规律。哪怕她现在对你很重要，她也只是你人生中的过客。"

"不。"许容与轻声说道。

声音很淡，却铿锵有力。

倪薇脸色难看。

许容与目光低垂，声音温和："她不只是我人生的过客。那些让我欢喜的，骄傲的，我不会任它离去，她是我爱的人。"

许容与抬起头，露出自己清俊的面孔。

他缓缓说道："我不会答应您的要求，几年后，我也不会分手。作为现在的我来说，我的未来有她，我会娶她。我做好和妈妈打持久战的准备了。妈妈不放弃，我也不放弃。迟早有一日，我会让你们接受她是我的爱人，让你和爸爸同意她进我们家的家门。我不放弃她，也不放弃你们，我都要。"

倪薇站起来，胸脯被气得起伏："许容与！"

许容与看着她，微笑着说："你从头到尾都没有问过她，查过她，但她不是一个没有名字的人，以后妈妈会不停地听说她。为了避免妈妈自己调查查出来的误会，我直接告诉妈妈好了。

"她是单亲家庭，妈妈多次改嫁，她和自己的妈妈并不亲。她三月份刚过完二十二岁生日，她大我三岁。学习不太好，但是她能弹会唱，跳舞也跳得好，非常受男生的欢迎，并且现在在我的监督下，也在努力好好学习。她曾经是哥哥的女朋友，哥哥喜欢过她，分手是因为两人性情不和，多次误会，最后无法挽回。

"虽然她和哥谈过恋爱，是哥的前女友，但现在，她是我的女朋友。

"她叫叶穗。"

刚刚起床顶着鸟窝头的许奕打着哈欠下楼，听到楼下弟弟的声音——是哥的前女友。

许奕一个激灵，一下子就醒了，他心里崩溃尖叫，喊着完了完了，许容与怎么把这个说了！许容与彻底疯了吗！

哪怕许奕，都不由自主地打了个哆嗦。许奕趴在楼梯扶手上，偷偷往楼下看。家里的管家和保姆全都被派出去了，楼下只有他们两个人。许奕见他妈已经被许容与气得脸色煞白，手指着弟弟，浑身颤抖。

倪薇厉声："我更不同意了！我绝不可能接受我大儿子的前女友嫁给我的小儿子！还比我的小儿子大三岁！姐弟恋？哈，许容与你做梦吧！许奕你给我滚下来！这到底是怎么回事！你是怎么做哥哥的？！你是不是早就知道了？！"

无辜被牵连的许奕哀号，关他什么事啊！

第七章
不许未来

倪薇快要被两个儿子气疯了，战火波及到了许奕身上，不再是简单的谈恋爱问题了——

"许奕，你一天天都在干什么？听说你也在谈恋爱？我告诉你，不许！尹合子不能进我们家门！大四后我们就给你安排好了，你给我出国留学去！"

许奕一点就炸："凭什么？为什么？"

他和许容与不一样，许容与得到的爱是有条件的，许奕却是肆无忌惮。许奕脸色一沉，直接跟倪薇杠上了："你不喜欢穗穗就算了，合子你怎么也不喜欢？合子是家境还是成绩让你不满意了？你以为你许家大门是有多高贵，谁都等着巴结呢？你就是见不得我和我弟谈恋爱！"

倪薇越生气越冷静，她手撑着沙发扶手，好整以暇地嗤笑："许家当然不高贵，但我们不接受门不当户不对的儿媳，同时也不接受只会搞学术的儿媳。"

许奕咧嘴一笑，挑高眉峰，似笑非笑，带几分大男孩的邪气。

许奕说道："你以为我会听你的吗？你威胁容与一旦他谈恋爱，你就要放弃他，你大可以用同样的条件威胁我啊，你以为我会在乎吗?我弟是善良,懂事,对你和爸孝顺,不反抗你们的安排。你们对他从来不公平,你以为我不知道我是被偏爱的那个吗?容与想要的我都唾手可得,所以我从来不在乎。妈你根本威胁不到我。"

倪薇冷声:"你的吃穿用度,哪点不是靠的家里?离开这个家,你以为你还有什么?你哪来的自信认为你离开这个家你可以活得像现在这么潇洒?"

许奕轻呵一声:"我有手有脚,这么大的人了,还能饿死不成?别说你用这个来威胁我,就是拿来威胁容与——"

他手指着旁边的许容与。

和剑拔弩张的倪薇与许奕的状态不一样,许容与安安静静的,目光毫无波澜,仿佛置身事外。

许奕手指许容与,看到弟弟清凉的眸光,心都跟着静了一下。然而许奕咬着腮帮,还是把话说了下去:"就算你拿不再抚养他这样的话去威胁他,也是没用的,社会上能干的活多的是!"

倪薇:"不知天高地厚。"

许奕看到了倪薇眸底的轻蔑。这如迎面打来的巴掌,一下子激怒了他,却同时让他冷静下来。多年的家庭高压,许奕的脾气又能有多好呢?他是性格潇洒宽容的人,很多事情他不看不问,但他不傻。

许奕懒得和倪薇多说了,他刚睡醒,连早饭也不准备吃了,直接大步走向玄关,换鞋拉门就要出去。

倪薇一慌,起身问道:"你干什么?"

许奕回头,英俊的脸大半藏在阴影后,他痞笑一声:"离家出走,养活自己!"

"你站住!"倪薇声音抬高,她被这个不听话的长子气得头疼,浑身都在颤抖,"离家出走?许奕,你的教养呢?从小我们就是这么教你的吗?我说不动你,说你一句你就敢离家出走?"

"你从小的教育,是让我们听话,顺从。只有听你的,我们才能过得好。但是我们自己的灵魂呢?生我养我,是为了让我替你活下去吗？完成你的期许，继承你的愿望？什么都要管什么都要插手，还要我干什么？当你的傀儡吗？"他厉声，"你和爸爸都忙，都有事，以为请了最好的教育专家，给够了钱，铺好了路，我和容与就该感恩戴德。但是如果教育专家那么厉害，容与当年为什么休学了两年才继续读书？他妈带他来的时候，你们说一定会好好照顾他。你们就是这么照顾他的！"

许奕的声音越来越高，他看向客厅里的许容与。许容与平静地看着他，眼神轻轻晃了一下，如水波一般。

许奕看到他，心中骤痛："他那时候刚失去爸爸，又失去妈妈！他才十岁出头就在读初中，到了我们家，还要听许家人讨论要不要收养他，一个外来的孩子凭什么继承你和爸的财产。他才十岁！你们就当着他的面讨论那些！然后他生病了，不爱说话了，成绩大滑坡，在学校待不下去，你们就请心理医生教育专家，研究我弟弟是不是和他妈妈一样，是不是遗传了抑郁症，或者有自闭症！

"你们给了很好的条件，就是对他好了吗？你们施恩一样养育他，他连谈个恋爱，都要偷偷摸摸的吗？"

许奕忍着眼泪："你们想想，那时候除了我，你们谁陪容与说过话，问过他在新家待得好不好。是，爸爸很忙，他工作永远那么忙，他是大建筑师，整天不是考察就是出国，没工夫管家里的事。你是大企业家，跨国公司，商业合作，连在飞机上都要开会，没有一刻空闲……我是被你们放养大的，被你们请的教育专家管大的。长大了，你们又怪我懒散，不听话，学习不好。

"又把对优秀子女的期待放到容与身上！因为容与满足了你们对子女的幻想，你们才对他好。这都是有条件的！容与十岁就在读初中，他年纪那么小，就算聪明，心理年龄能有多大，他能有多成熟？他在休学的那两年只和我说话，我磕磕绊绊地开导他的时候，你们在哪里？他是少年天才，可是世间多少伤仲永，容与自己不努力的话，他怎么走到现在？

"他发烧时还在看书！他没有任何爱好，就是在学习。我还记得他刚来我们家时，那么跩，那么傲，谁都不理。可是后来呢？他越来越沉默，越来越不爱说话。你们又说他心思重，猜不透这个孩子在想什么。

"你们知道他以前喜欢过天文，喜欢过物理吗？他来我们家前，他也学过下棋，学过跆拳道。可是他后来呢？没有任何爱好，没有任何喜恶。他不高兴，也不难过，看什么没有兴趣，也没有厌烦，他没有朋友，也没有敌人。他长得那么帅，但他从来没收过女生的情书。他的生活都在为了你们的期许而努力，我能说什么？

"我知道你们都偏向我，我不能多说什么。容与读书的时候，我在干什么？他翻资料熬夜的时候，我又在干什么？正是因为他那么优秀，你们才爱他。我不想打破这种平衡。

"他有什么错？他平淡无比的生活中，第一次出现了一个特别鲜活的姑娘。不在乎他的冷言冷语，不在乎他的怪脾气。那个姑娘和他玩，逗他笑。她活得和他一点也不一样。她那么热爱生命，他好奇不是很容易的吗？喜欢不是很正常的吗？他好不容易有一个自己喜欢的，你们就要他放弃。你们真的，太过分了！

"妈，你们再这么下去，迟早有一天，会失去我和容与！"

许奕摔门而走，大厅中长久的安静。

许容与看向倪薇。

倪薇饱受打击，跌坐在沙发上良久，她面无表情，没有说话。她一直以为不管是事业还是家庭，她都平衡得非常好。她一直很自豪，觉得忙成她和许志国这样的大人物，仍操心着两个儿子的事，他们是好父母，是人生赢家。

但是在今天，许奕撕开了这个假象。血淋淋的伤口黑洞一般，吸食着倪薇的精气神。

她双手盖住脸，忽然浑身发冷。

许容与怪他们就算了，他们对容与的要求确实很严格，可是为什么，连许奕也怪他们？是不是许奕不肯好好读书，也是对她和许志国的报复呢？这个不成熟的儿子，用自己的不成器报复着她和许志国,伤敌一千,自损八百……

倪薇疲惫地问道:"容与,你和小奕一样,也在怪我们吗?"

许容与:"没有,我一直很感激爸爸妈妈对我的栽培。"

倪薇:"容与……"

许容与:"要我去追哥吗?"

倪薇沉默良久:"你去吧。劝劝你哥……你是好孩子,你和那个谁的事……我会再想想的。"

许容与颔首:"多谢理解。"

倪薇:"我可什么都没答应。"

许容与:"妈妈肯再想想,我已经很高兴了。"

虽然从他的语气里听不出什么高兴的意思。

倪薇靠在沙发上,看着许容与出门。清冷俊秀的少年,肤色白皙,眉眼浓黑,像从墨画中走出一样,从容淡定,不急不缓。他扶着门朝倪薇看去,轻轻点头,示意倪薇放心,他会说服许奕回来。

倪薇便放下了心,失神地看着许容与出门去——他那种天然的不带苛责的沉静气质,太容易让人放心了。

许容与走后,倪薇又茫然地想,她真的错了吗?

许容与出门后,给许奕发了条信息:"在哪?"

许奕回了个定位地点。

许容与没再回信息,但许奕不甘寂寞,又发了一条:"哥的演讲这么精彩,你一个表示都没有?"

许容与脸上微微带了笑。

他其实不讨厌这种大大咧咧的性格随和的人。

如叶穗,亦如当年傻子一样非要挤到他身边和他玩的许奕。

许奕总觉得许容与很孤独,很可怜,总在忧愁他会不会因此自闭。虽然许容与并没有那么脆弱,但是有人关心他,感觉真的很好。

于是许容与给许奕回复了一条消息:"谢谢。哥的演讲很好,记忆力不错。就是词加得有点多,卖惨卖得让我有些尴尬。"

许奕回了个得意的叉腰笑的小人表情图。

他对倪薇那段慷慨激昂的演讲，是早在寒假时，许容与写给他的。

当时许奕刚刚撞破许容与和叶穗的事，许容与对自己忏悔后，就给他发了这么长的演讲稿让他背，说有备无患。

许奕当时不以为然，但以许容与的严谨，他还是硬生生被弟弟押着背，并时不时抽查。他真的很同情叶穗，遇上许容与这种要求严格的人，叶穗也太倒霉了。

许奕唏嘘之时，又收到许容与的信息："哥，和穗穗在一起，我真的很对不起你。"

许奕："没事。"

其实现在想想他和叶穗适合当朋友，不适合当恋人。两个人没有一个顾家的，谁出去都玩得不着家……真要在一起，感情很难维持，误会也会多，彼此都不放心。

只有许容与或尹合子这样的，才能牵住叶穗和他这样的人吧。

但就是，也挺害怕许容与和尹合子这种人的。

许奕慢悠悠，心情复杂地给弟弟发了信息："你们两个遇到彼此，也不知道是谁的劫。"

许容与返校两天后，叶穗就回来了。

叶穗和许容与去设计室的时候，小心翼翼地探听他妈妈对自己的态度。许容与漫不经心地说："没事，她出差了。"

叶穗："啊？你妈好忙啊。"

许容与："嗯。"

叶穗抚摸下巴，推推他的手臂。在他看过来时，她思索着说道："容与，你说，你妈妈会不会来找我，给我一大笔钱，让我离开你？那你说我要不要收钱，收的话又要收多少呢？"

她眼睛亮亮的，显然为这种电视剧里才能看到的剧情而心动。

许容与这次居然没有拍叶穗，只是不悦地看她一眼："钻钱眼儿里去了？"

叶穗嘴嘟了起来，白他一眼，越走越慢，显然对他的冷漠无情很不满意。没一会儿，叶穗和许容与之间就差出了二十米的距离。叶穗板着脸，已经走出一大截的许容与停了脚步，缓缓回过头来看向她。

许容与："对不起，我说话难听，没有情趣。你别跟我计较。"

叶穗当即笑了起来，她的快乐来得太容易了。

许容与一道歉，她立刻跑起来追上了他。他们谈恋爱的事已经被许家父母知道了，在学校里，叶穗就不藏着掖着了。

叶穗走上前，挽住许容与的胳膊，批评他："容与，我说真的，你真的得改改你说话这个天然嘲讽的调调啊。我是你心爱的女朋友，特别包容，当然不跟你计较。但如果你出了校门进了社会，一个毛头小子说话这么不冷不热，你看谁不揍你啊？"

许容与："说什么话自然匹配什么样的实力，我并不在乎别人怎么看我。"

叶穗："可是你好可怜啊，你看你连朋友都没有。除了你们宿舍那几个，你们班级什么活动人家都不找你。"

许容与："自然比不上你人缘广，走哪里都有人找。"

话才这么说，他们前面就遇上一个许容与不记得脸的男生。

男生非常高兴地打招呼："叶穗，许容与！"

许容与茫然地想这是谁的时候，叶穗已经非常自来熟地露出笑容："哎，薛晨同学，你去哪里啊？"

那个男生笑眯眯地回答："部长请吃饭，你们去吗？"

许容与："不去。"

薛晨不以为然："那穗穗……"

许容与的表情淡漠无比："她要跟我去设计室做模型，没空。"

薛晨看向叶穗，叶穗露出非常痛苦的表情。但在许容与的强大压力下，叶穗还是点了点头。薛晨咋舌，觉得叶穗也太不容易了。

他只好说："那行吧……对了，你们什么时候放假？会长和其他高校联名举办高校自行车大赛,问你去不去?"

许容与平静地说道:"不……"

叶穗狠狠掐一把他的腰,高声说道:"去啊去啊!等我弄清楚我们的考试时间,我和容与都去!"

薛晨走后,叶穗瞪着许容与:"你看你这个人,一点集体荣誉感都没有,什么活动都不参加,太不热爱生活了!"

许容与:"你去就行了,给我报名干什么?你报了我也不去。"

叶穗呵呵了一声,不以为然,心想:你就嘴硬吧,学姐我大度,懒得理你。

叶穗放开他的手臂,蹦蹦跳跳去踩地上的水洼。昨天下过雨,她一脚一脚地踩在小水坑里,白色帆布鞋很快弄脏了。许容与皱眉,露出不赞同的表情,觉得她闲得慌,这踩在水上弄一脚泥,多脏啊。但是他看着叶穗修长的腿,笑意盈盈的侧脸……许容与便把自己的不赞同忍了下去。

他望着叶穗无忧无虑的样子半天,良久,轻声叫她:"叶穗。"

叶穗随意问道:"干吗?"

许容与轻声说道:"你干什么我都会支持你的,别和我分手啊。"

叶穗奇怪地问:"我为什么要和你分手?"

许容与扯着嘴角笑了一下,眼里却没笑意:"就是以防万一。"

叶穗笑眯眯地说:"我不会和你分手的!你这么有钱,我就要厚着脸皮嫁到你们豪门去!而且你陪我玩,给我带饭带水,给我背包提鞋,我迟到让你等你也不生气,就冲你对我这么好,我也不会和你分手的。"

叶穗跳过来拥抱他:"你是担心你妈妈欺负我吗?没关系的,我脸皮很厚的!你妈妈就算指着我鼻子骂,我也不会和你分手的。"

许容与忧郁地笑了一下,他洞察力敏锐,他太了解自己女朋友的本质。

随意,洒脱,自由,她是风,不留痕迹,自由自在。

谁能约束得了她,关得住她呢?

许容与又想,叶穗不和他分手,仅仅是因为他对她好吗?他把她照顾得太好,太舒服,所以她舍不得和他分手吗?

明明当初他就是想用这种方式让叶穗离不开他,可是当觉得叶穗就是因为这种理由离不开他的时候,许容与又不甘心地想——为什么不能是因为爱他,才离不开他呢?

叶穗把他当朋友,当家教,还是当恋人?

她有像他对她这样爱他吗?

倪薇真的出差了。

也许许奕的话真的触动了她,她和许志国都没有采取什么针对许容与恋情的措施。然而许容与清楚,事情不会这么容易。

果然在六月份,许容与从院长办公室出来,收到了牛津大学交换生的录取通知,只要进行最后一项面试,他就能拿到这个为期一年交换生名额。

这种程度的录取单,只有他爸爸能为他申请到。出了院长办公室,许容与打电话给许志国。那边似早有准备,在等着他的电话。

许容与问道:"是因为我和叶穗谈恋爱,你才给我申请这个?"

许志国淡淡地说道:"容与,别质疑你爸爸的专业。我如果知道你在和不适合的人谈恋爱,我和你妈妈会直接给你申请出国留学的机会,而不仅仅是交换生。"

许容与没那么容易被模糊焦点:"妈妈寒假时候就知道我在谈恋爱。"

许志国仍然很平静:"但我们都以为你会很快分手。"

许容与沉默。

许志国说道:"我听你妈说了。怎么,为了那个姑娘,你要放弃这么好的学习机会?你如果要这样放弃,我也尊重你的选择。"

许志国语气淡淡的。他和倪薇不一样,倪薇的情绪非常外放,语气严厉,家里看上去总是她在做主。但其实,许志国和自己妻子是站在同一边的。他很少说话,因为有他妻子在冲锋陷阵,通常情况下,他只要扮和事佬就行。

许志国说即使许容与放弃这个机会,他也会尊重。

但是许容与为什么要放弃?

放弃,不就证明了许志国和倪薇的猜想——他爱的那个姑娘,不但帮不了他,还会将他拖下去,让他成为庸庸碌碌的一个人。

许家无法接受平庸,连许容与自己都无法忍受自己的无能。

许容与低声说道:"不管你和妈妈做什么,我都不会改变主意。我不会为此就不再是我。"

许志国漠然:"哦,希望你喜欢的姑娘也这么想。"

许容与带叶穗去校外吃她一直想吃的一家法餐。

叶穗整天被他拉着学习,学得头晕眼花,现在看到烛光晚餐,感动得都想哭了。

叶穗不敢相信,警惕起来:"你突然这么浪漫,是不是有什么阴谋?你不会是来找我分手的吧?"

许容与:"吃你的吧,等你吃完再说。"

他怕他先说了,叶穗就没心情吃饭了。

叶穗放心地享受了一顿丰盛晚餐后,许容与才说了牛津大学交换生的事。

叶穗慢慢放下刀叉,漂亮的眼睛中映着伤感:"所以你真的要跟我分手?"

许容与:"没有,我只是说我要去当交换生。"

叶穗:"这和分手有什么区别?"

许容与:"这怎么就是分手了?只是一年时间而已,你连一年都接受不了吗?"

叶穗明白了,这是他家里的要求了。他家里对付这段恋情的办法,不是直接找她的麻烦,而是找许容与的。

叶穗不理解:"你为什么不推掉?一年啊!"

许容与深吸一口气:"叶穗,请你理智一点。这是牛津大学,是非常难得的机会。而且只有一年,这是我爸妈给我们的考验,你连这个都接受不了,以后怎么……"

叶穗太不能理解他的脑回路。为什么要接受?两个人都不在一起谈什么恋爱?他学习已经这么好了,何必要去更厉害的大学?以前她想过许容与志向不在东大,她顶多想到他会去清华读研。

许容与当时说他可能会出国留学,叶穗是希望他不去的,如果他非要去的话,若两人那时候还没分手,她只能想办法跟着一起去。

但是现在,九月份他就要入学!她拍马都赶不及,无论如何都不可能拿到同样的机会啊!他家里那么有钱,他又是小少爷,跟家里闹一闹就可以不去的机会,为什么他非要走?

如果许容与不在她身边,她为什么要和他谈恋爱?

叶穗用手指着自己:"不是。你指望什么呢?你指望我这种女人等你一年吗?"

许容与有点不开心了,为她这么不可思议的语气。

他冷冰冰地说道:"为什么不可以?你是哪种女人?不能等人吗?自我看低自我打压,你不是人吗?"

叶穗:"我不是那个意思!我是说我不能接受你出国!我不能接受男朋友不在身边的恋爱!"

"如果我特别开心时,想找你说话呢?你可能在睡觉。如果我特别难过,想要你安慰呢?你可能在忙着课题。你现在就论文缠身天天修学分,出了国还有时间关心我吗?我需要你的时候你都不会在,我开心难过的时候你全都错过。我为什么要谈这种恋爱?"

叶穗坚定地说道:"所以你不能去!我就是不能接受异地恋。你只要跟你家对抗一下,说你不去,你爸妈就你和你哥两个儿子,父母对子女就是会心软的啊。你家和我家这情况又不一样。你去求求家里就行了,不要让我为难啊。你成绩这么好,就算不出国,也不会有什么损失的。"

许容与的睫毛重重地颤一下,呼吸哽在喉间,被叶穗的眼睛盯着,他有喘不上气的感觉。

他闭了闭眼,颤声说道:"你真是……太自私了。"

气氛一下子凝滞。

大厅正中的钢琴前,优雅舒缓的旋律从职业钢琴师修长的十指下如水般流淌而出。推着餐车的白衬衫侍者,愉快用餐小声说话的客人,还有玻璃窗上照出的光,光中静坐的沉默男女。

叶穗的眼睛看向窗外,沉闷的气氛,让她放在膝盖上的手指紧张地蜷曲,极为不自在。

这是她和许容与认识后,吃过的气氛最糟糕的一顿晚餐。她看到玻璃窗上倒映着许容与俊秀的侧脸,下颌线条利落,他低垂的睫毛上,昏黄的灯光在跳跃。

他如深河般沉静,哪怕河中的刀剑已经立起,铿锵尖锐之声即将破水而出。

叶穗喃喃地说道:"我不能接受男朋友不在身边的,我需要人陪着我,我需要知道你在做什么,需要我打个电话,你能马上接听,需要我叫你一声,你就来楼下找我。我也可以去找你,我去北京加上去你家,才一个小时而已。但是从这里去伦敦,那得多少小时。两个人就是应该在一起啊。如果不在一起,我会想东想西,我会害怕。"

许容与低声说道:"不是这样。即使在异国他乡,仍然可以视频,可以打电话,可以聊天。不是只有在一起才是恋爱,我们要勇敢点,要走出去,你我都不能保证以后的日子里我们会一直在一起……"

叶穗眼中空落落的,她偏过头来看了许容与一眼:"可我想的就是一直在一起啊。容与,你是说,哪怕这次你留下,你也不能保证以后我们都在一起吗?每次出去的机会你都不会放过?比起跟我在一起,你更向往外面更广阔的世界?你从来没觉得我们毕业后,会住在一起,会在同一个城市工作,会一起逛街一起吃饭?"

许容与默然。他意识到了两人之间的差距,他已经看到了那个黑洞横在两人之间,吞噬着他们的感情。

他的眼睛漆黑，话说得很慢："我从来没想过要限制你的未来发展。"

叶穗轻轻笑了一下。

她笑容中透着几分小女孩的天真："可我想限制你的未来啊。"

她的眼睫垂了下去，轻声说道："容与，你真厉害。你不需要人陪伴，可我做不到。我可以忍受你的严厉，可以被你逼着天天写永远写不完的方案，画永远画不完的图，但是你不在我身边，我就会很慌。你回北京了，我就要去找你。我去兰州实习了，每天都要听到你的电话，还央求你来找我。可你不来。你说你手上的活太多，要我不要任性。

"认识你以后，我都不去酒吧，晚上不出去玩了。我喜欢和你谈恋爱，喜欢听你说话，喜欢看你被我气得不想理我，喜欢逗你开心。这都要你陪在我身边啊。我不喜欢学习，对建筑学没那么大兴趣，但是你陪着我一起上自习，我就愿意听你的。我特别不喜欢一个人待着，我讨厌一个人待着。

"别人都有人陪，为什么我没有呢？如果爱我，为什么不在我身边呢？"

许容与的心脏，蓦然被轻轻刺了一下。

他的理智在告诉他不能低头，低了头就输给爸爸妈妈了。许志国夫妻从一开始就将叶穗看得很低，他们认为叶穗会把他拉下去，会毁掉他光明的前程未来。他说不会的，他会变成更好的他，也会拉着叶穗一起。

他规划了那么多，可是他没想到叶穗这么抗拒。

叶穗眼睛中映着悲伤："尤其是过年过节，我就特别的不安。别人都有人陪，为什么我没有呢？以前我哪怕随便从路上拉一个人，我都要有人陪在我身边。我只要有人陪在我身边就行，你想的却是学业前程。你走了，我就又是一个人了。"

许容与盯着她很久，他心中的堤坝在看到她眼中闪烁的水雾时溃散决堤："我不走……"

叶穗打断了他:"不。"

她抬头,眼中含泪,却望着他笑:"容与,我忽然发现我们的差距好像特别大。我们来做一套问答题好不好?请你遵从自己的本心回答,别试图猜我会怎么答,我想看看我们的距离到底有多远。"

许容与声音轻得几乎听不清:"嗯。"

叶穗从网上找了一个男女朋友速配的问答题。

第一个问题:能不能接受对方在有你的时候,仍不避讳异性的追求?

叶穗的答案:可以接受。

许容与:不能接受。

第二个问题:会不会有不愿意对方碰触的秘密空间,有不想见到对方的时候?

叶穗:有。

许容与:没有。

第三个问题:能接受对方有自己不知道的秘密,有时候不愿意见到自己吗?

叶穗:可以。

许容与:不。

第四个问题:能接受异地恋吗?

叶穗:不能。

许容与:能。

第五个问题:会插手对方的事业吗?

叶穗:不会。

许容与:会。

第六个问题:能接受对方的不思进取,没有目标吗?

叶穗:能。

许容与:不能。

许容与在回答问题的时候,题目一道道向下,他心里就有了答案。他能猜出叶穗的答案。他一开始想过为了顾忌她，可以和她答一样的答案。但是念头只一闪而过，难道他可以骗叶穗一辈子吗？

许容与就是许容与，他有他的骄傲，他不可能为了一个人活成另一个样子。

许容与沉默地答题。

一共二十个问题，答完后，他和叶穗交换，看对方的答案。

视线向下划，越看叶穗的答案，许容与的心越往下沉。他握着手机的指骨用力得发白，唇抿成了一条直线。他抬头，看到叶穗手托着腮，他的手机屏幕放在她面前的餐桌上。

叶穗在笑，笑得很自嘲。

她抬了头："许容与，我数了一下，二十个问题，我和你答案相同的，只有两道啊。"

一道是：能接受对方的事业远比自己成功，和自己的差距巨大吗？

叶穗：能。

许容与：能。

另一道是：和对方分手，会把你击败，让你痛不欲生就此爬不起来吗？

叶穗：不会。

许容与：不会。

许容与和叶穗沉静地对望着，他从叶穗的眼底，已经看到了结果。

叶穗伸手，慢慢地将他的手机还回来。许容与低头看着她伸过来的素白的一段手腕，沉默不语。

他的视线一直低垂着。

"那就这样吧，我们不适合。"叶穗起了身，"对不起，容与，和你谈恋爱很开心，我很喜欢你。但是，我不能为你失去自我，我们分手吧。"

许容与没说话，他一直垂着眼睛，自始至终都没说话。

叶穗取走她的手机,她要和许容与AA付账,她跟他说"再见",许容与僵硬地坐着,他的脸看上去那么平静,叶穗低头看他一眼,觉得他一点也不伤心,她心里就更难过了。

她像开玩笑般,凑上来亲吻他一下,与他吻别,与他好聚好散。

但许容与一直低着头,不吭声,不回应。

叶穗怅然:"容与,我们……以后还能做朋友吗?"

他仍然没回答。

叶穗抬起手背,在自己眼睛上轻轻擦一下。她笑盈盈地弯腰,跟他说再见。看他始终不动,疑心他不想再看到自己,就非常尴尬地小声:"那我先回学校了。"

"……学弟,对不起。"

叶穗走出餐厅,坐着电梯下了楼。

她在楼前的空地上发呆半天,她站在楼前,高挑明丽,双腿又细又直。往来的路人都偷偷看向她,目露惊艳之色,还有人犹豫着要不要来搭讪。叶穗却不在乎他们。

叶穗仰头向刚才的法餐厅楼层看去。可是天这么暗,连星星都看不到,她更看不到她喜欢的少年了。

叶穗仰着脸,眼睛轻轻眨了眨,蓦然间,她想起许容与曾经和她说过的——

"我要是和谁分手,就老死不相往来。"

老死不相往来。

叶穗揪住胸前衣服,一下子就痛得喘不上气。她鼻头发酸,忍了一路的眼泪终于没有忍住,她轻轻哽咽一下,蹲在地上抽泣,眼泪模糊了视线。

到底要多少的喜欢,才是爱啊?她不知道,但她从来没有一次分手,这么痛苦过。以往每次分手,都是感情已经消磨得差不多,对对方已经没什么期待,所以好聚好散。

这是第一次,分手的时候,心里仍喜欢着对方。

喜欢不说话的许容与,也喜欢滔滔不绝的许容与。

喜欢许容与笑起来时眸底的温柔,也喜欢他站在宿舍楼下等她又因她迟到了的冷脸。

喜欢他被她挑逗时不自在的脸红。

喜欢他有时候和她硬杠,有时候又会害羞地往后退一步。

喜欢他出神时的样子,喜欢他眼里会倒映着她的影子。

最喜欢她嘻嘻哈哈地逗他笑,他忍俊不禁,前一秒还面无表情,后一秒就破功,跟她一起笑起来。

容与、容与!

他那么好!可是为什么他和她的距离那么远!

她一辈子都接受不了不能陪在自己身边的恋人,就像他一辈子都不可能喜欢不求上进的恋人吧。许容与从本心里就不喜欢懒散混日子的姑娘,即使这一次勉强在一起,以后也还是会分手的吧。

叶穗喃喃安慰自己:"没关系,反正不适合,总是要分手的,我不早就知道吗?"

"最开始的时候,不就是只想和他玩玩,不许未来吗?"

现在真的不用许未来了。

因为他要走了。

叶穗又开始哭起来,哭得上气不接下气。

东大老校区建筑面积达一百四十万平方米,偌大的校区,如果不是刻意,想遇到一个认识的人,其实蛮难的。

每天认真上课、吃饭、回宿舍,叶穗竟然没见过许容与一次。

她好像突然才想到许容与是大一的学生,和他们大三学生上课的地方都不一样。五月她和许容与还在忙着谷雨杯的作业,现在模型早已完成,叶穗已经没有任何能见到许容与的机会了。

偶尔能从许容与舍友发的朋友圈那里了解到许容与的动态,但是三个舍友在吐槽许容与。

"许大神又是彻夜不归,把设计室当宿舍用了。"

"许大神的论文被选中了,好羡慕!"

"宿舍东西太多,我们把杂物都扔到大神床上了,反正他不回来,哈哈。"

短短一星期,叶穗胖了一圈。有一次她在学校官网的交换生名单上看到许容与的名字,结果点进去,是学校特别奖学金的辩论赛名单。这种关于特别奖学金的活动,叶穗从来没有参与过。她点开比赛视频,看着许容与发言,他短发乌黑,面孔俊逸秀美,一身西服上身,显得更加挺拔修长。

看着瘦了一点。

许容与正在长大,眉眼轮廓越来越明晰,他专注盯着幻灯片的侧脸,看上去甚至比分手前显得更丰神俊朗了。

叶穗疑惑,他到底是因为分手瘦了,还是因为赶报告给累瘦了?

她怎么一点都看不出自己的重要性?

考试月,叶穗不急着复习,她披头散发地坐在宿舍里,拿着电脑偷窥着前男友的特别奖学金发布会。本来只是偷偷看他的帅脸,结果听进去了东大这些学霸们的发言,一个比一个成绩斐然,叶穗心里忍不住替许容与捏了把冷汗。

等看到许容与拿了奖,叶穗脸上露出放松的笑,但紧接着脸就僵了,她为什么要坐在这里给已经分手的前男友鼓劲?

分手了不和她做朋友,那就是路人!

叶穗愤愤地关上电脑,穿了衣服下楼,直奔四食堂的狗不理餐厅。

化悲愤为力量,一想到许容与,她就去食堂大吃一顿!

六月底,东大的期末考试陆陆续续结束。叶穗在东大三年,这恐怕是她应付考试月最得心应手的一次。理由是她这学期一次课都没逃,天天被许容与监督着学习,她还真的不愁期末考试。

考完后,她自我感觉良好,估计成绩也不错。

可是突然又想起许容与曾经说过的,要把她的成绩提高到年级前五。

许容与现在肯定在忙着牛津大学交换生的事吧?她考试成绩怎么样,他也不在乎了吧。

叶穗低下了头。她已经大三了,这学期结束,学院给她安排了实习工作。他们建院总是安排很多的实习,工资却一分都没有,叶穗对朝九晚五的忙碌工作深恶痛绝,可是她都没有人吐槽。

很久以前她会和自己的异性朋友们吐槽这些。

但是许容与做了她男朋友后,她就只跟许容与说了。

分手后,叶穗有些不想找她的异性朋友们了。

叶穗懒洋洋地在宿舍收拾实习要带的行李,突然,她接到了杨浩的电话,杨浩问了她实习的时间,就喊她一起去骑自行车,去爬山。

"穗儿啊,你这一天天的见不到面,哥都快忘了你了。现在考试好不容易结束,出来玩呗。隔壁的那个什么自行车大赛都结束了,你都说了要去却没去,我就不跟你算账了,但这次咱们借了他们比赛的自行车搞活动,你这个吉祥物,怎么也得来吧?"

叶穗没精神,打个哈欠:"不去了。我还要去实习呢。"

杨浩沉默片刻,说道:"明年我就大四了。"

叶穗没听懂:"啊。"

杨浩:"大四了,要准备毕业了,马拉松协会的会长我就要卸任,让给下面一届的学弟学妹们了。这是我最后一次举办集体活动,以后就没有了,你还是不来吗?"

他的话听得叶穗一阵难受。大家都长大了,要毕业了,要慢慢分开了,这是不可避免的。

叶穗:"我去。"

杨浩露出了笑容:"可以带家属哦,那你把许容与叫上吧。"

叶穗恍惚了一下,这是分手后第一次从别人嘴里听到许容与的名字。

叶穗不想跟人说她和许容与分手了,就说:"啊,你说什么?

信号不好,听不到啊。"干脆利索地挂了电话。

那边的杨浩感到奇怪,叶穗又在搞什么呢?

杨浩是个多事的。叶穗含糊不清地挂了电话,他直接给许容与本人打过去了,热情邀请许容与去参加他们协会举办的郊游活动。

杨浩兴奋地说道:"准备在山上过夜!睡帐篷!烧烤!载歌载舞!"

许容与没吭声。

杨浩:"你是不是和你家那位吵架了?我让她联系你,她直接关机了。"

许容与熬了一夜改论文,早上走在校园里就被杨浩电话轰炸。他脑子不太清醒,便揉着眉心问道:"我家那位?谁?"

杨浩:"穗儿啊。"

许容与沉默片刻,他慢慢地回应:"……哦。"

杨浩:"跟你们这小两口说话费劲死了,所以你来不来啊?"

许容与垂下眼:"来。"

杨浩笑起来:"还是你好说话。那行,我把时间表发给你。"

杨浩租好了自行车,约定了早上八点,大家一起出校门去。男生们先集合得差不多了,杨浩看叶穗还没来,于是领着浩浩荡荡一群男生,直接到了五舍楼下,才给叶穗打了电话。

叶穗在电话里急急忙忙:"我刚睡起来!已经在下楼了!你别催!"

许容与安静地站在男生们中间,过一会儿,果然看到叶穗只背着一个小包,风风火火地从五舍楼里冲了出来。六月天,她穿着露肩吊带、热裤,踩着帆布鞋,急急忙忙地从宿舍楼里出来,一边走还一边涂口红。

叶穗亮相,男生们眼前一亮,吹起了口哨:"哟,大美女来了!"

叶穗脚步一顿,前男友太出众,她一眼就看到了站在绿荫下的许容与。

许容与的目光却没与她对视,他的眼睛轻飘飘地从叶穗的肩上向下扫,在她的脖颈上停顿了一下,再往下,又在她的两条又白又长的腿上停顿了一下,最后才移开目光。

叶穗心里一咯噔,不露声色地低头,扫视自己身上被他看过的地方。怎么了?他目光那个停顿是什么意思?是她吃胖了吗?

他眼神是不是嫌弃了一下啊?

别人可能看不出来,觉得许容与表情自始至终没变化,但是叶穗好歹和他谈过恋爱,她发誓她真的有一瞬看到许容与眼底的嫌弃了啊。

凭什么!他凭什么嫌弃她啊?

她这么美!

也许吃胖了一点,但这不是因为分手了吗!

叶穗简直想当场质问他是什么意思。但是这么多人呢,叶穗忍了下去,笑嘻嘻地跟大家打招呼。

众人已经招呼好说要走了,叶穗耳朵灵,听到许容与声音清冽,和杨浩低声说话:"杨会长,我突然想起我忘拿了一样东西,我想去取一下。"

杨浩还没回答,叶穗在一边嗤笑:"事儿妈。"

许容与沉默地看向她。

叶穗撩一撩自己的长发。

一个学期过去了,她的黑发已经长了回来。和许容与分手后,她去理发店特意处理了一下头发,如今的长发又黑又浓,发尾稍微有点儿卷。

叶穗漫不经心地用手指卷着长发,漂亮的眼睛瞥了许容与一眼:"看我干什么?我说错了?我们这么多人等你一个,合适吗?你有没有点集体荣誉感?"

杨浩心想你是忘了刚才我们这么多人等你的事了?

许容与懒得理叶穗这个杠精,他跟杨浩说:"你们先走,我回二舍一趟,一会儿去找你们。"说完就走了。

叶穗对杨浩说:"你也太好说话了吧?他说什么就什么?你看

现在都几点了？我们还要等他啊？要不别让他去了。他又不是我们协会的，而且我听说他们搞设计的身体都不好，爬山说不定爬不动，还要我们帮忙呢。大家不是一个道上的，就不要一起勉强玩了吧？"

杨浩幽幽地说："你和你男朋友置气的时候，是不是忘了你也是搞设计的？你把自己连着一起挤对了你知道吗？"

叶穗脸稍微红了一下，但她心想许容与已经不是她的男朋友了。

可是她不想跟人说。

但是许容与……他为什么也不说呢？

不过像他这种不把人放在眼里的奇葩，不解释也正常。

叶穗轻轻叹了口气。

学生们骑着自行车，浩浩荡荡地行进在盘山路上。这是马拉松协会的集体聚会，参与的人除了协会成员，还有成员带的家属。算下来，一行也有四五十人了。协会成员大都是体院的男生，体力好，骑自行车毫不费劲。不过他们带的家属体力就差些，需要男生们停下来等她们一会儿。

艳阳高照，日头越来越晒，前路看起来没有尽头。队伍中的女生们脸被晒得发红，哭丧着脸，都有些后悔跟过来登山。

但叶穗是个例外，她体力非常好，上蹿下跳不在话下。队伍中的女生们都是男生带过来的，和她不是很熟。休息时，叶穗还是跟杨浩商量过，一瓶一瓶地给大家发水。她活泼大方，笑容灿烂，前前后后地照顾队伍中体力差的女生们，竟然得到了平时不喜欢她的女生们的友谊。

男生们在树下站着喝水，等女生休息时，他们看着叶穗的背影，感慨万分。

"还是咱们穗穗体力好，一点都不累。"

"唉我女朋友要是像穗儿这样让我省心就好了。"

"嘿嘿，我没女朋友。穗儿就是我女神！穗儿要是我女朋友就好了，身材这么好，脸蛋也漂亮，还不黏人，能唱会跳……"

杨浩从后面一巴掌拍上那个盯着叶穗背影看得眼睛都直了的男生，打断他的畅想："喝多了吧你？乱说什么呢？"

杨浩若有若无地看向站在另一棵树下的俊逸男生。许容与拧开瓶盖喝水，垂着眼，阳光笼在他乌黑的发顶上，少年长长的睫毛也镀上了金色，秀美无双。风向他身上吹拂，而他长身玉立，并没看这边。

杨浩尴尬地带着那个乱说话的兄弟跟许容与道歉，不该让他随便瞎想别人的女朋友。

许容与看了这边侃大山的男生们一眼，没说什么，拧好瓶子就走开了。

男生们更加不自在，不懂许容与为什么会出现在这支登山的队伍里。

他不和他女朋友说话，也不和他们说话。他们都是学习不怎么样的学生，之前才在东大官网上看过许容与的风采，知道叶穗的这个男朋友不光拿到了特等奖学金，还拿下了为期一年的牛津交换生名额，还完成了一篇核心期刊论文。

这是怎样一个学霸啊！举手投足间，都是他们理解不了的属于优等生的风采。

差生们天生对这种学霸心怀敬仰，和这种人也说不到一起去。因为他们关心的话题，许容与说不定觉得幼稚。而且叶穗这位男朋友，真的从头到尾，都是清清淡淡的，没说过几句话——和他们不是一类人吧？

但是也不见许容与和叶穗说话啊。

杨浩想了想，走过去和叶穗谈起许容与。叶穗皱眉，露出有点为难的表情。她回头，看了一眼独自站在一边不合群的许容与。

杨浩觉得许容与不合群，也觉得叶穗肯定和许容与吵架了。借此机会，想让叶穗和许容与说说话，让两人和好。

许容与不合群是真的，但他们两个不是吵架，而是分手。

叶穗没搭理杨浩的话，但接下来的路，叶穗骑上自行车后就有

185

点漫不经心，频频回头去看许容与。

和体院的男生们相比，许容与单薄清瘦很多，他没有发达的肌肉，充足的体力。其他男生们放肆嚣张，敢张开手臂踩着车在马路上炫技，许容与只安安静静的。

他的额头上渗了汗，脸色有些白。

但他抿着唇，目光沉静专注，背着他那么大的书包，始终没开口让人停下等他。

叶穗有些出神。这就是许容与的品质啊，哪怕出了汗，哪怕有些跟不上，可他绝不开口认输，绝不承认自己不如人。

分手后，叶穗是有点怨许容与的。

但是这会儿，她悄悄回头看他，见他脸色苍白，她的心又软了下去。想他只是一个普通的平时也不锻炼的建院学生，长期伏案工作，他会有一身职业病，体能也没多好。非要和体院的男生们拼体力，许容与得多难受啊。

中午时分，众人到了半山腰，围着湖水开始用午饭。杨浩看了下路程，说道："后面的路没法骑自行车了，大家得步行，大概下午三点就能到山顶，上面有住宿和吃饭的地方，大家加把劲儿，现在随便垫垫肚子，等上了山，再好好吃一顿。"

众人齐声回应："好！都听会长安排！"

叶穗慢吞吞地落在后面，趁别人围在一起吃饭时，她看到许容与果然又是独自一个人坐着啃干面包。有女生看不过去，红着脸去给他送零食，他冷漠拒绝，女生讪讪离开。

许容与坐在湖边树下，清风徐徐，这边倒是清凉了很多。他慢慢地吃着他的面包，叶穗站在他身后，看到他后背衬衫湿了一片，随着他肩膀耸着，后背透出形状诱人的蝴蝶骨。

引人遐想。

叶穗重重咳嗽一声，许容与拿着面包的手顿了一下，他偏过清秀白皙的面孔，静静看了她一眼，仍然没说话。

叶穗抓了抓头发。算了，反正她脸皮比较厚。

这恐怕是两人分手后的第一次对话。叶穗面上笑盈盈，心里却有点儿紧张。她慵懒地靠着树，低头踢了踢脚边的石子，慢悠悠地问道："你为什么留在这里？"

许容与语气淡淡："因为我是人类，肚子饿了需要吃饭。"

她被许容与一句话噎回来，愣了一下。

叶穗说："我不是那个意思……我是说你留在这个队伍里干什么？你又不喜欢这些活动。"

许容与彬彬有礼地回答："因为我喜欢这座山的形状，闲着没事想爬一爬。"

他这噎死人的风格啊！

叶穗似乎回到了他们一开始认识的时候，他就是这样，句句反话，句句像嘲讽。因为分手了，所以许容与不把她当女朋友了吗？

她冷下脸："喂，我是为你好。你却不领情。你说你留在这里干什么？你和谁很熟吗？你跟哪怕一个人有话说吗？从头到尾拉着一张脸。我们队伍里漂亮的女生都不敢跟你说话！你真的太不合群了。我是怕你一个人孤单，才劝你离开的，反正你又不和我们玩，也和我们玩不到一起去。"

如果他们没有分手，叶穗会强行把许容与拉到她的世界里，强行把她害羞又不爱说话的男朋友介绍给大家，她会陪他一起，让他不那么寂寞，不要总是一个人。

可惜，他们已经……

许容与垂目，淡淡地回答："你们队伍里漂亮的女生不敢跟我说话？你希望我接受搭讪？"

他黑曜石般的眼睛微微扬起，向她看来。

叶穗看到他额头上的汗渍，看到他挺直的鼻梁，喝水后红润的唇，还有喉结。

她的手脚忽然麻了起来，头被太阳晒得昏沉沉的，她明明是很会和男生聊天的女生，但许容与看过来时，她突然变得笨拙，突然不知道怎么散发自己的魅力。

叶穗抿唇，默默走开了。

许容与在背后喊了她一声："叶穗。"

叶穗本能地停下脚步，懒懒地回应："嗯？"

那磨在人耳边、带点儿沙哑和娇嗔的嗓音。

许容与看着她的背影，又高又瘦，长发玉腿，站得有点……性感。

许容与没吭声。

叶穗等了一会儿，反应过来自己好像在故意勾引他似的。

她咳嗽一声，正儿八经地回头问道："有事？"

许容与："别担心我，觉得我不和你们说话就是不高兴。"

叶穗愣了一下，她没有担心他！

她还没解释，又听许容与说："我没有不高兴，只是我高兴点和你不一样，我在听你们说话，我只是没有开口而已，并不是对你们有意见。我在想事情，我有我自己的兴奋点。"

叶穗随口问道："你的兴奋点？女人还是学业？"

他眼神轻轻闪了一下。

叶穗瞬间收回了目光，笑嘻嘻地说道："不好意思，我过界了。"

她轻松地哼着歌走开两步，听到后面男生平淡地回答："女人。"

叶穗后背僵住，她回头，和他平静的目光对视两秒——

哪个女人是他的兴奋点？他在说什么？

叶穗的脸颊微微发烫，自嘲明明分手了，却还是会为他的一句话就心猿意马，真是可悲。

她和许容与凝视片刻，两人都没有说话，气氛变得古怪起来。

夏日闷热，蝉声在天，叶穗欲言又止，突然听到杨浩在喊"集合了"，她恍过神，如同背后有洪水猛兽追逐似的，赶紧逃走了。

队伍里有女生。

许容与是很俊秀的美男子。他内敛如水的气质，在一群五大三粗的体院男生中，格外醒目。上午骑自行车时每个人都很累，没什么心思聊天。到下午爬山的时候，因为路途并不是很险峻，就有女生溜达着,走到了许容与身边。

那个女生圆脸大眼,是被一个男生邀请过来的。但她显然对邀请自己的男生不感兴趣,反而对队伍里气质最佳容貌最佳的许容与感兴趣。一开始她还担心队伍里那个最性感最漂亮的叶穗也喜欢这个帅哥,但叶穗没过来,女生就非常大胆地搭讪许容与:"同学,这段路不好,咱俩一起结个伴吧?同学,你怎么称呼啊?你也是马拉松协会的吗?"

许容与低着头,回答得很漫不经心。叶穗在男生队伍里走着,耳朵竖得高高的,想听他们在聊什么。许容与的声音太低了,她都听不清楚。叶穗走得越来越慢,恨不得贴上去听。

她低咳一声,心想她的前男友年纪这么小,她身为前女友兼学姐,有责任为小学弟把关新的女朋友。

看那个女生一直缠着许容与,叶穗没忍住开口:"学妹,这位许同学他下学期就要去英国了。"意思是你追他也没用啊,人家是要离开这里的。

女生愣了一下,却仍害羞地说道:"这样啊,那可以加个微信号聊不?你一个人在英国也没人陪,我可以陪你说话啊。"

叶穗咬紧腮帮,许容与看她一眼,她别开目光。

不合时宜地,想到两人分手时她填过的问题——介不介意对方被异性追?

那时她的回答是不介意。

那她现在是在干什么呢?

那个女生到山上后一直缠着许容与。

叶穗有些闷闷不乐。

但她自觉自己最优秀的品质就是分手后不和前男友藕断丝连,暧昧不清。所以哪怕心里酸得不行,叶穗仍自我安慰是因为分手分得太快了,她对许容与还有些旧情难忘。

她捂着自己的心口,告诉自己:再多给我一点时间就好了。

而且据她悄悄观察,许容与对那个女生也是爱搭不理,非常高冷,她难得认识到他这种高傲的性情有多投她现在的好。

到晚上众人忙着支架子烧烤的时候,那个对许容与有意思的女生,终于被许容与的冷脸打败,捂着受伤的心黯然离开,不再试图热脸贴人冷屁股了。

叶穗抱着肉串在帮男生们干活,看到这一幕,高兴地扬起了唇,哼起了歌。

因为心情太好,转身的时候她蹦了两下,差点撞到身后抱着杂物的杨浩。

杨浩斜眼看她:"去去去,和你男朋友玩去!别在这里添乱。"

叶穗不好意思地笑了一下,挠挠头发,向女生那边走去。男生们聚在一起研究着怎么搭帐篷,女生们也站在旁边指点。不多会儿,他们在山上的帐篷就像模像样地支了起来。

负责的同学数人头分配晚上的帐篷,两人睡一个,女生这边正好多出来一个。女生们都犹豫着,在山上一个人睡一个帐篷,大家还是有点害怕的。

叶穗心情好,见没人主动举手,就自己凑上去说:"我吧。我一个人睡,我睡相不好,还会打呼噜,一个人睡正好。"

女生们松了口气,投来感激的目光。

叶穗露齿而笑,脸小小的嫩嫩的,笑得春水妩媚,负责分配帐篷的男生无意间看了她一眼,脸就红透了,赶紧低下头去不多看。正好一阵风来,叶穗抱紧自己的双臂哆嗦了一下。

分配帐篷的男生注意到了,问道:"你没带衣服?"

到山顶了,随着太阳落山,温度渐渐下降,其他女生都穿上了夹克开衫等外套,就叶穗还是上山时的清凉打扮。刷得雪白的帆布鞋踩在草地上,两条瘦长的腿白嫩嫩的,赏心悦目的同时,让人替她觉得冷。

叶穗冷的嘴唇都有点儿白,人却不在乎地摆了摆手:"早上起迟了,没带衣服。"

那个男生和她相熟,当即二话不说,脱下外罩就扔给她。叶穗笑眯眯地接过，正要披上时，忽然感觉到身后有一道冷寒的目光盯着她。她回头，猛一下撞上许容与的眼睛，她抱着男生衣服的手紧了下，莫名有点难堪。

从前她根本不在乎这种事，现在分手了也不应该在乎，她还是无法无天自由自在的叶穗。

但是，许容与只清清淡淡地望来一眼，叶穗就下意识地对男生脱口而出："不用了，我不冷。"

她把衣服礼貌地还回去。

男生意外地看她一眼，没说什么了，继续低头去记录帐篷分配名单。

过了一阵子，叶穗都忘了这件事了，她被叫去干活，转过一个帐篷时，和从帐篷里出来的许容与打个照面。他在五大三粗的男生中，干净而清透，只是心不在焉地抬头，看到了她，目光清且深沉。

只一眼，叶穗如被诱惑般，呆呆地看着他。

许容与唇角嘲讽地向下压了压。

醒过神，叶穗有点儿尴尬。不想承认自己刚才有被他诱惑到，也不太想面对他，脚下向左一拐，就要躲开他走。

没想到左边是个木桩，把她绊了一下。

叶穗赶紧调整方向，然而身后是杨浩盯着她做事的殷殷目光。

脚再往右拐，刚从帐篷里出来的许容与仍在看着她。

许容与欣赏了一番她的手足无措。

叶穗心里恼火，暗骂自己怎么回事，怎么见到他，不是心虚，就是走不动路。她应该向许容与学习，多学学挤对人的话，凭什么她状态这么奇怪，许容与就总是冷冷淡淡的？

叶穗低下头自我开解，见许容与一弯腰，人就进帐篷里了。

她刚松了一口气，让开这条路要赶紧溜走，没想到只是一眨眼，许容与就重新钻了出来，随手将一个东西往她脸上扔来。

"啊！"叶穗被砸了一脸，她气愤地把他丢到她脸上的衣服扒拉下来，见是一件女式的开衫。

许容与扔给她开衫……叶穗抱紧衣服,心蓦然一疼。

　　她和许容与都分手了,这衣服明显也不是她穿过的,那显然就是他原本买了打算送她,之后又没机会送。结果看她现在穿得这么少,就把衣服给她了。

　　叶穗心里一顿,早上出门时,许容与忽然跟杨浩说他要回去拿个东西,该不会就是给她拿衣服去了?

　　这,是个女生,都会感动得两眼泪汪汪啊。

　　许容与对她的好,分手后都让她想哭。她红着脸,又难过,又失落,又开心,又迷惘。她抱紧许容与给过来的衣服,低着头问他:"你这是干什么啊?"

　　分手了就不要对她这么好啊,对她这么好,她会舍不得的。她怎么离开他啊?

　　许容与口是心非:"给我妈买的,没看颜色是中老年女款?"

　　叶穗无语:"不是啊!年轻的女孩子才穿这样的!"

　　许容与漫不经心:"哦,买错了,送你了。"

　　叶穗声音轻轻的,在他面前,她乱了方寸,只是怯怯的,像个恋爱中的卑微小女生一般:"这怎么好意思……我不能收的呀。"

　　许容与说道:"那你把衣服的钱打给我,两千块钱。"

　　叶穗震惊地抬眼:"两千?!一个开衫两千?!你抢钱吗?"

　　她涨红了脸,低下声音说道:"许少爷财大气粗,是我多话了。衣服送我就行了。"她一个穷学生,哪里掏得起那个钱啊。

　　许容与定定地瞥她一眼,唇轻轻弯了一下。

　　许容与不跟她废话了,把手插在裤兜里,也不看她,就这么走了。

　　叶穗低头在衣服上轻轻嗅了下,隐约有他身上的味道。她便抱紧衣服,悄悄抬眼看一眼许容与挺拔的背影,怔怔地出一会儿神,心想,谁以后做了许容与的女朋友,那该多幸福啊。

　　那得多幸福啊。

　　连分手后都对前女友这么好,叶穗心里已经酸得……想哭了。

晚上众人围在一起举办篝火晚会。除了许容与,每个人都乐在其中。许容与安静地坐在圈中,看到叶穗套上他给的那件开衫,恢复了生气。她十分活跃,在男生们的簇拥下大大方方地走到最中间,直接开嗓子唱歌,还招手让杨浩来发表辞掉会长前的感言,并带头鼓掌。

杨浩被弄得没办法,好气又好笑地站起来,结果最后不光发表了感想,还被人推着和叶穗一起唱了一首歌。

叶穗如交际花一般,发着光。

许容与静静地看着他那个热情、肆意、活泼的前女友。

看似大大咧咧,很多事情都不会多想,但她心地又很善良,不好意思让别人为难。有人求到她跟前,她就会帮忙,可惜她真正的好朋友没几个,大部分时间就只能自己玩。

但她真适合这种聚集目光的舞台啊。

许容与想,比起当个建筑师,更适合叶穗的,可能是那些吸引人目光的职业,比如歌手,比如娱乐圈人士,再比如她曾经异想天开地想做什么主播。

他真的不知道叶穗以后会做什么。

他想对她做出安排,可惜,他太年轻了,她又太不愿意听他摆布。

两人之间相差整整三岁。

许容与低头,心想若是他比叶穗大三岁就好了,那就不会像现在这么无助,现在的他年轻到不足以承担她的人生。

篝火晚会完美结束,众人一直玩到晚上十一点才解散去睡觉。别的帐篷里大家都三三两两地聚在一起夜话畅聊,但是没有女生喊叶穗过去跟她们一起。

叶穗耸肩,对此无所谓。她太习惯自己不讨女孩子们的喜欢了,虽然她自觉自己什么也没做。叶穗默默地抱着东西,回自己的帐篷,把自己裹到睡袋里强行入睡。

别的帐篷里大概兴奋得聊到十二点才睡。

叶穗却中途惊醒,从睡袋里钻出来,打开手电筒,发现才凌晨一点,但她怎么也睡不着了。一个人睡在这里,有点儿恐怖,静谧的山间偶传来几声不知道什么动物的叫声,还蛮吓人的。

叶穗坐了起来,她百无聊赖地拿出自己的手机。

屏幕上的人名一个个从指尖划过,叶穗给自觉最安全的杨浩发信息:"你睡了吗?你有没有听到什么声音?"

杨浩没有回复她。

叶穗静了一下,手指点在"亲爱的容与"这个名字上。她在输入框中打字,却又删除,心想都分手了,她这样藕断丝连的算什么?联系谁都不能联系他啊。

她又听到了山里头的一个声音。

叶穗哆嗦了一下,实在睡不着,越想越害怕。

她咬紧牙关,穿上衣服爬起来,举着手电筒哆哆嗦嗦地钻出了帐篷,想看一看还有哪个帐篷里有灯。也不管别人会不会觉得尴尬了,她厚着脸皮去凑合一下吧,四面黑漆漆的,天地寂寥,好像只有她一个人醒着。

又一阵呼声响起。

叶穗打了个哆嗦,哭丧着脸,还是试探地给许容与发了条信息:"你睡了吗?你有没有听到什么声音?"

同时她试探性地给所有人群发了信息。

她没有指望谁,然而许容与回了她一个问号。

虽然只有一个问号,但她一下子看到了希望,也不管和前男友说话会不会尴尬了,叶穗怕许容与又不理她了,赶紧问:"你怎么还没睡?你也睡不着吗?"

许容与没回复。

叶穗茫然时,许容与给她发了条定位共享,言简意赅:"我在画图。"

深更半夜,他画什么图?而且还给她发定位共享,这意思是说他人不在帐篷里?

说实话，他就是发来定位共享，叶穗都太不敢过去。她纠结了一会儿，给自己做了一番心理建设后，还是抓着手机，硬着头皮找过去了。

有人陪着，总是好的啊。

叶穗在山顶的凉亭里找到了盘腿而坐的许容与。他拿着笔，在画架上作画，凉亭的石凳上放着一支手电筒打光，听到脚步声，许容与回头看了一眼，注意力又回到自己笔下了。

只这一眼，他已经看到叶穗散着发、白着脸、发着抖的样子了。

许容与心里顿了顿。

叶穗站在他身后，拧眉看着他画图的框架，喃喃自语："你在画山下的建筑群？这个能看清吗？我看着下面雾茫茫的，什么也看不到。"

许容与说道："白天爬山时看的，那时候没时间画，现在想起来了，把记下来的画下。"

叶穗不知道说什么，只干巴巴地说道："你真有建筑学学生的架势，走到哪里都先看建筑。"

许容与问道："你过来干什么？有什么事？"

叶穗："哦，也没什么事，睡不着，出来转转呗。"

有许容与在，她再次听到山里头传来的不知道是不是狼的叫声，就没那么害怕了。她长腿一跨，进了凉亭，坐到了他边上。

没敢亲昵地凑过去，只是侧过脸，目光专注地看他。

笔尖在纸上轻轻刷过，手电筒的光流水一样映在他侧脸上。

许容与一直低着头做图，没再和叶穗说话。叶穗看了他半天，茫然地问："建筑学到底是有什么魅力，让你这么着迷？你一直这么画画画的，是为以后的工作做准备吗？"

她心想以前是男女朋友的时候，许容与都没对她这么认真过吧，永远在忙他的学业……

许容与停顿了一下，抬头看她："建筑是一个城市的筋骨，是最充满创造力的理工科，不仅要求专业，还要求审美。在我们之前，多少建筑大师设计出了巅峰之作,我们穷极一生都不能完全探索清楚。建筑师也不是你口中的只会画画,他是统筹,是整座建筑背后的心脏。叶穗,你记住,建筑师不是描图工具。建筑师是比描图工具还要伟大的职业,你深入了解了,才会爱它。"

叶穗怔然。此一刻,她听着许容与的教导,从他身上看到了成熟男人的魅力。当许容与的手轻轻抬起,指着山下的建筑,指着自己画板上的建筑图给她看的时候,她想到工作的男人自信满满,最充满魅力。

她的心剧烈地跳动着。

这个男人多么出色!十八岁就已经修完了大一大二的学分,成绩满分,有一篇 SCI 第一作者论文,还即将去牛津大学留学。

谁在年轻时遇到这样出色的男人,不为他心动呢?

她情难自禁,被他的话所牵引,想要看到他所认识的这个建筑学的世界,是不是远比她看到的有意思得多……

许容与侧过脸来,看向叶穗。

叶穗故作不在意地移开目光,掩饰自己的失控的心跳。

两人之间的气氛微妙地僵着。

半小时后,许容与才收了画板站起身,叶穗跟在他身后,朝那一片帐篷走去。走到了她的帐篷边,许容与停下脚步看她。

叶穗咬了咬唇,干笑着说道:"那……晚安,我睡了。"

许容与语气很淡:"嗯。"

叶穗掩饰着心里的害怕,实在不好意思让他留下陪她。她钻进了自己的帐篷,坐了一会儿,听不到外面的声音,试探地叫了一声:"容与?"

没人理她,她想许容与应该走了吧。

叶穗呆坐了一会儿,一点都不困。尤其是黑暗中,遥远的地方再次传来一声类似狼的号叫声,叶穗的脸又吓白了。她哆哆嗦嗦地拉开自己的帐篷,想往外钻,清寒的月光地照在帐篷外的空地上,她呆呆仰头,看到了许容与清瘦的身影。

许容与的影子落在她身上罩着她,她没看到他的表情,但是许容与就这么站着。

原来他根本没走。

叶穗听到他轻轻叹了口气。

叶穗双眼忽然一热。

许容与一声不吭,但俯身揪住她的衣领将她向后一推,带着叶穗钻回了她的帐篷中。刹那间,叶穗意识到许容与什么都知道,只是她不说,他也懒得问,幽黑中,他侧身将帐篷拉链拉上。

许容与曲着腿,手托着叶穗的后颈。

不想叶穗忽然疯了般,伸手抱住了他的腰。

许容与一愣,僵住了。

因为她突然扑了过来,扑到他怀里,仰起脸,冰凉的唇贴上他嘴角。

她热情又惶恐地亲吻他,眼里盛着月光,四肢如藤蔓般纠缠上他。

叶穗想,她丢掉了自己在爱情中最优秀的品质——

分手后,她还在和前男友藕断丝连。

第八章
藕断丝连

黑暗中,感官被无数倍放大。

他们像置身于一个绚丽多彩的梦境。

许容与的唇原本柔软冰凉,在叶穗的攻势下,他的呼吸很快加重了。许容与跪在睡袋上,艰难地拉住叶穗的手腕,轻轻向后退了一寸距离。叶穗的手臂仍抱着他的脖颈,灼热的呼吸与他的交错。

贴着他脖颈,叶穗感受到他颈上动脉的震动,仰头看他,可帐篷中光线太暗,她看不到许容与的表情。

许容与有些难堪:"……你在干什么?"

叶穗贴着他的脖颈低笑,笑得甜美又快乐。精致的长指甲,在他的后颈肌肤上轻轻滑过。许容与抖了抖,只觉得脊背起了一层鸡皮疙瘩。

叶穗的声音甜丝丝中透着一丝慵懒:"容与,想不想做点儿坏事啊?"

许容与呼吸紊乱:"什么?"

叶穗亲了他有点胡楂的下巴一下,没说话,长腿却动了动,许容与身体僵住,握住她手的力气加重。他低头警告她,但一片黑暗,也看不清他的神情。

叶穗亲密地搂着他,就好像他们没有分手一样。她的手指甲还在刮着他的后颈,胆大妄为。

许容与不吭声,握着叶穗的手不推也不放,如雕塑般僵硬地杵在这里。

叶穗唇轻轻一翘,懂了。许容与是愿意的,可是他的好教养,又让他羞耻万分,说不出口。大约这种事对他来说太不可思议了。

但是没关系,两人中,有一个肯主动就好了。

叶穗又抬头去亲他的唇。他的唇起先抿着,后犹豫了一下,慢慢张开了嘴。

亲吻渐入佳境。

许容与轻轻笑了一下,坐起来,将叶穗拉到了自己怀中。她的脸贴着他的胸腔,听到了他的笑声。于是叶穗也跟着快乐起来,想这是分手后,她第一次见到许容与笑。

太难得了,她就希望她的容与高兴一点,永远比她看到的更高兴一点。

叶穗就想让他多笑一笑,他在生活中总是一副没有什么值得开心的样子,但她希望以后,只要他想到叶穗,都会情不自禁地露出笑。

她希望她带给他的,全是快乐。

第二天早上,叶穗躺在帐篷中,还没睁眼,就听到了帐篷外的说笑声。她从睡袋里爬出来,闭着眼摸衣服起来,突然磕绊了一下。她睁开眼,呆了半天,才想起昨晚自己和许容与做了什么事。

许容与天不亮就走了,她困死了,懒得搭理,睡到这会儿才醒。

叶穗露出一个笑。出了帐篷,伸个懒腰,她迎着晴空蓝天,顿觉神清气爽。

有人从她身后撞了一下,叶穗哎哟一声,回头看到抱着一个大锅的杨浩同学。

叶穗:"别撞我!我腰疼着呢。"

杨浩瞥了她一眼,大清早的桃花满面。杨浩都被她勾得魂荡了一下,才咳嗽:"悠着点啊。你腰怎么了?还不能碰一下了?昨天白天不还好好的吗?难道昨晚你干什么体力活了?"

叶穗大大方方地回答:"是啊!"

杨浩白了她一眼,看她这一本正经的样子,他根本不相信她。而余光一扫,杨浩看到了刚走出帐篷的许容与。许容与好似刚睡醒,站在帐篷前,眼睛漆黑,站得笔直,却在发着呆。

杨浩喊了他一声:"许容与,看着点儿你女朋友,别让她到处勾搭我的社员。"

没想到许容与看过来一眼,脸突然红透,飞快转了过去,叶穗在杨浩身后笑得张扬恣意。

杨浩搞不懂他们这对情侣,大清早就这么怪怪的。他抱着他的锅走远了,回头再看,见许容与立在原地似在迟疑,看着叶穗,也不走过去,只是脸一直红……

杨浩若有所思。

他们又在山上玩了半天,下午的时候等到了上山来的大巴,杨浩干脆包了大巴直接送同学们回学校。叶穗上了车,找到一个靠窗的座位,把许容与昨天给她的开衫往脸上一罩,就开始睡觉。

许容与上车比她慢好多,见她旁边座位已经有了人,迟疑一下跟人换了座,如愿坐在她旁边。

他有一肚子话,沉吟着想和叶穗说。

但叶穗从上车开始,就睡得天昏地暗。

中途大巴停下补给时,许容与下去了一趟,回来看到叶穗还在睡,他无奈叹气,伸手将罩住她脸的衣服拉下来,摇了摇她的肩,轻声叫醒她:"叶穗,叶穗。"

叶穗闭着眼蹙着眉,眼下有黑眼圈,被许容与一推,脑袋一歪靠在他肩上。

叶穗迷迷糊糊地睁开了眼,眼睛水雾雾的,唇红齿白,面颊粉嫩。许容与看她一眼,不知道想到了什么,脸又红了。

他在心里想:他深爱过的女朋友,实在是太好看了。

叶穗迷糊地揉眼睛："叫我干吗？"

余光看到左右无人，许容与才把一粒药和一瓶矿泉水递给她。叶穗茫然，头仍靠着他的肩，看着他偷偷摸摸伸过来的手，问道："这是干吗？"

许容与低声说道："米非司酮片。"

叶穗："什么？"

许容与眼角红得不行，他非常难堪地说："紧急避孕药。"

叶穗一下子笑出了声，眨一下眼，从他手里接过了药片，就着矿泉水喝下去。她已经彻底睡醒了，干脆夸张地捂着自己的心口，失落无比地看着他："容与，我看错你了，你真是一个狠心的爸爸。"

许容与轻轻抬眼，静静地看着她："你想要我们的孩子？"

叶穗一愣，在他沉静的眸色下，她有点尴尬地放下手，不演了。她讪讪说道："开个玩笑嘛。"

许容与轻声告诉她："这种事是很严肃的，我会当真，你不要拿这种事和我开玩笑。"

叶穗低下头，非常认真地道了歉："对不起。"

许容与还要再说什么，但是大巴休息的时间到了，下车的人陆陆续续回来，许容与目光温和地看着她，欲言又止。叶穗撇过脸，不太想和他说话。

许容与眼里的光慢慢暗了下去。

他多么聪明。虽然叶穗一个字没说，但他已经猜到她的意思了。

叶穗刻意撇过脸，就怕许容与要和她谈昨晚的事。她并不后悔，但是她和许容与不一样，她并不觉得这件事有什么值得讨论的。

就怕他说要和好。

她不敢面对许容与，又心虚自己并没有那个意思，害怕自己意志不坚定，看他一眼就会点头和好。她心里还喜欢着许容与，不然昨晚也不会鬼迷心窍，可她仍然是个自私的姑娘，不愿意忍受和好后一定会到来的寂寞。

许容与安安静静地坐着,大巴车再启动了,他也没有和叶穗说话。

叶穗有点放下心,又有点失落。

她拿出手机玩了半天后,登录微博,给那个总是批评自己的陌生姐姐发了私信:"姐,你在不?我告诉你一件事,我和我男朋友已经分手了。"

和她肩并肩坐在座位上的许容与,正在检查自己的论文错字,收到了微博私信的提醒,他登录微博看了下信息。

许容与默默地回了一句:"哦。"

叶穗觉得这个姐姐回复得很冷淡,但她以为是这个姐姐从头到尾都不看好自己和许容与的原因。

叶穗凄凉地笑一下,觉得难堪:"姐,你说对了,我意识到了我和我男朋友不合适,你以前的预言,都是对的。"

许容与回的信息冷冰冰的:"我预言什么了?我什么时候说过不合适?"

自以为理解得很透彻的叶穗不以为然,跟这个姐姐诉了一会儿苦后,又害羞地说道:"但是,昨天晚上,我一个没忍住,和我前男友……"

数字姐姐回复了她一串省略号。

叶穗继续害羞:"我是被我前男友的美色和体贴所迷倒,我前男友为什么没有忍住,我就不知道了。"

数字姐姐依然没说话。

叶穗自说自话:"姐你不问我什么感觉吗?"

许容与冷漠地抬眼,眼神复杂地看向坐在自己旁边靠着窗的女生。叶穗低头刷微博,本来就提防着许容与来看她的手机。许容与看过来,她就立刻抬头,护住自己的手机屏幕不让他看:"你看什么?这是我的个人隐私,你能不能尊重人别偷看?"

许容与嗤了一声:"我用得着偷看?"

叶穗狠狠白了他一眼,看他侧过脸去,才放心继续低头给数字姐姐发信息:"吓死我了,差点被我前男友发现我的微博号。就他那可怕的控制欲,要是发现了他肯定天天监视我。"

正在监视前女友的许容与问道:"你怎么定义你们昨晚的行为?"

叶穗:"就分手仪式啊。我前男友那颜值、那身材,不试太亏了。"

数字姐姐没吭声了。

叶穗等了一会儿又发了一条:"姐姐?姐?你不在了?"

那个陌生姐姐再没理她了。

现实中,她的前男友站起来,跟前面一个同学说:"学姐,能换个座位吗?"

叶穗非常茫然地看许容与寒着脸,和前面的一个女生换了座位,自始至终一眼都没看她。

回到东大后,叶穗按照学校的安排去实习了。实习工作很辛苦,忙碌之中,叶穗偶尔会想起许容与,想到山顶的那个晚上,那是这个荒唐暑假中最美好的一晚,每每想到,她都心旌摇曳,然后又轻轻一叹。

许容与像从她的世界中彻底失踪了一样,再没联系过她。她不知道他的暑假在忙什么,偶尔刷到同学们的朋友圈,看到他们去新校区玩,又会想到自己和许容与也约过一起去新校区玩。

别的院系都陆陆续续搬到了新校区,只有建院死守老校区,多可惜啊。

然而这学期已经结束了,想去新校区的这个愿望都没实现。

叶穗心里有点难过,便又把那美好的一晚拿出来回味,还会想到第二天在大巴车上,清隽的少年将紧急避孕药递给她。

她异想天开,想那时候许容与为什么没有说复合?她觉得他有那个意思,是因为他是看懂了她的逃避,才没说吗?

八月下旬,叶穗返校前,终于收到了许容与的一条信息。他告诉叶穗,他明天早上八点就要登机离开。

叶穗一下子慌了神,想到许容与是真的要走了。木已成舟,她没有挽留,许容与也没有拒绝那个让他可以大展身手的好机会。

叶穗给他回信息时手都在哆嗦:"你等等我!我去机场送你!你等等我再走啊。"

许容与回她:"嗯。别着急,我会等你的。"

但是怎么能不着急呢?

许容与直接从北京坐飞机,而叶穗人还在西北地区的小县城里和建筑工人一起干活儿。她慌慌张张地坐车回省会,跌跌撞撞地上车,又哆嗦着查去北京的机票。

她想她无论如何都要去北京一趟,一定要再见许容与一面。

她不能让许容与就这么走了。

她会遗憾死的。

怎么都买不到票。票太难买了。叶穗急得眼泪都要掉下来,又告诉自己不要哭,要镇定……她要去北京!

多贵的票她都要去北京送他!

七点的时候,许志国夫妻,还有许奕,都在机场给许容与送行。许志国夫妻没有再提许容与女朋友的事。许容与顺利出国,没有因为前程跟他们胡闹,夫妻二人都松了口气。小儿子第一次出国,一家人不管多忙,都来机场给他送行。

倪薇为许容与安排好在伦敦的住宿,许志国为他安排好导师。

许志国叮嘱着:"在异国他乡不用委屈什么,有什么需要跟我们说。"

倪薇更直接地说:"我和你爸爸经常会出差,如果有需求我们会过去看你。你不必降低自己的生活条件,委屈自己。"

许容与:"谢谢爸爸,谢谢妈妈。"

许奕:"容与,到英国后多和我视频啊!千万别出了国就忘了我们啊!"

许容与颔首:"不会的。"

倪薇和许志国打量着小儿子，脸上都露出了满意之色，他们示意许容与可以进安检口了，许容与却淡淡地说："我还要等一个人。"

话一出口，许志国还好，倪薇的脸色瞬间沉了下去。似乎是想起什么，倪薇冷笑一声，没有开口说话。

差不多七点十五分的时候，叶穗喘着气从楼外跑进来。她双手撑在膝上，汗水滴在鼻尖，抬头向机场中络绎不绝的人群张望。

半天看不到人，叶穗急得眼睛通红，直到一道清凉的男声在她身后响起——

"叶穗。"

叶穗回头，惊喜地叫出声："容与……伯父、伯母好。"

她尴尬地看到许志国夫妻都在。许志国十分儒雅地点了点头。倪薇挑眉，上下打量她，正要开口说什么，许奕一把揽住夫妻二人的肩："哈，爸妈！早上出来我都没吃饭，现在把弟弟送到了，咱们去吃饭吧！"

硬是把两个不满的长辈拖走了。

许奕笑容灿烂地回头，跟叶穗做了一个鼓励的表情。

叶穗双目发热，仰头看着许容与。

她胸脯起伏，好久才忍住眼泪，让自己露出最漂亮的笑容："容与，我没迟到，我来送你了。"

许容与："谢谢。"

人来人往，他们久久地凝视着对方。

目光眷恋，想躲避，躲不开，想靠近，又不对。

叶穗目中水波荡起，似乎藏着许多不能言语的深情。

许容与侧过脸，低下视线，轻声说道："我有东西给你，你要不要？"

叶穗忍着泪点了一下头，努力地笑，声音很轻："要啊。"

许容与手上提着一个包，叶穗本以为是他要带走的，他把包递过来，她才知道这是给她的。

许容与说道："给你买了个礼物，还放了个防狼喷雾，一个平板。

你这么漂亮，要学一学防身术，不要光让男人爱你，还要学会在男人的手中保护自己。平板里有我给你制定的学习计划和下载的资料，你喜欢就看，不喜欢就算了，我不会再逼你了。

"以后每天起早点儿，去吃早饭吧。总是不吃早饭，胃就不好了，不要总和杨浩那群男生疯玩，多考虑考虑自己吧。

"我没有在合适的时间遇到你，让你不开心了，没有做到承诺的对你好得让你离不开我，对不起。我不是合格的恋人，耽误了你的时间。我不强求你和我异地恋异国恋了，你高兴才好。我知道你怕寂寞，就不应该强迫你。

"你以后不要谈恋爱谈得那么频繁了，只有两三月的时间，爱情怎么会那么容易呢？找一个对你好的、欣赏你的、你也喜欢的男生，好好地和他谈一场恋爱吧。不要提和我的事，男生不会喜欢你总提前男友的。"

许容与对她轻轻笑了一下，叶穗的眼泪已经掉下来了。

许容与凝视着她："再见了，学姐。"

他转身提上他的行李箱，向安检口走去。

叶穗哭得不能自已，眼泪不停地掉，模糊了视野，看着他走远，看着他离开……她崩溃地蹲在地上，捂住脸，忍住哭声，可是眼泪停不下来。

没有在合适的时间遇上喜欢的人，这不是她的错，也不是许容与的错。

可是他们那一腔被时光辜负的爱意，到底要如何才能成全？

再一次的开学季，叶穗已经是大四学生了。

她收整好心情返校，竟是第一个回到宿舍的。蒋文文回到宿舍的时候，看到叶穗来得这么早，并且在擦她的书桌，心里惊讶了一下。但是想到许容与去牛津了，叶穗这个暑假估计过得不太好。

蒋文文小心翼翼地问她："你在打扫宿舍卫生吗？擦桌子？"

叶穗回头，面容清丽，黑发垂腰，让蒋文文目光晃了一下。叶穗的粉发已经变回她原来的乌黑长发了，现在的她和普通大学生一样，不过是更加漂亮出挑些。

叶穗对蒋文文笑了一下，非常小心地，从她的包里翻出一个人偶，她拿着湿巾，给手里的陶瓷娃娃擦拭了一遍，最后摆在了自己的书桌台灯旁。

看到精致的人偶，蒋文文好奇地凑过来，眼睛一亮，心生喜欢："穗儿，这不是你吗？"

这个陶瓷娃娃，做得太精致完美了，完全捕捉了叶穗本人的神韵，抿着红唇，眼尾上翘，充满了活力和灵气。

小人儿穿着镶着水钻的藕粉色轻纱公主裙，发上戴着镶嵌珍珠的佩饰，黑眼睛又大又亮，皮肤又白又嫩，睁大眼睛看向宿舍中的同学。

无论是人偶的妆容，还是眉眼间的距离，都与叶穗本人十分契合。

蒋文文目瞪口呆："哇！这么好看，是定做的吧？你在哪里买的呀？一定很贵吧？"

叶穗抿了一下唇，脸上的笑意很淡，她低头与书桌上的小美人儿对视，用指尖轻轻戳了戳它的脸。

她开口说话，又得意，又失落："许容与送我的礼物。"

蒋文文："啊……"

学校里没人知道叶穗和许容与分手的事，但蒋文文知道许容与去牛津做交换生了。

蒋文文安慰叶穗："没事的，许学弟不是只去一年吗？一年很快就过去了。等他回来，你们又可以形影不离了。"

叶穗偏头问道："我们形影不离？"

蒋文文："是啊。你们总是在一起，你自己没感觉吗？许学弟经常来听我们的课，你上学期不是也听了不少他的课吗？他上了你的选修课，你去上了他的，回来不是跟我抱怨说他修的课太高深你听不懂吗？经常看到你们在爱晚湖边散步啊，你们也经常去五食堂吃饭。"

叶穗听得出神，原来他们以前一起做过这么多事。

蒋文文笑着补充："你和容与，是咱们建院出名的郎才女貌啊。许学弟成绩那么好，专业排名一直第一，又写论文又参加竞赛的，才大一，就是咱们院里出名的男神了。而你嘛，又是真的漂亮。大家都觉得你们还是蛮配的。经常有学弟学妹偷拍你和容与，把照片传上论坛，你难道不知道？"

叶穗愣了一下，说道："上学期开始……不，是我和他交往开始，我就没再登过论坛了。"

蒋文文同情地点头："理解，你们家容与看你看得那么紧，你哪有时间玩啊，他是不是连你上厕所的时间都要精准计时？"

叶穗勉强笑了一下，长睫上晃着阳光，她心不在焉地回忆以前的事，说道："也不是。他对我还蛮宽容的，我迟到的次数多了，他就会延迟时间，不会强求我。"

她喃喃自语："是啊，他很少强求我。"

就连异国恋，她表示了不愿意，他也没强求。

东大遍地都是她和许容与的记忆，许容与不在，她的大四，要怎么才能读下去啊？

蒋文文看她表情失落，连忙拉开话题，又说起桌上的陶瓷娃娃："许学弟送你的这个人偶漂亮是漂亮，但是他也太不懂了吧？再送一个他自己的人偶给你，这样才成双成对啊。"

叶穗："他就是太懂了。"才只送她的人偶，不送他的。

寝室的气氛沉闷下去，直到文瑶和李晓茹进了宿舍。

看寝室里没人说话，文瑶笑着问她们："怎么了？开学第一天就不高兴？"

李晓茹瞥了一眼叶穗，说道："许学弟出国了，穗儿又有一堆追求者了，穗儿应该高兴才对啊。"

李晓茹并不知道叶穗分手的事，她这话说得不像样，文瑶扯了扯她的衣袖。

叶穗的目光看了过来，用挑货物的眼光看她："看来你是那种脚踏几条船的人，就觉得我也是啦？不过你好像没机会脚踏几条船哦。有人追你吗晓茹？要不我把我的追求者电话告诉你几个？"

　　李晓茹听完前半段话就已经蒙了。

　　叶穗撩起自己的发，嘴角噙笑，美目盼兮，继续刺激她："哎，没办法，追我的男生太多了，我不用脚踏几条船，也断不了喜欢我的人。我们容与都要吃醋酸死了吧，这可怎么办呀？"

　　李晓茹硬邦邦地说道："我从来不在乎这些。上学期间，学生只要好好学习就行了，穗儿，你上学期没有挂科吧？"

　　叶穗仍然笑着："没有哎，非但没挂科，我还拿到了我们院里的一等奖奖学金。不光天生丽质，还聪明绝顶，说的就是我吧？"

　　李晓茹脸气得都青了。

　　文瑶赶紧调和气氛："我从家里带了点儿特产，穗穗，文文，你们快过来看喜欢什么。"

　　李晓茹不说话了，叶穗慢悠悠地走过来，明明也没做什么，但她弯着腰浅浅一笑，便摇曳生姿，颠倒众生。李晓茹心里唾弃了一下，想：真是狐狸精！

　　上学期许容与过生日，请了他班里的同学，回来后学校都传开了，说许容与家里有多厉害。听说许容与的爸爸就是著名的建筑师许志国先生，东大建院一定是看在许容与家里的关系上，才给叶穗高分通过。

　　叶穗的成功，让她们这些辛苦攻读学业的女生的努力变得像笑话……她愤愤地想：这个社会真的太不公平了。

　　李晓茹的嘴碎，叶穗无所忌惮。

　　大四生活开始，大家都变得忙碌起来。文瑶一开始还担心宿舍气氛不好，事实上，李晓茹并没有和叶穗起太多冲突。因为李晓茹和文瑶的化工专业已经到了毕业那一年，她们要开始考虑是直接找工作，还是继续读书。

文瑶和家里商量，决定直接找工作，毕业后和她的男友一起去上海发展，两人最好都能签到上海的公司。

李晓茹则在争取保研，想继续读书。

叶穗和蒋文文好一些，建筑专业是五年制，她们现在只是大四，还有整整两年的时间才会毕业。

不过因为是混合宿舍，看到李晓茹和文瑶为前程早出晚归的忙碌样，叶穗和蒋文文也感受到时间的紧迫，受到了不少激励。叶穗打开了许容与留给她的一整个平板的资料，默默地想她也该考虑以后的发展了。

开学的第一个周末晚上，有人约叶穗去酒吧，叶穗本来想拒绝，但突然想到许容与已经不在她身边，不会再限制她出去玩的时间了，为了摆脱许容与留给她的阴影，她咬咬牙坚定地答应了。

但是当晚在酒吧只待到九点钟，叶穗就落寞地离开了。

她发现她无法再心无旁骛地玩乐了，她心里不安，脑子里总是记挂着她还没有写完的作业，还有知道她成绩下滑，许容与的皱眉……平常这个时候，许容与肯定在和她一起自习。

她抬头看着灰蒙蒙的天空，想他此时在牛津，一定也是在更加努力吧？英国那边冷不冷，他的朋友圈怎么一条信息也不发呢？

九月中旬，叶穗在教室里上课。她托着腮帮，望着窗外出神，忽然听到"许容与"的名字，一个激灵回过神，看到整个教室的同学都在盯着她，台上的老师也在笑看她。

叶穗微微慌张，又有点儿迷茫。她不过是走了一会儿神，也没有逃课，这都被老师抓到了？

叶穗硬着头皮站起来："老师，对不起，我走神了。"

台上讲课的教授没有批评她，反而和颜悦色地笑了笑："我是说，你和院里大一的许容与同学，上学期不是报名了谷雨杯大赛吗？你们设计的那个建筑面积四千平的国际博物馆拿到了建筑设计奖的特等奖，我也是上课前才听到消息。

"还有奖杯、证书，一个小时前，举办单位已经和院里通了电话，会直接寄过来。对了，还有两万元的奖金，再加上会有记者采访。"

叶穗懵懂地站着："特等奖？我吗？"她的人生从来没有过这么高的成就啊。

一时间，课上同学们鼓起了掌："厉害！看不出啊穗穗，你深藏不露！"

"难道平时你都在藏拙吗？"

显然大家都觉得，大一学生和大三学生共同完成的建筑设计，付出最多的一定是那个大三学生。虽然许容与很出色，但是叶穗作为学姐肯定也很厉害啊。

叶穗被夸得涨红了脸，又听到老师说："已经有一家资质很不错的投资方联系咱们院里，想买下你们的设计版权，还有其他跟院里关系不错的设计院也来问了。所以我问下你的意思，一会儿下课了，你来系大楼一趟商量下这事儿。"

卖设计版权？这得不少钱吧？如果真的要建博物馆，绝不是几百万就能解决的事，还有土地规划等一系列问题。

而且让东大建院这所建筑学排名数一数二的学院都能感兴趣的投资方，给的版权费一定不会太小气的。

叶穗被天上突然掉下来的馅饼砸蒙了，她暑假还在抱怨免费实习没有工资，九月份就眼看着要变成有钱人了？

同学们："哇！发了！"

"穗穗强啊！"

叶穗在同学震惊和羡慕的目光中，蒙得更厉害了。她对建筑学热情不足，上学期的作业，完全是许容与押着她一起完成的。

虽然当时看到模型，她也知道一定会拿奖，但是她没想到可以拿到特等奖，还会有投资方买版权……

叶穗说道："老师，我现在就能回复你，这个大赛的特等奖都是许容与的功劳，如果真的卖版权的话，我没资格做主的。"

老师笑道："没关系，上课前一小时，院里已经和许同学通过了电话。许同学目前正在跟着牛津的教授们做一个有关国际建筑环境的项目，具体内容不方便透露，但是他现在很忙，没时间应付国内这些事。他已经把这些事全权委托给你处理，这些你到系大楼和院里再谈就知道了。"

叶穗："我？我负不了这么大的责啊。"

老师："要不你和许同学商量一下？"

下了课，叶穗跟着老师去院里之前，她的手心已经紧张得布满了汗。她本来不想打电话，因为觉得这会儿许容与应该在睡觉，但是教授淡淡说了一句："学建筑的，还有不熬夜的？"

几乎从不熬夜的叶穗羞愧地低下头。她颤抖着打了一个国际长途，想象着那边的声音，她已经半个月没和许容与说过话了。

他过得好不好？他有没有想念她？

电话在叶穗的惶恐不安中拨通了，那边的男声清冷疲惫："喂，你好。"

叶穗紧张地沉默片刻："我是叶穗。"

许容与："我知道，你拿着你的手机和我打电话。"

她干巴巴地问道："你还没删除我的电话啊？"

许容与："你没删？"

叶穗站在教学楼下，侧了侧身，躲过等她的教授探寻的目光。她不想让许容与多心："删了啊，刚才管老师重新要了电话。"

许容与："嗯。"

他不吭声了。

微弱的呼吸隔着听筒，就好像以前一样，什么都没有变。

叶穗低声问道："你又在熬夜啊？"心想你让我锻炼身体，你自己怎么还在熬夜？

许容与不动声色地转移了话题："你打电话来，是问那个谷雨杯建筑设计特等奖的事吧？我手上课题和项目太多，实在抽不出空，只能全权委托给你和院里。什么访谈之类的，都要辛苦你了，不好意思。"

叶穗连忙说道："没关系！这种抛头露面的事我本来就比你擅

长啊,我来就好。我就是怕我做不好,让你失望,你要给我什么指导意见吗?我记一记啊。"

她觉得许容与的意见往往很多,不管她做什么事,他都能提出一堆建议,教她怎么完善。

但是这一次,许容与淡淡地说:"你随便来吧,我不在意这个。"

叶穗愣了愣,心口传来短暂的刺痛。她举着手机发呆,许容与已经不给她提意见了,不想管她的事了吗?这是⋯⋯

真的分手了啊。

许容与那边轻声说:"你还有什么事吗?没有的话挂电话吧,我这边的事实在有点多。"

叶穗咬了咬唇,挂了电话后,一阵寒意席卷了她的全身。九月天凉,枫叶满目,然而到这一刻,叶穗才感受到凉意。

她和许容与分手的时候,都没这么遍体发凉过。因为她笃定她和许容与只是观念不和所以分手,她是爱着许容与的,他心里也一定有她。

许容与分手以后也喜欢她,不然不会在机场时等她,不会送她陶瓷娃娃,不会给她那么多学习计划和模型资料。

她自信地以为许容与心里还是有她的。

但是这通电话,让她意识到是自作多情了。

再一次想到许容与说过,他和人分手后,一定老死不相往来,这是他的性格。他是这么说的,也是这么做的吧。

如果不是她主动打电话,许容与也不会给她打电话。她想和他多说几句话,但他忙着他的课题作业。

许容与已经不爱她了,她的爱情死去了。

等在楼下的教授出声喊道:"叶穗同学⋯⋯"

叶穗转过脸看向自己的老师,眼里已经蓄满了泪意。

教授吓了一跳:"你这个女娃娃哭什么?难道许同学反悔了不愿意授权给你?那你也用不着哭啊。"

叶穗哽咽:"没有,他同意了,他把所有的荣誉都给我了⋯⋯"

谷雨杯特等奖，多大的荣誉啊。有这项大赛荣誉加身，她毕业后也好找工作，会拿到非常棒的录用单。

叶穗还在上课时就想通了这个，她满心感动地和他打电话，可是她都没有来得及感谢他，许容与说话声音就那么冷淡，她的心跟着凉了。

这是许容与给她的分手费。

一定是这样的！他再不喜欢她了！

教学楼下，教授目瞪口呆地看着叶穗泪如雨下，也不晓得这个漂亮张扬的女学生怎么就哭成这样，哭得像被分手了一样。

而在牛津大学的一间设计教室里，如叶穗预想的那样，仍开着夜灯翻资料的许容与，在挂了电话后，拿湿巾擦了擦自己手心的汗。

建院学生没有不熬夜的，许容与因为经常熬夜脸色苍白，眼下乌青。哪怕出色如他，想得到更多的成就，他也必须熬夜。

许容与非常珍惜这一年交换生的时光，他如饥似渴地吸取着前辈们的经验，只希望自己能更强些。

再强一些。

然而这会儿，许容与出神地看着那堆设计图纸旁放着的一个陶瓷娃娃。他留下的这个陶瓷娃娃是他自己的，叶穗的那个他送给了她。

他身边没有留下叶穗的东西，只有手机里的几张照片。

漆黑的夜晚，万籁俱寂，许容与安静地坐在灯光下，闭了闭眼。

希望他的拔苗助长，对叶穗起到的是积极的作用，希望他没有做错。

他需要时间，需要成长，他希望叶穗能够意识到这些。

他不知道他有没有做错，可是叶穗不愿意和他异国恋，他只能出此下策了。

十月份的时候，应付完了获得谷雨杯特等奖带来的一系列事务，叶穗拿到了奖金和版权费。

她只拿了自己的那部分，剩下的由院里打给许容与。自从上次在电话里听到许容与冷淡的声音，叶穗没有再试图联系他。

她的前男友已经彻底放弃她了，她何必自讨没趣？

叶穗本想回归本性放肆地玩，但是她顶着谷雨杯特等奖得主之一的名号，天天活在全院师生的关注下，每个人见到她，都用赞叹的眼神看她。

不是叶穗自夸，她现在已经摘掉了自己头上的草包名号，被大家说成是学霸了。

叶穗的压力很大，天天被人夸，偶像包袱也有点重。

为了背好这个偶像包袱，叶穗只好翻开许容与留给她的学习计划，真的硬着头皮好好学习，务必不要让自己的人设崩塌。全院师生以前对她的成绩不在意，但她现在有这么大的荣誉，要是考试成绩再倒数，她怎么对得起大家的殷切期望啊？

叶穗又有点怪许容与多事了，干吗把模型设计得那么好？

现在的叶穗在国庆节放假时，都没办法像往年那样走出校门到处去玩，只能乖乖地坐在教室里看书。他们的助教老师陈听飞在设计教室里偶遇过叶穗好几次，惊讶得不得了，没想到叶穗现在真的成了"学霸"了。

陈听飞轻笑："看来找个学霸男友，真的有助于成绩的提高？难道许容与隔着远洋，都还指导你学习？"

叶穗哭丧着脸："一言难尽。"

陈听飞似笑非笑，给了个她"加油"的眼神。

叶穗本就是学院出名的女神，不少人追她。现在她的男朋友在国外，她本人又变得更优秀，追她的男生就更多了。

但她现在还真的没有太多谈恋爱的心情，只怕自己的成绩没法过关，心烦意乱下的情绪加持下，总是笑嘻嘻的叶穗变得异常高冷。

没想到这样更加吸引人，追她的男生比以前还要狂热。

十一月的时候，叶穗和蒋文文一起回五舍，在楼下看到围聚了一圈同学,中间用玫瑰花摆出心形图样,又摆了一圈蜡烛。

看到这个阵势,叶穗眼皮一跳,预感不好,她掉头就要走,没想到起哄声中,一个男生从人群中捧着花走出,跪在了她面前。

男生激动地红着脸表白:"叶穗同学,我是……请接受我对你的爱意,做我的女朋友吧!"

学生们:"哇!"

从五舍楼顶,高高垂下两条红色布幅,张扬无比,上面写着:"一心一意,永随叶穗!"

"好浪漫哇!"

"答应他吧!答应他吧!"

男生跪在呆愣的叶穗面前,仰头深情地看她:"叶穗同学,我真的非常喜欢你,从大一你入校开始,我就在偷偷地观察你。我知道你喜欢这种轰烈浪漫的阵势,所以你别拒绝我,答应我,试一试吧?我真的知道你喜欢的是什么。"

他确实知道叶穗喜欢的是什么。

她喜欢爱就大声地说,而不是像许容与那样沉默;她喜欢满满的爱包围着她,而不是像许容与那样总是不好意思表达;她喜欢有浪漫的告白、浪漫的约会,而不是像许容与那样永远拉着她自习;她喜欢男朋友主动地来找她逛街、牵手、玩闹,而不是像许容与那样需要她要求;她喜欢肆无忌惮地玩,喜欢大笑,喜欢胡闹,喜欢所有的记忆都和男朋友一起,喜欢男朋友爱她胜过爱一切,永远陪着她,永远不离开她,永远让她知道他爱她,而不是像许容与那样……冷静地离开她。

楼下全体学生见证,五舍最美丽的叶穗,被一个优秀帅气的男生表白。有人说叶穗还没有跟前男友分手,有人说叶穗的男朋友在国外叶穗现在这是脚踏两条船。

但是被人这么大胆追求,谁不羡慕她呢?

叶穗低头,看着向她表白的男生。

她说:"我已经有男朋友了啊。"

男生自信说道:"但是我比他更适合你,你可以和他分手。"

叶穗问他:"你可以教我功课吗?"

男生一愣:"我是医学院的啊。"

叶穗:"你能每天六点起来,七点准时让我吃到早饭吗?连周末都不迟到,风雨无阻。"

男生:"我尽量……"

叶穗:"如果和你约会,我迟到了整整一个小时,你虽然很生气,可以批评,但你能做到不发火吗?"

男生:"我、我尽量……"

叶穗:"我的异性缘好。如果有其他男生追求我,你会不会怪到我身上,跟我生气?"

叶穗:"能支持我的兴趣爱好,永远鼓励我吗?"

叶穗:"能不对我的衣着妆容发表意见,能够保证我跟你说什么你都去私下了解,然后给我忠实的反馈,永远不因为我已经忘了这个话题而敷衍我吗?"

男生沉默了好久,他说:"我可以努力去做到,但我不能保证。叶穗同学,你提的这些要求,男的很难做到的。"

叶穗:"可是有人做得到啊。"

叶穗一个个问题,问得他哑口无言。周围围观的同学们原本等着一场浪漫的求爱,但心形圈的蜡烛都要灭了,现场的气氛反而越来越冷。

这是一场失败的表白,被表白的女生提了很多无理要求,打散了男生的热情。

围观的人群渐渐散去了。

周末陈听飞正准备离开学校,碰巧看到叶穗坐在青年湖边发呆。陈听飞遥遥看着湖边的叶穗,湖水清碧,波光粼粼,夕阳下,她长腿伸开,懒懒地坐在石凳上,竟有几分寂寥。

她孤零零一个人,没有平时的活力,在夕阳下像要融入湖水中一般。

也许是被她这种少见的孤独气质打动，陈听飞停了脚步打招呼："叶穗同学。"

叶穗回过头，看到英俊的青年老师，她眼神有点空，愣了一会儿才说："陈老师好。"

陈听飞："你周末就没事干，坐这里发呆？"

叶穗呆呆地说道："啊……也没人找我玩啊。"

她垂下蝶翼一样的长睫，低头盯着自己纤长的五指，又陷入静默中。

陈听飞忽而有一丝不忍，他刚认识叶穗时，这个姑娘一头粉毛，笑得青春靓丽，现在怎么就成了这样？

陈听飞说道："既然你周末没事，不如帮老师一个忙？"

叶穗："什么忙？"

陈听飞："我要回一趟北京，因为以前的高中同学结婚了，高中时和这个同学打过赌，我需要临时找个女朋友出席。不知道你有没有兴趣？可以付你薪水哦。"

叶穗眨了眨眼，恍惚了一下，怎么又是北京啊？然后又想起，哦，陈老师好像是富二代，他每天进出校门的车都是豪车。

陈老师本来可以找别人帮忙，大概是她丧得他都看不下去了，才提出带她出去玩一玩吧。

叶穗想了下，答应了下来。

假扮陈老师的女朋友，参加陈听飞高中同学的婚礼，其实也并没有什么惊喜意外发生。

陈听飞出了校门，就不再是一本正经的助教，而是恢复了他的贵公子风格。不过叶穗是他的学生，陈听飞虽然借她来挡了一下同学们的催婚，但也没有让他的同学们为难她。

一群富二代调侃陈听飞的女朋友年轻漂亮，陈听飞只是笑，问起叶穗的具体事情，陈听飞就不动声色地把问题挡了回去。

总之，叶穗在陈老师同学的婚礼上，只是给了别人这么一个印象——老陈的女朋友长得漂亮啊。

晚上婚礼结束,陈听飞送她回酒店,让她等一等,明天跟她一起回校。

叶穗面上答应下来,中途饿了下楼吃饭,撞见陈听飞正要出门,看样子是要出去和他圈子里的人玩。陈听飞非常自然地对叶穗笑了一下,叶穗也回以一笑。

但是回到酒店房间,无穷无尽的寂寞袭来,叶穗躺在床上,满心的空虚,无以发泄。她实在没办法一个人待在孤零零的酒店里,想了想,换了衣服,踩着高跟鞋,就这么出门了。

她去了离酒店三条街的一家酒吧,进入群魔乱舞的环境,就觉得像是回到自己的世界一样。和陌生人在黑暗中一起跳舞,闭着眼唱歌,喝酒,活力四射又混乱。

然而这样仍不足以让她痛快。

当舞池中有男人向她发出邀请的时候,叶穗的脸冷了下去。她委婉拒绝后,那个帅哥耸了耸肩,又去找别的美女。

叶穗离开舞池,坐到吧台上,开始点酒喝。

她是那种即使喝得多了,第二天也不会断片的人,但是许容与不知道。所以她可以靠着喝酒耍酒疯,可以颠三倒四,可以胡作非为。她面前的酒瓶子堆得越来越多,她越发地难过,觉得自己可怜又孤独。

平时都感受不到的寂寞,在这时向她席卷而来。

不知道喝了多少,叶穗的思维都有些混沌了,她趴在吧台上半天,拿出手机,想都不用想,开始拨一个电话。没有等多久,那边就接了电话。

男声还是那么的冷静:"你好。"

叶穗趴在台上,在混乱的音乐中,她大声问许容与:"为什么要跟我说你好?你不知道是我吗?"

那边静了一下,许容与问她:"你在哪里?你喝醉了?"

叶穗:"你管我!你不是已经不管我了吗?你不是已经放弃我

了吗？我告诉你，我现在和一堆帅气的小哥哥玩，一群男的追我！我们通宵唱歌！我想干什么就干什么！"

"叶穗！"许容与的声音温和下来，"乖，听话。穗穗，别在那里胡来，你给我发个定位……"

叶穗的眼泪噼里啪啦地往下掉，她听许容与的声音温柔下来，就心痛得受不了。

她握着手机，痴痴地问："容与，你是不是已经不爱我了？已经完全放下我了？你是不是有新的女朋友了？你见到了和你一样出色的女生，是不是已经觉得我很糟糕？你是不是觉得以前和我的交往很丢脸？"

许容与："不……"

叶穗的声音带着哭腔："那你为什么不给我打电话！为什么不追回我？你为什么不来求我复合？为什么不对我好了，不关心我了，不问我成绩怎么样了？你是不是已经不喜欢我了？你是不是根本没那么喜欢我，所以你不来追回我，我说分手你就同意了，我讨厌你！

"我讨厌你这么冷静，讨厌你从来不感情用事！你为什么不追我？为什么总要我追你？为什么你不主动，总要我给你机会？你为什么不追回我呢？你是不是没那么喜欢我？

"你连朋友圈都不更新，你故意不发你的任何信息，你就等着我找你……我告诉你，我比你恋爱经验丰富得多，你别把我当傻子！我是不如你聪明，可我也是凭实力考到的东大，你干吗这样？你就等着我受不了……我告诉你，我再不会主动走向你了！你不喜欢我，我也不会喜欢你！我不会等你的！"

她说得前言不搭后语，发泄完又低低地捂着脸哭，可怜兮兮的，十分凄凉地问许容与："你为什么不追回我呢？你真的不再喜欢我了吗？"

北京的寒冬，一个女生，趴在酒吧的吧台上，哽咽难言，哭得一塌糊涂。而距离她八千多公里外的牛津，天雾蒙蒙的，许容与站在人来人往的街道上，听着叶穗在电话里的哭声，眼眶慢慢跟着发红，心跟着难受起来。

他沙哑着声音："不是这样的……"

一方是凛夜寒冬，一方是阴云沉沉。英国的冬天是寒冷的，冷风袭过，许容与站在莫德林学院城堡前，青石钟楼落在他的视线内，白鸽振翅飞上高楼。

风声赫赫时，手机听筒里传来女生在冷夜中的呜咽声，让他久久伫立。

异国的距离无法克服，叶穗在混乱的酒吧中哽咽，对许容与进行控诉，质问他为什么这样。他知道叶穗喝醉了，喝醉了的叶穗才会这样无理取闹，而这让他更加心如刀绞。

叶穗沙哑的声音落在许容与的耳朵里，一下一下撞击着他好不容易建立起来的心墙，他一声不吭，心已经随着叶穗的哭声泣血无数次。

她只是哭泣，许容与却觉得自己像死了一万次一样。

一个男人最失败的，便是让自己心爱的姑娘落泪，而他只能隔着远洋的电话无能为力地听着她哭。许容与更失败的是，他只能想象着叶穗长发凌乱，面孔酡红，一个人孤独地坐在酒吧里喝酒，压抑着思念，喝醉了才敢给他打电话。

他多希望给她最好的。

可是她这么难过。

许容与的声音空落落的："对不起，你别哭了。"

叶穗在哭，或许没听到他的声音。

许容与压抑住自己的情绪，他深吸一口气，不让自己声音里的情绪外露，然后告诉她："你别乱跑，好吗？"

喝醉酒的姑娘哽咽："你说什么？我凭什么听你的？"

许容与低声哄她："穗穗乖，你不要乱跑，我让人去接你。穗穗听话，你如果听话了，我就买糖给你吃。"

叶穗思维很慢，并且委屈地问道："为什么要买糖给我吃？我不喜欢吃糖。"

许容与改口:"给你买糖人。"

叶穗安静下去,没再说话了。

许容与便再次叮嘱:"别乱跑。"

半夜三更,蒋文文在宿舍里躺在床上看小说,快要睡着了,猛地接到了一个陌生电话,还是国际长途。

蒋文文迷茫地盯着手机半天,以为是诈骗电话,没有接。但电话第二次拨过来时,她还是犹豫着接了。

电话里的男生声音清冽如泉,语气却是紧绷而急切的:"蒋文文学姐,你好,我从院里老师那里要到你的电话。我是许容与,不知道学姐记不记得我?"

蒋文文一个激灵,从床上坐了起来。她何德何能啊,居然能让许容与给她打电话。

许容与几番折腾,先打电话给学院,从自己的班导老师那里将电话转到大三的班导那里,这才得知了蒋文文的电话。许容与从蒋文文那里得知叶穗和陈听飞老师离校了,也不知道具体干什么去了,许容与于是再次把电话拨给学院。

几经辗转,许容与终于和陈听飞通上电话。

他语气僵硬地请陈听飞老师帮忙找一下叶穗。

于是半小时后,陈听飞才在乱糟糟的酒吧里找到叶穗,把趴在吧台上懒洋洋看人家表演节目的女生带走。

陈听飞扶了扶鼻梁,半拖半抱着叶穗从夜场出去。

等安顿好叶穗,陈听飞才给许容与回了通电话。

许容与低声道谢:"谢谢老师。"

陈听飞轻笑:"不客气。不过许容与同学,如果你不能管束女朋友,起码做到远离她,不要让她伤心难过,这个不难做到吧?"

许容与淡淡地说:"多谢老师提醒。但这是我和叶穗之间的事,不劳老师费心了。"

陈听飞耸肩。

他想到自己从东大带走叶穗时，叶穗一个人坐在湖边发呆的凄凉样，陈听飞顿了顿，笑眯眯地回敬许容与："怎么不劳我费心呢？"
　　许容与声音冷淡："老师想说什么？"
　　陈听飞："没什么，就是提醒你，叶穗是一个无法忍受孤独的人，她会给自己找事做，你们隔得这么远，你也清楚喜欢她的男生，还是蛮多的……"
　　隔着听筒，身在牛津的许容与握着手机的手指骨节紧了紧。
　　陈听飞轻笑，懒洋洋地说："你啊，我年轻时也这样……逗你的，许同学，还有什么事需要老师代劳的？"
　　许容与挂了电话，垂下长睫，心事重重。
　　叶穗这么好，活泼可爱漂亮，大大咧咧无拘无束的性格又那么讨人喜欢，喜欢她追求她的男生确实很多。
　　许容与心里烦躁不已。

　　第二天早上，叶穗酒醒了，睁眼坐在床上，深觉丢脸地重新倒回去在枕头上翻滚。
　　昨晚自己的发疯的画面历历在目，她哭得一脸泪，逼问陈老师"为什么许容与不追我"时，鼻涕流了陈老师一身。
　　叶穗长发散乱，面容赤红，心里疯狂尖叫——
　　她怎么就主动打电话给许容与了呢？她疯了吗？人家从来不给她打电话，从来不想她，她怎么那么贱，连他的电话号码都倒背如流，能够想都不想地拨出去？
　　她居然还哭得要死要活，一个劲儿地追问许容与是不是不爱她了，非逼着许容与说到底爱不爱她，太可怕了。
　　太丢人了。
　　这样一来，她放不下许容与的事，不就暴露得清清楚楚了吗？
　　叶穗的脸越来越红，越来越滚烫。她谈恋爱谈得这么多，从来没有一次分手后，会像个怨妇一样求人复合。
　　这种哀求来的感情有什么意思？以前看别人分手后，女方哭哭啼啼地求着男人别走,叶穗都不以为然,可是她怎么也做出这种事了呢?

脸面呢?尊严呢?让许容与看了笑话吧?

叶穗的脑海中一片混乱,昨晚的记忆随着感官清醒也越来越清晰。叶穗慢慢地想起来,她好像不光在酒吧像个怨妇一样控诉许容与,被陈老师送回酒店房间后,许容与打电话过来,她好像又扑在床上跟他呜呜咽咽了很长时间……

叶穗哆哆嗦嗦地翻出自己的手机,看到最上面的一条通话记录,显示整整三个小时……就是她和许容与的通话时间。

天啊!许容与和一个醉鬼都聊了些什么啊?

怎么就能聊三个小时?

叶穗明明记得自己头痛欲裂,趴在枕头上昏昏欲睡,都这样了,她居然还能和许容与打电话?

这整整三个小时的通话时间,该交多少话费啊?

叶穗抱着手机哀号,心疼她的长途话费,然后试探地拨了个电话——果然,她的手机已经欠费停机了。

一通国际电话,彻底让她的手机欠费了。

叶穗简直想打电话质问许容与,明知道国际电话贵还跟她打这么久!

叶穗握着手机,心脏又怦怦狂跳。几绺长发拂在面颊上,叶穗咬着唇,美丽的眼睛轻轻闪烁,想到整整三个小时的通话……许容与一定跟她说了很多。

可他那么不爱说话,到底跟一个醉鬼说什么说三个小时啊?

何况之前,她还在酒吧哭诉他的绝情。

叶穗垂下了眼睫。

一通醉酒,她把自己和许容与之间的关系彻底弄僵了。

叶穗虽然不记得回酒店后自己和许容与打电话说了什么,但她记得自己在酒吧里问过许容与"你为什么不追回我""你是不是不爱我了"。

她问得这么直白，如果许容与不给她个说法，或者他还是不理她，那么他们之间，就是真的完了。

她的姿态已经非常卑微了，她不可能再给他机会，不可能再主动走向他了。

如果许容与还喜欢她，不想真的结束两人之间的牵绊，那他一定要给她个答复。

爱她，或者不爱她；已经忘记她，或者不能彻底忘记她；如果他不想和她真的老死不相往来，这个时候，他一定要说点什么……

叶穗猛然从床上跳起："坏了坏了！手机欠费了！他就算想找我也找不到啊！"

她得充话费去！万一许容与给她打电话却打不通，误以为她彻底放弃了呢？

叶穗心里暗暗唾弃自己，她真是没救了。可爱情本来就是这样的，如果不是心中尚有期待，又怎么会想念他。

如果可以潇洒放弃，又怎么会是真的喜欢过他，喜欢过一个人，谁又能真正做得到绝情，拒绝所有可能性呢？

叶穗出了房间，匆匆坐电梯下楼。她在酒店前台要找服务员帮忙联系陈老师时，看到陈听飞和一个气质高雅的九头身美女从旋转门进来。

那个美女戴着墨镜，穿着西服，很有商业精英的范儿，陈听飞却是皱着眉，目中带有不耐之色。

看到叶穗，陈听飞反而乐了，招手："穗穗睡醒了？"

美女当即转头。隔着她的墨镜，叶穗都感觉到灼灼的目光打量过来。

叶穗眨眨眼，看陈听飞根本没有介绍的意思，她便当作什么也不知道，小跑着过去，不好意思地跟陈听飞说："老师，你帮我充下话费，我回头给你钱好不好？我手机停机了。"

陈听飞扬眉："好啊，充多少？"

叶穗笑嘻嘻地让陈听飞帮她充了话费，陈听飞和她聊得不错，

225

但陈听飞旁边那美女的脸色,却是越来越冷。

所以冲完话费后,不等陈听飞说什么,叶穗就挥手跑开,笑盈盈地说:"老师,你和这位美女姐姐忙你们的事吧,我出去玩一玩,等回校的时候你再叫我就好啦。"

陈听飞:"哎,你这个……"

叶穗一眼看出他旁边那个美女不好惹,不给陈听飞开口的机会,飞快地跑开了。

手机开机后,叶穗也没有等到许容与给她的电话。

她心有点冷,但她不会再主动联系许容与了。

她已经很卑微了,不能更卑微了,出了酒店,叶穗漫无目的地沿着人行道散步。

北京她来过挺多次的,说实话,也没有什么特别想玩的地方。

而就这么漫无目的地溜达,在地铁站来来去去地晃,心事重重的叶穗,再次抬起头时,发现她居然不知不觉走到了许容与他们家的大别墅外。

叶穗仰头看着篱笆上泛黄的青藤,院中大树的枝叶伸出高墙。这个地方,她都来过两次了,每次都是来找许容与的。

叶穗失落地笑了笑,心想这次却不是了。他人在牛津,她就算站在他家高墙外,也不可能喊一声,许容与就走出华丽城堡,偷偷溜出来见她啊。

叶穗叹了口气,转过身,打算离开这里。但是看到自己身后的情形,叶穗一下子深吸一口气,说话都开始结巴了:"伯伯伯伯母!您您您您好!"

许容与那位高冷的母亲,倪薇女士穿着一身裁剪得体精致的小西服,正站在叶穗身后,不知道看了她多久。

叶穗的脸涨红,无措地抬起漂亮的眼睛。

倪薇摘下了墨镜,叶穗看清了她的容貌。

倪薇十分冷漠,眼皮微微下撩,看叶穗的眼神,像看路边的小猫小狗一样。叶穗心里像被针刺了一下,她手足无措地站在倪薇面前，再迟钝，也能意识到倪薇对她的不喜。

二十出头的小姑娘直面久经沙场的成功职业女士的审视，叶穗都不知道自己该怎么站了。

倪薇淡漠地说道："你在这里干什么？这里的房子不能拍照，你走吧，别让保安来赶你。"

叶穗的脸白了一下，她僵硬地笑了一声，在倪薇优雅地走过她身边时，鼓起勇气小声辩了一句："伯母，我不是游客，我也没有拍照。我叫叶穗。伯母可能不认识我，我和许容与……是朋友。我不小心走到这里，才想起他出国了，目前不在家。"

倪薇停下了脚步。

高雅清新的香水飘向未入社会的女生的鼻尖。叶穗看到倪薇停下脚步，侧过脸看她。

倪薇的目光，带着一丝微妙的惊讶，似乎没想到她会这么说。

"叶穗。"倪薇真的瞧不起许容与这个女朋友，她刚调查到叶穗的妈妈多次改嫁后，就不让人调查了。什么样的妈妈，就会生养出什么样的女儿。

叶一梦在倪薇眼里就是一个贪图富贵、无所不用其极地勾搭有钱人的女人，这种女人生出的女儿，自然也削尖了脑袋勾引许容与，想嫁进许家。

倪薇对许容与非常失望——许容与让她多去了解了解叶穗，可是他的女朋友到底是什么人，他真的不清楚吗？

这种攀权附贵的灰姑娘，倪薇见得多了，根本不想理睬，暂时拖着而已。

她的小儿子实在太年轻了，等大上几岁，见多了优秀的女人，自然会放弃之前那个灰姑娘。倪薇这种身份的人，当然懒得多说话，没想到这个叶穗居然跑到她家门外，还跟她介绍自己。

倪薇盯着叶穗，冷厉的目光让叶穗身体僵硬。

倪薇缓缓地说："叶穗是吧？听说你和我大儿子谈过恋爱，现在又是我小儿子的女朋友。还听说你在东大读书，比我小儿子大三

227

岁。能够在东大读书,我相信你也是高才生,也知道寡廉鲜耻是什么意思。"

叶穗脸色很不自在:"伯母,我不知道您是什么意思……"

倪薇平静地说道:"我只是希望,你可以远离我的家庭。至少,不要出现在我视线范围内,让我看到你。我答应过容与,不对你和你的家庭出手。我也希望你尊重我,不要来挑战我的忍耐力,然后哭哭啼啼地又去和容与告状我欺负你。

"我们互相尊重,互不影响,好吗?请你离我的家门,远一些。我相信我的儿子,也相信你身上一定有什么独特的东西吸引了我的儿子。只是我不信这些。我可能对你有偏见,但你也没有做出什么让我消除偏见的事。我不会像电视剧里的恶婆婆一样欺负你,但我也不会让你进我的家门,希望你自重。"

叶穗呆呆地垂下了眼睛。

她不安地、羞耻地、尴尬地笑了一下,如同被放大镜照了一遍,身上所有缺点都被人看得一清二楚。

她觉得许容与的妈妈真是太可怕了,她默默地走下坡,不敢多说一句话,不敢多看许家大门一眼。

叶穗和陈听飞当天就返校了。叶穗精神不振,她一直握着自己的手机,却没有收到许容与的信息或电话。

当晚,叶穗独自一人坐在青年湖边,青年湖的芦苇荡悠悠,荡在人的心底。

冬日晚上,独坐湖边的,只有叶穗一人。

叶穗坐了很久后,自嘲一笑,将手机里有关许容与的照片、信息,全都删除了。

就这样吧。

这场恋爱,就这样画上句号吧。

许容与根本没那么喜欢她,她再也不要为这个人黯然神伤了。

她要放弃这个人,从明天开始,迎接新的一天,新的穗穗!

在青年湖边坐了太久，叶穗回到宿舍后好像有点儿感冒，喝了感冒药后，叶穗昏昏沉沉地爬上床。

因为第二天没课，她把手机关机，睡得天昏地暗。第二天早上起来时也不知道几点了，反正肚子很饿。

叶穗打着哈欠，想洗头时，才发现宿舍楼停水了。叶穗在镜子前盯着那个面容苍白、脸微浮肿的姑娘半天，抓抓自己有点油的长发，嘟着嘴思考半天，还是胡乱梳了个丸子头，把卫衣帽子往头上一罩，就这么出去吃饭了。

对于喜欢化妆的叶穗来说，这恐怕是她最不在乎形象的一次了。下电梯的时候，同路的女生都用古怪眼神看她，似乎想不通叶穗怎么把自己糟蹋成了这个样子。

叶穗就这么一路打着哈欠出了五舍，脚刚踏出宿舍楼大门，凉风灌来，她被激得眯起了眼。

她有点近视，又是刚刚睡醒，一路揉着眼睛，到这会儿看东西都不是很清楚。于是，站在宿舍楼前吹着冷风的叶穗眯着眼，不停地拿手揉自己的眼睛，想让视线清晰一点。

冬日融融，金光浮照，清晨薄雾如纱，罩住整个东大校园。懒洋洋站在宿舍楼前的叶穗，额发被从云层后打来的一束金光照出一层淡金色。

她泪汪汪的，就这么不停地揉着眼睛，忽然看到一个人从薄雾金阳中缓缓走出。

来人穿着海蓝色立领风衣，手插在衣兜里，身形瘦削修长。

他缓缓走来，眉目在薄雾中一点点清晰，面容清隽，气质出尘。风衣轻轻扬起衣角，他抬起眼，金色的光映在漆黑的瞳孔中。他皮肤白净，一身书卷气和孤傲疏离完美结合。

叶穗眨一眨眼，再眨一眨眼。

人影越走越近，直到停在她十步之处，目光静静地看向她，下巴和鼻梁勾勒出优雅而动人的弧线。

这是许容与。

许容与看着她，语气平静地说出了第一句话："你堕落了？"
　　叶穗感觉像做梦，又不像是做梦，而且这梦也太真实了，连许容与的毒舌都复制过来了。
　　但紧接着叶穗一个激灵，想到自己刚睡醒时在镜子前看到的形象。油腻腻的头发，眼角挂着的眼屎，干燥起皮的皮肤，浮肿得像金鱼的眼睛，还有苍白的脸色，可不就是放纵堕落的样子吗？
　　叶穗迟疑："许容与？"
　　许容与向她微微颔首："叶穗，我回国了，我们谈一谈。"
　　叶穗呆呆地站着，看她表现得这么痴呆，许容与微蹙眉，以为她没听清，就重复了一遍刚才的话。
　　他向前走了几步，叶穗好像才终于清醒过来，难以置信地睁大眼睛，然后一声尖叫，猛地捂住脸，转身就往宿舍楼里跑。
　　许容与快步上前，拽住她的手腕将她扯了回来。
　　他语气急促地喊她："叶穗！"
　　叶穗用卫衣挡住脸，缩在自己的衣服里不敢抬头，许容与以为她要逃，拽着她的手腕怎么都不放。
　　她又气又急，涨红了脸，叶穗大声喊道："行！想谈什么都行，但你先放手！你放我回去洗脸洗头换衣服啊……"
　　人生最绝望的，就是用自己最糟糕的形象，面对疑似来求和的前男友。

第九章
并肩前行

许容与本来清冷的面孔一怔，唇角微妙地翘了一下，忍俊不禁。

许容与手一松，叶穗就头也不回地重回五舍楼内。她疯狂按着电梯楼层，冲进了电梯门内。

一到宿舍门口，叶穗一下子推开门，吓了宿舍里还在睡觉的李晓茹一大跳。

李晓茹火冒三丈："大早上你干吗？神经病啊。"

叶穗没理会李晓茹，她站在宿舍的穿衣镜前，扯下卫衣帽子，看着自己红透了的脸。

吹了个冷风，叶穗现在清醒了。

她脸红，不是因为害羞、激动，而是深觉丢脸，她在心里尖叫——许容与居然回国了！

她居然以自己生平最糟糕的形象让他见到自己！

分手后再遇见前男友，哪个姑娘心里没有不甘？哪个姑娘不想以又美又瘦的形象惊艳一把前男友，让前男友后悔去吧？

曾经每个再见她的前男友都要感慨她更美了……

只有许容与，他是她人生中最大的意外！

分手后重逢，叶穗确实大变样了，但却是变胖了，变丑了。

当许容与从薄雾金辉中走出，高瘦矜贵，如霜似雪，清俊秀美得一如往日，甚至因为他面孔瘦了些，比往日更加好看。

那真是把邋遢的叶穗对比得太惨烈了些。

叶穗捂着自己的心口，后悔得想撞墙，又猛地想起宿舍停水了，不然她也不会随随便便地套个卫衣打算蒙混过去，就这么出去吃饭。

叶穗哀号一声，从口袋里掏出手机给蒋文文发信息："你是不是去上自习了？能给我买两桶矿泉水回来吗？宿舍里停水了，我要洗脸洗头。"

蒋文文很快回了她一条信息："稍等。"

过了一会儿，蒋文文回复她："你男朋友给你买水去了，你下楼找他吧。你是不是把你男朋友账号删了？他说他没法给你发信息。"

叶穗抓狂："你知道许容与回国了！你怎么让他给我买水？"

她的崩溃让蒋文文很迷茫，蒋文文回复道："怎么了？你男朋友回国后第一时间来找你，你不高兴吗？是他给我发信息说他给你买水的啊。又不是我告诉他你要洗脸洗头的，你是不是已经见过你男朋友了？"

叶穗一言难尽，她从来没有这么兵荒马乱过。

她一直没告诉别人自己已经和许容与分手了，而且许容与又那么聪明，她在楼上崩溃时，他就心知肚明地联系了她的好朋友。

该死的许容与！

她恨他永远这么冷静、聪明，好像永远能把她拿捏得死死的。

许容与在五舍楼下等了一会儿，见之前从他身边逃脱的叶穗又出来了，仍然是罩着那件卫衣，油腻的头发藏在卫衣帽子里。

叶穗沉着脸，面无表情地小步跑来，从他怀里拿过他买给她的矿泉水，许容与的目光在她脸上停留了两秒，叶穗根本不抬头，接过水低着头就这么走了。

许容与无奈摇头。

等许容与再见到叶穗的时候，已经是一个小时以后了。校园里的雾已经散去，暖阳灿烂地照在宿舍楼前，重新走出五舍楼的叶穗，和之前许容与见到的那个叶穗判若两人。

她换了大衣裙子，黑色打底袜上套着过膝长靴，一头飘逸的长发从娇嫩白皙的面颊上拂过。叶穗对路过的男生女生们弯眸而笑，青春靓丽。

那双弯弯的眼眸，分外勾魂摄魄。

许容看着她走下台阶。她的美是跳动的、活跃的、张力四射的，让人移不开眼睛的。

许容与看着叶穗向自己走来，他露出笑，向她伸出手。

但是叶穗目不斜视，无视了那只伸向她的手，与许容与擦肩而过，步伐轻慢地走向前方。

许容与哽住，他伸手捏了捏眉心，意识到叶穗没那么好哄了。

许容与抬步跟上，稍微和她错开了两步，跟在她后方低声说道："我昨天一直在飞机上，所以没给你打电话发信息。出了机场发现你好像把我的号码拉黑了，也没法给你发信息。我估计你回学校了，所以来楼下找你。"

三言两语解释了他为什么没给叶穗打电话。

叶穗心中的郁闷稍微缓解了一点，却也没那么容易给许容与台阶下。

她不是傻子，她知道这不过是一个巧合。如果不是她在酒吧发疯一次，许容与仍然冷冷清清的，不会主动和她联系。他胜券在握，就好像只要他回国了，她就会像以前一样去找他，或者只要他给一个态度，她就会重回他的怀抱一样。

骄傲自信的男人，平时有多让人心动，现在就有多让人讨厌。

长靴踩在地上，叶穗一声不吭，就好像以前和许容与谈恋爱时那样。那时他不说话，她说个不停；现在他解释，换她一言不发了。

一言不发最折磨人，因为不知道那个人不说话，是什么意思。猜不透那个人的想法，满心都是不安，不知道那个人爱不爱自己，原不原谅自己，为什么不说话。

许容与的眼睫轻轻颤抖，垂下了眼睑。

他继续轻声问道："你是要吃午饭，还是吃早饭？"

叶穗回头看了他一眼，与他的眸子对上，心里浮起一丝难过。看着许容与英俊的面孔，他仍然是那个样子，不着急，不生气，不难过，冷静地判断着她的想法。

他是让她心动的少年，孤傲清冷，如同倒映在湖中自怜的水仙一般。叶穗回头与他对视一眼，不可控制地沉迷在他不改的容色气质里。这让她觉得自己很可怜，又对他多了很多无缘无故的怨怼。

虽然明知道两人已经分手了，许容与的所作所为无可厚非，但是爱情不讲道理，她就是怪他。

哪怕他似乎是为了她专程回国了，她还是怪他。

就是怪他。

叶穗冷冰冰地回答许容与："谁告诉你我不是要吃午饭，就是打算吃早饭？你又猜到我是刚睡起来，出来吃饭的了？是不是还猜到我又不好好学习，在心里想我果然是烂泥扶不上墙，你在国外辛苦做项目的时候，我就知道睡大觉，在酒吧胡闹，还把你闹回国了？是不是觉得你回国一趟就是纡尊降贵，我就要对你感恩戴德，感谢你百忙之余还抽出时间解决和我之间的问题？"

许容与皱了下眉，惊讶地看向叶穗。

他没想到叶穗说话会这么尖锐。

许容与蹙着眉，声音平和无比："我没有那么想。我确实是回来想和你谈一谈我们之间的事，但我也没要你感激我，我也没有怪你不去学习……我说过随便你怎样了。"

谁知道他一句"随便"像捅了马蜂窝，叶穗当即就炸了，冷笑一声，转过头走得更快了。

许容与有些不解，他再追上去，低声问道："能不能冷静下来，好好谈一谈？你现在脾气怎么这么大？"

他这话，真是女生最讨厌的一句话了！

叶穗气了半天，许容与都不知道她在气什么，还怪她脾气比以前大了，难道她平时嘻嘻哈哈，在他眼里她就是没有脾气的吗？

叶穗大声说道："我现在脾气就是这么大！顺便告诉你，我现在嗓门也特别大，你和我说话时最好离我三步远，免得我的大嗓门震坏了你娇贵的耳朵！"

许容与倒是真的被她的大嗓门吓得后退了一步，紧接着听到叶穗嘲讽他，路过的学生都向他们投来好奇的目光。

许容与向来教养良好，叶穗像个泼妇一样对他横眉怒对，他露出几分尴尬的表情。

许容与不再试图说话了，只是盯着叶穗。

叶穗故意问他："怎么不说话了？被我的大嗓门吓得不知道说什么了？许少爷专程回国，那肯定还得抓紧时间回牛津去吧？我这么耽误小少爷的时间，少爷不跟我生气啊？许少爷不是最会挤对人了，怎么不挤对我？"

许容与慢慢张口："对不起。"

叶穗怔住，疑惑地看他。

许容与说道："我不知道你这么生气。是我错了，你想怎么骂我都行，我不会还嘴的。"

冬日阳光映在他眼中，又清又暖，他的睫毛微微翘起，漆黑的眼睛望着她，她便浑身发软，大脑空白，沉溺于他的眼睛深处，然后才听到他的声音。

"叶穗，我从来不觉得处理和你的问题，会耽误我回牛津求学的时间，你的需求，是优于牛津对我的吸引力的。"

叶穗嗤之以鼻："都分手了，你当然说什么都行了。"

许容与轻声说道："穗穗，容我狡辩一句，我从来就没有答应过和你分手。哪怕当初在机场时劝你找一个爱你的男生好好谈恋爱，我也从来没说过我和你已经彻底结束了。我回国，是为了和你谈，爱情是否只有激情，没有缓冲？当我无法满足你的需求时，我该怎么办？"

叶穗呆呆地看着他，她认真地看着他的眼睛。许容与的眼睛不会说谎,他不拿这种事开玩笑。

叶穗的心跳得很快,她扭过了脸。

不让许容与看到,她轻轻地拿袖子擦了自己的眼角的泪花——她还是怪他!

明明还是怪他,可是他一句话,就让她心软。

叶穗喜欢的这个人,沉默寡言,不爱说话,可是每每他一开口,就会勾她的魂,吸她的魄。他冷静的样子真迷人,叶穗抵抗他的吸引力,实在好辛苦。

叶穗撇过脸,继续走自己的路,但是许容与清冷沉静的话荡气回肠,已经印在了她心里——

爱情是否只有激情,没有缓冲?

当我无法满足你的需求时,我该怎么办?

叶穗还是没有和许容与谈。

她说不过他,从来就说不过他,所以她保持沉默。

许容与大概也觉得自己的态度表示得很明确了,便没有再说话。

于是叶穗一路走出东大,许容与默契地与她保持着十步的距离,跟在她身后。

叶穗烦他,上了校车后,就从身后背着的黄色小樱书包中扯出耳机线,戴着耳机开始听歌。她眼睛看着公交车的玻璃窗,窗上照着车里的人群,许容与就立在人群中,清高傲然。

叶穗记忆便不受控地想起上一次和许容与吵架和好后,两人坐在公交车上,她将双手伸进他的兜里,撒娇地让他给她暖手。

叶穗移开了目光,在心里轻轻叹了一口气。

叶穗下了公交车,许容与也跟着下了车。

叶穗进了地铁站乘坐电梯,许容与躲开一个即将撞上他的姑娘,走向自动扶梯。

叶穗坐在地铁座位上闭着眼听歌,许容与站在她三步外,目光轻轻落在她身上。

叶穗听着地铁站口的卖艺歌手弹唱,往他的碗里放了一张纸币,许容与走出地铁站口,风衣被风吹起一道弯弧。

叶穗和人行道边的野猫玩耍,从兜里掏出猫糖来喂。粉白色的手指被小猫舔过,她便笑得轻快妩媚,许容与安静地站在后方看她。

光怪陆离的城市,钢筋铁骨的建筑间,他们一前一后走着,像是彼此守望、随时会交互的线条。

她每每悄悄回头,都能看到许容与在身后跟随。

他有时走慢了,拐个弯,便看到她高高瘦瘦的背影停在红绿灯前,像是在等他。

冰冷的城市,陌生的人流,只有他们是一起的。

最后,许容与跟着叶穗走进了一家孤儿院,叶穗熟稔地和院长护士们打招呼,有人看向她身后的许容与时,叶穗懒懒地介绍:"一个免费劳工,随便用。"

院长是四十多岁的女人,看叶穗的眼神分外慈爱。听到叶穗的口无遮拦,她伸手嗔怪地戳一下叶穗的额头:"调皮。"

许容与没说什么,似乎大家怎么安排,他都接受。但他斯文清秀的面孔,贵公子一样的气度,和这里的氛围确实不太相合。

院长和他说话时都带着一丝小心翼翼,回过头,她把叶穗拉到一边,担忧地问道:"这是你的男朋友?怎么让人家过来咱们这种地方呢?"

叶穗扮了个鬼脸,嬉皮笑脸地大声说:"这里怎么啦?难道这不是凸显出我非常善良,经常做义工吗?这是我的优点啊!"

院长:"作秀就行啦,哪个小年轻儿吃得了苦啊?"

叶穗耸肩:"那更好,让他知难而退。"

叶穗显然经常来这里做义工,和院长他们说了几句闲话,就进去看这里的小孩了。许容与这个人冷冷清清,看起来也不像是有同情心的样子。

院长担忧地看着他淡漠无比地跟叶穗进了一个房间,许容与看到屋子里的小朋友,微微吃了一惊。

因为这里的小孩，都是身体有缺陷的。有十一二岁了，还安静地坐在角落里拿着大勺子舀饭吃，饭粒掉了一围脖。也有三岁的小孩脸上一道特别明显的长疤，另半张脸则有被烧伤的痕迹。

有小孩在哭，有小孩在闹，还有的在拍手傻笑。这样的孩子，在这里是最常见的，但叶穗相信许容与一定是第一次看到。

叶穗嘴上气许容与，说管他去死，但她心里其实担心他被吓着，或者他那么冷冰冰的态度吓到这里内心敏感的小孩。

所以她边走进房间边回头向许容与看去，一个小孩脏兮兮的手抓住了许容与的裤腿，手上的糖浆沾到了许容与的裤子上。

小孩仰头，张大嘴喊他哥哥，但是牙齿漏风，变成了："锅锅！"许容与低下头，用淡漠的眼神与小孩对望。

叶穗一颗心揪起，心想高贵的许小少爷怎么会允许脏兮兮的手碰到他？连她有时候蹭一下他都嫌恶不已，这小孩一定要被许小少爷的冷脸吓哭了。

叶穗刚要走过去，谁知道许容与面无表情地低头看了小孩两秒，问小孩："什么事？"

小孩"啊啊啊"地张嘴，因为话说不清，他很着急，发出的声音有点尖锐，还着急地伸手指向屋外。

许容与淡漠地说道："我听不懂。遇事不要着急，宁可慢一点，也不要急躁，再说一遍，你要干什么？"

不愧是许容与的风格啊。

那小孩在他的淡漠表情和淡然语气的态度下，竟然真的静了下来，绞尽脑汁想了半天，才慢吞吞地吐出几个字。

许容与看了他两眼，就跟着出去了。

原本很担心的小护士推了推叶穗，朝她挤眉弄眼："穗穗，你男朋友好酷啊。"

叶穗哼一声："日常装酷而已。"但心里却笑起来，偷偷摸摸地开出了一朵花。

叶穗发现许容与竟然是很有耐心的一个人。他以前教她做题时总是一副孺子不可教也的表情,但他面对这些身体有缺陷的小孩时,却耐心很多。

不管是帮他们换衣服,还是给他们喂饭,许容与十足的耐性让人刮目相看。

下午他们一起在院子里陪小孩们玩耍。叶穗和许容与帮着院长把小孩子的衣服晾起来后,累得坐在了地上。她迎着阳光眯眼,看许容与被早上那个说话漏风的小孩子牵着裤腿带走,他蹲下,听那小孩在他耳边说话。小孩看许容与的眼神虔诚而信赖,半天的照顾,他已经把这个哥哥当成真心朋友了。

秀美的侧脸,流畅的下颌,微凸的喉结,看得叶穗慢慢捂住了自己的心口。

她想每个人的方式不一样,小孩子们喜欢她这样漂亮开朗、不歧视他们的大姐姐,但同样,他们也会喜欢更冷静的许容与。哪怕许容与从来没表现出喜欢他们,但他眼里没有厌恶、害怕、歧视、同情。

虽然他不紧不慢、不够热情,可是某方面来说,这也是一种好脾气吧。

叶穗眯着眼,看着许容与走向她。院子里小孩子们在玩耍,许容与坐在了她旁边,与她一道看着。

叶穗看到他的风衣不知被哪个小孩弄上了泥巴。美眸转了转,坐在比许容与高了两级的台阶上的叶穗伸长腿,戳了戳许容与的腰,他微微侧脸向叶穗看来。

叶穗盯着他的衣服,故意问:"少爷一会儿要去买新衣服吧?"

许容与:"当然。"

叶穗便笑起来,心想这还真是他的风格,衣服弄脏了一定要换掉,有条件的时候,他从不勉强自己。

叶穗又问他:"刚才那个小孩跟你说什么啊?"

许容与淡淡地道:"和你无关吧?"

叶穗冷眼看着他挺拔的背影。

许容与说完就反应过来自己对叶穗太凶了。

他还没有追回她,怎么能对她态度这么恶劣?

许容与回头看着那个冷着一张脸、手臂垂在膝盖上的美女一眼,他抿抿唇,找了个话题主动和她搭话:"你怎么对这里这么熟悉?上次看你去敬老院,这次看你来孤儿院,你经常来这些地方吗?"

叶穗伸了个懒腰,阳光落在她身上,像细碎的金光:"是啊。我爸过世前,每周末都带我一起去做义工。那是我们父女间为数不多的相处时光,后来我爸爸没了,我就一个人继续来了。来这里的次数慢慢多了,就有种我爸爸还在的感觉,感觉他在天上对着我笑,鼓励我说,穗穗加油,穗穗是最棒的。"

许容与重复了一遍:"穗穗是最棒的?"

叶穗一脚踢向他的腰,恶狠狠地说:"你又不是我爸爸!别学我爸说话!"

这个女人恃宠而骄,不可理喻。许容与跟着她跑了一天,她见识到自己的吸引力,就洋洋得意起来,还敢伸腿踹他,且力气不小。

许容与被她踹得腰痛,太阳穴跳了跳,他忍耐地往下一级的台阶挪坐下去,远离叶穗的暴力范围。

叶穗又觉得有点不好意思。可两个人关系还僵着呢,她不好直接扑到他身上问他被自己踹得疼不疼。

于是叶穗蹙着眉,道歉般地主动找了个话题和他说:"不过许容与,看不出来,你对小孩子挺有耐心的啊。你对小孩子比对我温柔多了,你以后一定会是个好爸爸的。"

说完,她的脸忽然红了一下,觉得许容与一定会调戏回来,问她"谁是孩子妈妈"。

但是许容与愣了一下,倒没有调侃,只是看了她一眼,然后低声说道:"这当然是有原因的。"

叶穗脱口而出:"什么原因?"

许容与说道:"我是打算告诉你的,只是不知道你还愿意不愿意听我说。"

他看着叶穗琥珀般剔透的眼睛，向她伸出手，邀请她："晚上我订了会所用餐，你愿意赏光吗？"

叶穗盯了他半天，想到许容与这一天让着她的行为，手托着腮帮，懒洋洋地伸出一只手，纡尊降贵地放到他手上。

她高坐在台阶上，像女王一样俯视许容与，慢悠悠地说："那我就给你个机会吧。"

许容与一般说什么，就会做到什么。

两个人离开孤儿院后，叶穗跟着许容与一起去商场给他买了身衣服。

之后，两人进了一家新开不久的会所，叶穗是本地人，却是第一次来这里。跟着许容与进了包厢，叶穗听到哗啦啦的水声，从他身后探头一看，目露惊艳之色。

这里的室内中间有一座假山，模拟假山水瀑，流水哗哗，下方冷雾腾腾浮起，林木宛若藏于仙境中。室内整体光线比较暗，到处都种着植物，餐桌就在树屋前。

绕过木桩，走过灌木花丛，天花板上铺展开一幅幅画卷。

两三点微微的灯火在树间闪烁明灭，像飘忽的萤火虫一般。

叶穗将大衣脱掉，高冷地坐下，扬起下巴："环境不错啊，你怎么知道的这地方？"

许容与拉开椅子入座："我哥推荐的。"

叶穗怔了一下。原来是许奕，果然只有许奕才会关注这些。

想到许奕，叶穗就轻轻一叹，手托着下巴说道："说起这个，我想起上次才和尹合子聊过，大四了，尹合子被保送了他们学校的研究生，你哥也打算考去北京，和尹合子团圆。"

许容与正在低头看菜单，闻言抬头看她一眼："这和你有什么关系？"

热爱八卦的叶穗身体前倾，胸贴着木桌低声说道："我是说，你哥学习那么差，他要怎么样才能考到尹合子的学校和她团聚哦。

许奕跟我说你爸妈打算让他出国留学，根本没打算让他在国内读研。你爸妈为了限制你哥，好像都停了你哥的生活费了，你哥还管我借钱呢，太可怜了！"

许容与："他怎么跟你借钱，不跟我借钱？你和我哥关系好像一直不错？你到现在都很关心我哥的事？"

许容与这话一出口，叶穗眼睛眨了眨，再次眨了眨。

叶穗目中含笑，慢慢地靠向椅背，长腿轻轻一勾，搭起了二郎腿。她长发披肩，只差再点燃一根烟、举一杯酒，十足一个女王模样了。

但是叶穗和许容与交往后就没有抽过烟了，因为她矜贵的男朋友受不了那个味道。

叶穗懒洋洋地坐着，含笑挑眉："嗯，当然关心你哥啊。我还很后悔，当初怎么就和你哥分手了呢？要是早知道我会是你们许家的媳妇，我干吗不跟你哥，要跟你呢？你哥多好啊，他会直接为了女朋友和家里干架，被限制刷卡、限制生活费，他都熬了下来。而你呢，吃香的喝辣的，在国外小日子过得那个美，独独忘了国内的可怜小情人，还是做你哥的媳妇好。"

许容与握着菜单的手指僵硬得发白，明知道叶穗是故意用这种话气他，用尖锐的语言伤害他，刻意激怒他。

但他确实被成功激怒了。

许容与安静地坐着，唇轻轻翕动一下，他的手指微微发抖，脸色隐隐苍白，漆黑的眼睛直视着叶穗，却没有说话。

叶穗其实心很软，她看不得许容与这样受伤的表情，但她知道自己不能屈服，不能轻易妥协。谈恋爱是拔河，男女双方博弈，不是她赢，就是他赢。

许容与现在已经占了上风，她不能输得太彻底。于是叶穗狠下心，垂眼："怎么了？干吗不说话了？"

许容与："我不知道说什么好。"

叶穗眼睫轻轻一颤，听他继续说着。

"你在往我心上戳刀子，我不想用同样的方式回敬你，所以我气得不知道说什么好。"

叶穗咬住唇,看着许容与合上了菜单。

"吃完饭再说吧。"

叶穗乖乖闭了嘴,她其实只是想气许容与,并不想伤害他。所以许容与说自己在往他的心上戳刀子以后,叶穗就没再说什么了。

她在心里自嘲,许容与还是知道怎么拿捏她的。

算了算了,先吃饭吧。

除了和许容与的言语摩擦,这顿饭还是很不错的。叶穗安静地享受着这顿晚餐。这样的就餐环境,给了叶穗在浓密雨林中和许容与幽会的感觉,她的心情好了起来。

用过餐后,许容与端正坐着,看叶穗眉目清婉,心情分明很不错。

叶穗抬头四处张望:"这里每个包厢都是这样的吗?"

许容与:"不一样,环境布置得各有特色吧,我不太清楚。"

叶穗兴奋地说:"太好了!那我们以后经常来这里约会,把每个包厢都探索完!"说完,她意识到自己说了"以后约会"。

许容与轻笑一声:"好啊。"

叶穗收回自己的笑容和兴奋:"我的意思是我自己的约会,刚才口误,你别误会啊。"

许容与没和她进行口角之争,他淡淡一笑,问她:"吃好了?"

叶穗点了下头。

许容与深吸一口气:"好,那来谈谈我们之间的问题吧。"

叶穗没说话,让她震惊的,是许容与开口第一句话——

"叶穗,我不是你口中的真正的许家少爷,我是被许家收养的。"

叶穗傻掉了。

许容与的语气不紧不慢,神色淡漠,叶穗因为紧张而身子前倾,他却一直靠着椅背,平静得像是在说别人的事一样。

"你问我为什么能和孤儿院的小朋友和平共处,因为以前有段时间,我觉得我和孤儿也差不多。我的亲生父亲救过许国志爸爸的命,后来他生病去世了。我亲生母亲有抑郁症,我爸死后没多久她就跟着去了,我亲生母亲把我托付给了许家。

"许志国爸爸和倪薇妈妈,都不是我的亲生父母。倪薇妈妈一开始也不愿意收养我,但他们后来还是同意了,他们已经尽力把他们认为最好的给了我,虽然很多时候我可能并不认同。

"我是寄人篱下,和我哥不一样。你说我哥可以跟家里闹,我为什么不去闹?因为那实在太忘恩负义了。我也想像普通孩子一样对父母提出很多要求,可是普通孩子的要求父母就算做不到也不会记仇,然而我的养父养母不一样。那些原本不属于我,我如果不能让他们放心,最好也不要给他们找麻烦。我也不想离家出走,用我自己的前程威胁他们。叶穗,我的爸爸妈妈,他们是我的恩人,我不能用任性的方式恩将仇报。

"我和你谈恋爱,就是我做过的最出格的事了。我爸妈让我出国做交换生,我觉得这是考验。我从来不觉得如果我和你谈恋爱,我家里会轻易妥协。许家家门很难进,连我哥的女朋友我爸妈都不满意,何况是我们这样的。但我又不想和你分手,我只想慢慢地来,一点一点让他们改变主意。

"所以我总希望你可以更优秀一些,优秀得让他们对你刮目相看。我太着急了,总是怕你哪里不好,让我爸妈不满意,怕他们强迫我们分手。我妈妈是控制欲很强的人,我怕我逼急了她,让她去针对你。所以我一直在控制这个度,让我既爱你,又不足以刺激到我妈妈。

"这个很难,但我从来不怕这些。我有些不开心,但我从来没有多开心过。我只是想和你在一起,这个过程多难,我都能挺过去。我求学,参加各种竞赛,投入各种项目,都是为了自己能够更出色些,为了不让我爸妈失望。别人家的孩子不优秀也可以得到爸爸妈妈的爱,可我不行。"

叶穗听完愣愣地看着他,许容与述说这一切的时候太过沉静,像海一样吸食着她的魂魄。

"我是个不讨喜的孩子。"

他说着这些话,叶穗心里难受极了,可许容与的表情还是清清淡淡的,没有一点儿难过的样子。

叶穗心中动容,她想说些什么安慰许容与,可是张开嘴只能叫得出他的名字:"容与……"

许容与对她淡淡笑了一下:"没事。这些从不让我难过,只有你会让我难过。"

他看着叶穗发了一会儿呆,慢慢说道:"其实你真的不是学建筑学的料。我以为你爸爸是建筑师,你怎么都会有点基因,但我发现哪怕强迫你读书,你的水平,其实也就这样,你永远成为不了我期待你成为的那个大建筑师。

"我以前也对此失望。所以我出国的时候,说随便你吧。我其实想过,如果你成为不了一个优秀到让我爸妈刮目相看的人,那么我来努力,把你的份儿一起完成,让我爸妈不为此责怪你,而你可以去做你想做的事。

"可是你想做什么呢穗穗?你自己也不知道。你总觉得我在强迫你读书,可是哪怕你有一点自己想做的事业,我都会支持你。你不知道自己喜欢什么,那就先努力把学业提上去,不好吗?把学业提上去,有一技之长,漫长的一生中你想去追求自己喜欢的东西的时候,起码可以让我放心,你不会把自己饿死。

"穗穗,我一直很担心你,你太没有定性了。我不知道我严格要求你,会不会磨掉你身上的灵气,可是除此之外,我也不知道该怎么对你。放任你,让你继续浑浑噩噩地过日子,你可能会开心,但作为你的男朋友,我会觉得我对不起你。

"我明明可以拉你一把,反而放任你堕落。我从来不想逼迫你,我只是想你以后不为这些年的荒废而后悔,哪怕到时候,你已经和我分手,真的和我一点关系都没有。

"哪怕到时候你有了新的男朋友,或者结了婚,提起你读大学的这几年,你会笑着说当时的男朋友没有放弃过你,你感激自己当年顺势拼搏了一把。而不只是说你有过一段恋爱,但你已经不记得我是你的第几任男朋友了。

"我很对不起你。没有平衡好这些,让你不开心了,你质问我为什么不追回你,我也很难过。我是想哄好你,而且我知道我可以哄好你,但是之后呢?明明知道你害怕一个人待着,我还强迫你和我异国恋吗?我一直很矛盾,我妈妈是个态度很强硬的人,我必须强迫你跟我一起承受吗?你原本不用承受这些的。"

他出了一会儿神,又继续说:"所以我有时候希望我比你大三岁。给我三年,只要三年,我可以搞定这一切。不让你跟着我吃苦,不把你一个人痛苦地留在国内。你想要的一切,我都可以给你,只要三年……但是我没有这个时间。

"我确实想过就这样吧,等我回国后再说。但是你那么难过,我又会不忍心,觉得对不起你。"许容与垂下眼,"我不是个浪漫的人,也不太爱说话,总是有很多事不让我开心。我是个寂寞的人,穗穗,我没有朋友,没有真正的亲人,我觉得只有和你在一起的时候,我才有活着的感觉。所以我想过了,我还是争取一把,我尽量努力达成你的要求,你接受或者不接受,起码我争取过了。"

叶穗望着他,他说话的时候,她已经泪流满面了,一滴滴地挂在腮帮上,许容与说一句,她掉一滴泪,为许容与的身世,为他从小到大的处境,也为自己曾经的口无遮拦。

叶穗双目发红地看着他,看到许容与的手在桌下轻轻按了一个什么按钮,啪嗒,屋内的灯全都亮了起来。绿色雨林,灯火如海,如同无数只萤火虫张开翅膀在天上飞舞。

包厢门推开,侍者捧着一束花进来。

许容与起身接过花,看向叶穗,叶穗还坐在桌边,泪水涟涟地看着他。

许容与捧着花,对她微微笑了一下,矜淡却美好。他垂目,单膝跪在了她面前,轻声说道:"穗穗,我们和好吧?"

叶穗眼睫上挂着的泪滴掉落,她从桌前离开,发着抖站在他面前,低头看着他。她既觉得难过,又觉得开心,感觉自己错失了很多,又得到了很多。

叶穗眼睫上的泪珠落在许容与的手上,他抬起头神色清淡地再次对叶穗笑了一下。

叶穗红着眼,用手背擦自己脸上的泪,骂他:"讨厌……你弄得像是求婚一样,你吓死我了……容与……"

叶穗又哭又笑,在侍者重新关门退出去后,她扑入了许容与的怀抱。眼眶通红地抬头看他一眼。她的长睫毛如被雨打湿一般,粘在一起,眼睛里泛起了一层雾水。

叶穗声音沙哑地哽咽:"你太讨厌了……遇到你后,你总是让我哭!总是让我哭!"把她气哭,又会把她感动哭。

两人中间隔着一束花,许容与低下头温柔地看着叶穗,他眼角的泪痣,如水中月,带着几分魅惑。

叶穗还在掉眼泪,许容与又问她:"你还没有回答我,你同意复合吗?"

"同意啦!"叶穗紧紧搂着他的脖颈哭着说道,"你跟求婚一样地求复合,哪个女孩子受得了啊?你太可怜了!你怎么什么都不跟我说?你要是早告诉我这些,暑假的时候我就不会跟你分手了。容与!容与!"

许容与轻声说道:"我和你交往,不是为了博取同情。"

叶穗仍然哭得不能自抑。她是性格多开朗的姑娘啊,每一次和前任分手,她都做不到老死不相往来,所以她还会跟许容与说话,可是她又在怨许容与。

她总觉得许容与一定是不够爱她,因为不够爱她,他才不争取复合。她设想过,她一定不会因为许容与一求和,就立马心软。

可是她现在才明白,许容与不争取是想保护她。她又不是没见过他妈妈,他妈妈确实很可怕,她都害怕得不敢和他妈妈说话,可是许容与为了她,和他妈妈直接和盘托出了!

养父母施予的爱那么困难,条条框框充满了限制。每当她故意挤对许容与,叫他小少爷时,他心里多难受啊。每当她表现出羡慕他的家庭时,他是沉默了多少次,才会无动于衷啊?

她亲爱的容与!

可怜的容与!

叶穗现在才明白,她和许容与之间,只要许容与跟她求和,她真的不用去考虑,她一定会答应他。

叶穗哑着嗓子发誓:"我以后再不乱喊你小少爷了。"

许容与:"没什么。我爸妈其实对我挺好的,我们顾忌太多,他们反而会伤心,你就当作不知道我是收养的孩子好了。"

他虽然比叶穗小三岁,可是他的思想比叶穗成熟,更像是她人生的导师一样。所以他说不要顾虑,叶穗就仰着头,含着泪点头。

叶穗哭得眼睛红,鼻子红,嘴也红,脸上的肌肤被泪水洗刷了一遍,妆都哭花了,看起来真的有几分滑稽。

许容与轻轻咳嗽一声,目中含笑,伸手轻轻搓了一下她鼻子上的粉底,叶穗猛然想起自己现在的形象,哭花了妆,她在许容与眼里一定是花花绿绿的丑八怪了!

叶穗尖叫一声,立刻伸手捂住他的眼睛,急声说道:"忘掉!忘掉你刚才看到的样子!"

许容与心疼:"打扮这么漂亮出门,不知道自己不能哭吗?"

叶穗:"那怪谁!是谁惹我哭的!"

许容与莞尔,叶穗捂着他的眼睛,脸上只露出他挺拔的鼻梁和润红的唇。他是这么美好的少年,气质出众,身材也出众。他唇轻轻弯着噙笑的样子,让人那么心动,叶穗只看了他两秒,就毫不犹豫地,亲了上去。

许容与还是不习惯这么突然的亲密,向后退了两步,唇齿与她相撞,眼睛被叶穗用手捂着看不见,她的芳香已经溢满了他的怀抱。这是午夜梦回时,他常常想念的,不是独独叶穗喜欢和他肢体碰触,其实他也喜欢她动不动来靠近他，走近他。

他喜欢她闲着没事，就来戳一戳他的胳膊；喜欢她只要一过来，就一定挽他的手臂，缠在他身边；喜欢她看到什么好玩的，听到什么笑话，都第一时间和他分享，和他一起笑。

叶穗谈恋爱是奔放的，热情的，让人快乐的。她不光需要别人给她足以溢出来的爱，她自己也会给予别人更热烈的爱意，谁不喜欢她呢？

许容与控制欲满满，总想掌控她的一切，但他又不好意思靠近她。所以她的爽朗大方，对他来说如恩赐一般，十几年的生命中，叶穗是唯一一个能忍受得了他的怪脾气、不会被他的毒舌给气走再不理他的姑娘。

正是她的大大咧咧，许容与才能得到她的爱。

何德何能呢？

许容与伸手，轻轻搂住了她的手臂。

叶穗放开了捂着许容与眼睛的手，和他温润如水的目光撞上，情深如许，亲吻似蜜语一般动人心弦。鼻尖和鼻尖相碰的触觉麻麻的，软软的，让人开心得心里忍不住冒出花来。

许容与靠到了身后的树屋上，叶穗喘着气，唇与他分离。

她伸手笑眯眯地在他脸上比划："容与，你长得真好看哇。眼睛好看，嘴巴好看，鼻子也好看。咦，鼻子怎么能这么好看呢？"

许容与目中带笑，又有点不好意思，时隔半年，他又有点不习惯她的热情了。

许容与："你又人来疯了。"

叶穗娇嗔地白了他一眼："你不喜欢吗？想清楚再说，你真的不喜欢吗？"

叶穗不给许容与说话的机会，又吻住了他的唇。

许容与低低的叹息萦绕在她耳边，喑哑又性感，叶穗耳根一麻，搂他的手臂用力，隔着薄毛衣的身体贴向了他。

许容与脸上的绯色，从耳后根弥漫到了脖颈处，他非常慌乱而尴尬地推开了叶穗。

叶穗乐不可支。

许容与无奈地看她一眼，尴尬地说道："我们回校吧？"

叶穗瞪了他一眼："许容与，不要扫兴。"

两人出了会所，手牵手地在步行街上穿行。灯亮如昼，步行街上有无数对像他们这样的情侣。叶穗是非常享受和许容与一起逛街，他总是记挂着她的爱好，给她买豆汁奶茶，给她买糯米糖墩儿、油酥烧饼、熟梨糕。叶穗甜甜蜜蜜地吃了一路，也时不时回头喂他吃一口。

但是许容与不怎么爱吃。

叶穗说道："你看你这么瘦，肯定是天天熬夜熬出来的。希望你注意身体，熬夜少一点，不然得了胃病，那我还得照顾你，多辛苦啊，能不能让我少辛苦一点？"

许容与愣了一下，眼中有了温度。他看着叶穗漫不经心的表情，开心她第一次想到和他的未来，第一次在话里提到她也会在以后的岁月里照顾他。

不管能不能实现，起码这一刻，叶穗心里是有他的。

叶穗回头看到了许容与脸上的笑容，挑眉问道："哇，又在脑补什么，把自己逗得高兴成这样？"

许容与瞪了她一眼，警告她适可而止。

可叶穗不怕他啊。

她今晚已经知道了，原来许容与这么在乎她，这么喜欢她。他把她纳入他的人生规划中，计划着怎么和她天长地久。

叶穗忍不住笑，她咬了一口熟梨糕，真是太甜了。她握紧许容与的手，觉得自己从来没这么喜欢过一个人。

她的爱从来就没有失而复得过，只有许容与能让她的热情死灰复燃。

她恍惚有一种感觉，任何时候，任何情况，不管她和许容与还在不在一起，只要看到他，她都会不管不顾地放下一切跟他走。

这辈子，她是忘不了这个人的。

叶穗回过神后，掩饰着自己心中强烈的爱意，问许容与："你什么时候回牛津啊？"

许容与低声说道："明天中午的机票。"

叶穗略感意外，回头看了他一眼。

许容与没有躲避她的视线："我就是回来解决和你的事的，我在学校的项目远没有结束。"

叶穗问道："你就这么肯定我会答应跟你复合，会心疼你吗？如果我今天不答应呢？你打算怎么办？"

许容与纠正她的话："我没有想靠让你心疼来挽回你，我只是陈述事实而已。如果你不答应，我会请假，继续多留一天，总是要解决了这件事再去进行其他的事。"

叶穗沉默了一下，微微一笑，心想这真是许容与的行事风格。

许容与看她若有所思的样子，因猜不透叶穗的想法而心里烦躁，他轻轻问道："你需要我多待几天吗？我可以继续请假。"

叶穗摇头："啊，不用，你回去吧。"

她非常认真地转身与许容与面对面，仰头看着他："容与，我打算好好考虑我的未来，规划我的人生。我打算改变自己浑浑噩噩的生活态度，向你学习。容与，我想认真地，和你谈一场异国恋，对我来说可能很难，但我想试着往前走几步。"

她美丽的眼睛眨呀眨："你会在路的尽头等着我，对不对？"

许容与定定地看着她，如同发誓一样回答她："是的，我会一直等着你。任何时间，任何地点，我都会等着你。"

两人最后没有回学校，也没有去酒店。叶穗非常珍惜和男朋友相处的最后一个夜晚，拉着许容与在街市上到处逛。这边有历史感的古建筑不少，当许容与有介绍的兴趣时，她也会停下来听他讲述那些建筑背后的故事。

叶穗温柔地看着他，她自己也许不那么喜欢建筑学，但是看着许容与，他的眼睛里写满了他对自己专业的敬畏和认真，于是她想她也有些爱上他眼中的建筑学了。

许容与和好奇的叶穗讲牛津的天气，牛津大学的人文……虽然他的语气冷淡内容乏善可陈，但其实他的口才一直很好，叶穗也听得津津有味。

她对许容与的世界感兴趣了很多，重新和许容与和好的第一天，她不再只关注自己，而不在乎他过得怎样。

两人在马路边上看到一个卖艺人抱着吉他弹奏。

叶穗伸手让许容与帮她拿着奶茶，许容与猜到了几分，想制止，但叶穗已经跑到了艺人身边，她笑容甜美，一会儿就借到了吉他。

叶穗抱着吉他试了试音，对躲到十米外路灯边上的许容与皱了皱鼻子，心里嫌弃他的尴尬癌，但她还是清清嗓子，开始对他唱起了欢乐的情歌。

唱的是最近网上火起来的流行歌曲——《想你》。

"想你想你想着你，有些模糊记忆，看你看你看着你，藏在心中秘密，我等你等你等着你，想和你在一起，是你是你就是你，记住你的气息……"

歌曲本是男女合唱，叶穗唱了最前面的合唱部分，就一直望着许容与，不停地跟他使眼色，想让他过来跟她合唱。

她的声音清亮，身材好、脸蛋美，抱着吉他唱了几句，立刻吸引了行人伫立观看。于是顺着她的视线，过路行人都看到了这个姑娘的恋人，是怎样一个帅哥。

许容与手捧着叶穗喝了一半的奶茶，脸迅速涨红。

他是多怕尴尬、多不喜欢当众告白的一个人啊。叶穗跟他眨眼睛的时候，他扭过脸就是不肯看叶穗。

但是他又本能地被自己热情洋溢的女朋友所吸引，眼角余光会偷偷瞟向她，于是看到她更用力地跟他挤眼睛。

许容与尴尬死了。

但他还是硬着头皮，在叶穗揶揄的目光中走上前，站到了她身旁。叶穗让他看手机上搜索出来的歌词，许容与瞥了两眼，就过目不忘地记住了。

　　当叶穗将话筒递给他的时候，许容与的声音紧绷僵硬，他这个从来只注重学业的天才少年，恐怕是第一次当众和人对唱情歌："看着你的照片，不知过了多少时间，我该用什么字眼，有些事是否改变，那断了线的誓言，离开我的世界，爱情从未实现……曾几何时多少日夜，我想我正在想着你，没你不适应，我想我只想抱着你，你就是唯一。"

　　周围的路人听众鼓起了掌："好听！小哥哥小姐姐又好看又有才华！"

　　"天生一对！郎才女貌！"

　　"小哥哥你和你女朋友站得近一点嘛，我帮你们拍视频呢！"

　　许容与觉得丢脸死了，可是侧头与叶穗的眼睛对视上，当她再一次把话筒递过来的时候，他也忍不住和她一起笑起来。他开始慢慢放松，不再觉得当众唱歌是受罪，他学着像叶穗那样与人分享自己的情绪。

　　街头两人弹着吉他唱歌的小视频传到了网上，还小火了一把，这是后话。

　　后半夜开始下小雪了，街上实在太冷了，叶穗和许容与还是订了酒店，他们一点都不想浪费两人相处的片刻时光。

　　许容与坐在酒店的阳台上看着窗外的夜景和小雪出神，叶穗推开阳台门坐到他旁边，握住了许容与放在兜里的手。

　　叶穗非常自然地将头靠在了他的肩上，正在想事情的许容与回神，垂目看向她。

　　叶穗喃喃自语："容与，我想过了，你回牛津后，能够保持每天和我视频两小时吗？我觉得哪怕不能碰到你，我也想看着你，我想习惯没有你的日子……我是不如你那么冷静，但是慢慢来嘛。"

她忐忑地等许容与回答，怕他太忙，小心翼翼，只给出了两个小时视频的建议。

　　许容与点头答应："嗯。"

　　叶穗高兴起来，因为知道许容与只要答应了，就肯定能做到。

　　然后她红着脸，害羞地说："我好想去牛津看你，但我没钱，你也说我不知道自己想要什么，所以我打算多培养培养。我想开始做直播，不过你放心，我肯定不是靠脸去博出位！我想跟我的粉丝们分享分享我的日常，做点什么有用的事。比如教女孩子怎么化妆、怎么穿衣服，跟大家介绍我们的古建筑，我去做义工时也跟大家分享，让更多的人来关注我做的这些事。我想做点有意义的事，站在你身边的话，就不会显得我一点用都没有。"

　　许容与向来无条件支持叶穗，但听她这么说的时候，还是愣了一下。许容与心里高兴，开心叶穗终于愿意走出自己的舒适区了。

　　他慢慢地说："这很好啊。"

　　叶穗笑眯眯："我攒到钱了就去牛津看你！我成绩提高了就告诉你！我要是写出了漂亮的论文也和你分享！

　　"随便你妈妈怎么说我吧，我虽然害怕她，但我不会跟你分手的！容与，你放心，你好好做你的学术去吧，我不会那么脆弱，在后方给你添乱的。我呀，也要努力，变成一个优秀的人！"

　　许容与怔怔地看着她。叶穗疑惑地伸手，在他面前晃了晃。

　　他的睫毛颤了颤，回过神后，身子微微靠前，低头与她冰凉的额头相抵。

　　阳台外雪花纷乱，银装素裹，在这方小小的天地间，许容与低声说道："穗穗，你怎么这么好呢？"

　　一言说出，叶穗的眼睛蓦地通红了。

　　不，她不好！

　　她好什么呀？

　　她离不开许容与，大吵大闹，让他分心，让他牵肠挂肚；讽刺他，欺负他，气得他从英国飞回国；他总为她担心，担心她的成绩，担心她的乖张任性，担心她不能好好爱他。

她是这么一个欺负他的坏姑娘！他却说她怎么这么好呢！

她何德何能，才配得上他啊？

叶穗红着眼，抱紧了许容与清瘦的肩膀，侧头吻上他的耳尖，喃喃地叫道："容与……"

许容与："嗯？"

叶穗："想吗？"

许容与愣了一下："什么？"

叶穗这个坏姑娘，字正腔圆态度端正，像是根本没有坏心思一样地说："想吗？"

许容与整个人都僵住了，叶穗便笑起来，脸歪在他颈窝间。她亲爱的容与，不说话，就是默认了。

许容与红着脸不吭声！

这多可爱呀！

第二天中午，叶穗送许容与登机，再坐高铁回到东大，到宿舍里摘了围巾，捧着一杯水坐在窗台边，笑盈盈地看着银白的东大校园。

蒋文文上厕所回来，看到她面上桃花荡漾，心里笑一下。她知道叶穗昨晚没回学校，肯定是和许容与待在一起。

蒋文文故意问她："笑这么荡漾，穗穗你约会去了？"

叶穗回头，非常认真地说："比约会还开心呀。"

她和许容与复合啦！她开心得想宣告全世界！

冬日宿舍里，叶穗和自己的好友笑成一团。

爱情是滋养她的阳光雨露，她离不开爱情，更离不开许容与。

叶穗想认真地和许容与谈这场异国恋。

她发现自己接受不了异国恋，归根结底是因为没有安全感，距离让她无法对男朋友放心。但是当她真正投入时，她发现这些担忧，

255

在许容与身上都不存在。远隔重洋,她只要在视频里看许容与一眼,心就会安定下来。

许容与沉静的模样,让她无比地相信他,让她愿意数着日子等待两人重逢的那天。

叶穗走在校园中,和身在牛津正在写论文的许容与分享自己身边的新鲜事:"我刚开始做直播,第一期和第二期教大家化妆和穿衣服,粉丝都特别热情,给我亲亲抱抱,不停刷礼物。后来我试着跟大家讲咱们的专业,介绍建筑学给粉丝,效果就不好了,看的人寥寥无几。"

许容与坐在书桌前,低着头看他的资料。他以前做事就格外专注,现在不得不练就了一心两用的本事,一边忙自己的事,一边和叶穗说话。

好在叶穗性格好,知道他忙,也不会坚持要他只能听她说话。即使许容与很长时间不说话,叶穗也能自己讲很久。

通常情况下,许容与都会回答她,例如这次:"你有没有想过是你讲解得太高深的原因?你如果实地考察,当作旅游节目那样跟人介绍当地建筑,再适当引申,效果会不会更好些?"

叶穗:"我试过啊!不过效果也不好。这就算了,本来就是冷门知识,不喜欢就不喜欢呗。但我才直播了两次讲解建筑,就被人骂我滥竽充数,说我误人子弟,肯定没有学过建筑学。大批人黑我骂我,气死我了!"

许容与平静地说道:"这有什么好生气的,庸人才不遭人妒,你不要理就行了。"

叶穗:"不行,我就要理!凭什么我要在网上被骂啊?我也没做什么坏事啊!容与你不知道,我以前还玩微博的时候,发照片就被人骂我网红脸,气得我后来就不玩微博了。这次我转行做直播,还是科普知识呢,居然还骂我。"

她嘟着嘴,跟许容与又撒娇又抱怨。她以前也被人说三道四,但其实她不在乎,随便那些人怎么说。但是现在她有许容与了,她就想跟许容与说这些。

有趣的，无趣的，她都想和他分享。

许容与无动于衷。

叶穗看他不理解，就把手机上的视频窗口缩小，打开自己的直播账号，一条条跟他念自己被骂的评论。

叶穗说道："你看看，骂我什么的都有！我上镜头的时候脸胖了点，因为前一天没睡好水肿，就被骂以前'照骗'。我说我们学校是建筑老四校之一，挺厉害的，被骂吹牛，被骂现在除了清华其他的都落魄了。我说我吃个饭去，都被骂装模作样，镜头外肯定天天节食减肥，就知道在镜头前骗人……反正我说啥都被杠。"

叶穗："我昨天晚上和他们对骂了一晚上，一群人骂我一个，气死我了！"

视频中的许容与抬眼看了叶穗一会儿，叶穗眼角微红，显然是熬了夜，许容与惊讶在自己学业上都很少熬夜的叶穗，居然为了网上的黑粉熬夜骂架。

"你真是闲得慌。"许容与顿了顿，问她，"所以你骂赢了，来跟我炫耀？"

叶穗哭丧着脸说道："骂输了。他们说的话很多好有才，我都接不上话，骂不过他们。"

许容与啧了一下，对她的行为评价道："你就是窝里横。"

骂他时脾气很大，怎么骂别人时就只能输？但叶穗跟他说这个当然是有求于他。

"容与，帮我骂回去！"

许容与轻轻挑了下眉，他很意外，没想到叶穗把这种事交给他，她明知道他对这些不感兴趣。

许容与说道："为什么让我帮你骂回去？"

叶穗吃惊地说："容与，你对你的才能一无所知吗？你这么能挤对人，就应该发挥你的口才帮我在网上骂回去啊。"

许容与不是很能理解这两者之间的逻辑。

叶穗扬起下巴，趾高气扬："容与，帮我骂架去。容与，把他们都骂走再也不敢来找我。容与，疼疼你女朋友啦。"

许容与静了两秒，快速在脑海中回忆了自己一天的计划表，然后抽出了一小时的时间，说道："账号密码告诉我。"

叶穗当即笑得花枝乱颤，红唇贴在手机上，亲亲热热地啵了他一口。许容与嫌弃地皱眉，身子还应景地往后退，非常客观地说道："把你嘴擦擦，手机上不知道有多少细菌。"

叶穗心里骂他：你是扫兴鬼成精了吧？

叶穗以为自己一定忍受不了异国恋，但是她和许容与谈得有声有色。十二月的时候，她拿到了直播赚到的第一笔钱。因为她一直致力于利用直播频道做点于社会有益的事，所以短期内的收益并没有其他美妆主播高，但也凭着自己的美貌提升了名气，小赚了一笔。

第一笔钱到手，叶穗第一件事就是去移民局预约办理护照，计划着去英国看许容与，她没有告诉任何人这个事，包括许容与本人。

圣诞前夕，叶穗忙完院里的作业，跟许容与说自己要和老师去做一个实测，环境比较差，网络不好，就不和他视频了。许容与向来支持她专注于学业，夸了她几句，并不介意她不跟他视频。

而两天后，叶穗已经落地到了英国的土地上。

第一次来到异国他乡啊，她对自己的英文也不是很自信。

充满异域风情的大街，来往的外国男女，让叶穗睁大眼睛，又害怕，又兴奋。牛津大学的风景不如剑桥那么精致，不设校门，没有围墙，与整个城市融为一体。

站在大街上的叶穗，悄悄发了个微博定位，跟粉丝们宣告了一下自己要直播这次旅行。她一步没走，当场打开了视频软件开始直播，简单告诉粉丝们自己这次旅行的地点，然后才慢慢走动，边走边跟大家介绍这边的特色建筑物。

粉丝们无言以对。好吧，虽然还是讲建筑，但起码是换了个国家，还是在牛津大学直播！

还是很有噱头的啊。

许容与一直有"监视"自己女朋友的习惯。因为有些事叶穗不会跟他说，但会在微博上跟陌生人抱怨。她会和陌生人分享自己和男朋友的日常，会抱怨自己男朋友的冷血无情，会发各种好玩的东西。

叶穗的直播许容与可能赶不上，但他百忙之余看她微博两眼的时间，还是有的。

刚从一个国际学术论坛的会场上离开，许容与拿着手机，皱着眉，对叶穗两天不联系他的行为，还是有点介怀。

明明说好每天两小时的视频通话，他能抽出时间，为什么她一忙起来，就像是约定作废一般？

许容与想他下次得跟叶穗说清楚，不许这么双标，只要求别人不要求自己。

想了这么多的许容与打开手机软件，看到了叶穗最新发的一条微博，那条记录下，她还发了坐标定位。

这个坐标……

冬日的牛津，许容与下楼梯的脚步停住，握着手机的手指用力。一个外国学生大声跟他打招呼，他抬起头，总是平和沉静的眼睛，此时异常明亮。

许容与快速走下楼梯，越走越快，边走边打开软件进入叶穗的直播间，心跳得极快，后来干脆奔跑起来。他在茫茫人海中，拿着手机四处张望，寻找那个熟悉的身影。

他瞬间意识到叶穗在干什么，在哪里。

她竟然……竟然……

叶穗悠闲地在街道中穿梭，许容与根据直播间里出现过的建筑地标一路追赶着她的脚步。叶穗没打算立刻去见许容与，她打算等直播结束吃完晚饭，再给他一个惊喜。

一辆电车停到她面前,她一边举着手机跟观看直播的粉丝们介绍她的下一站,一边准备上电车。

身后一个拉扯的力量,将她从电车上拽下来,她以为遭遇了抢劫,啊的一声,还没有来得及大声呼救,手里的手机掉落,手机屏摔得四分五裂。

叶穗浑身僵硬人已经慌得不行了,肩膀被人捏着一百八十度转了个方向,一个穿着黑色大衣的男生双手捏着她的肩膀惊喜若狂地看着她。

叶穗心中的惊骇在看到对方的面容时戛然而止,反应也慢了半拍,忽而万分惊喜地说道:"容与?容与!你怎么……"

话没说完,她被许容与紧紧抱在了怀里。鼻尖撞到他胸口,耳朵听到他的心跳声,周围过路的学生或成年人停下步,目光友善地看过来。

叶穗眼睛亮亮地仰头看许容与,对他笑出来。她顾不上捡自己的手机,自然不知道直播间里人数暴增,被无数条消息刷屏。

"什么情况?主播被人抱住了?是留学生吗?"

"是华裔吧?还是主播认识啊?看背影很帅啊,小哥哥快转过脸来啊!"

粉丝们比正主还激动,许容与比叶穗要激动。

他慢慢放开叶穗垂眼看她,但还抓着她的手腕,舍不得放开,叶穗的一眉一眼映在他眼中,从虚拟镜头里的她变成鲜活真实的她,许容与一时无法形容这种感觉。

许容与不太明白,上个月才回国见了她,为什么再见到她,还是会这么激动,这么让他控制不住?

而叶穗这个姑娘,一边害羞,一边兴奋,还冲他仰脸笑。她笑起来可真美,一点也不出尘一点也不脱俗,这样生动的美人,是人间烟火,是红尘万丈,是羁绊他生命的印记……

许容与怔怔地看她,指腹轻轻擦过她的唇,他忽然低头,亲上她的嘴角。

手机直播间的粉丝们激动了:"好帅的小哥哥!"

粉丝人数继续剧增!

叶穗睁大了眼睛。

商店橱窗映着她和许容与拥抱的身影,鸽子在钟楼上飞起,雪白翅膀划过天际,许容与低头在异国街头上当众亲吻着她。

叶穗想他一定是疯了。

但是她好喜欢这样难得冲动一次的许容与啊。

事后,叶穗心疼地拿回自己摔碎屏幕的手机,惊讶地发现她的视频为自己增加了不少粉丝,但她没空管这事,她出国的主要目的是找许容与一起过圣诞节,不是为了直播!

等到两人冷静下来,叶穗问许容与:"许容与,坦白从宽,你是不是一直监视我的微博?不然你怎么知道我在哪里?你总不会一天二十四小时都盯着我的直播室吧?"

许容与反问:"为什么不能?"

叶穗哑口无言,白了他一眼,但其实也不在意这个。她踮起脚笑眯眯地擦去许容与唇上沾到的一点口红,许容与不自在地别开眼。

叶穗大度地说:"容与,你晚上不是还要做课题吗?你去忙吧,我自己一个人玩就好了。"

本以为冷酷无情的许容与一定会丢下她的,但他却在迟疑后,做了和她预计相反的决定:"我陪你吧。"

叶穗:"不用不用,不用客气。"

许容与轻声说道:"你来找我,我当然得陪你。"

叶穗:"可我这么善良宽容,不忍心你耽误学业啊。真的,我自己一个人玩就好,请你信任我好吧!我英语也没烂到日常交流都做不到的地步啊。就算我有什么事,我打电话再告诉你就好了,你真的没必要陪我的。"

许容与淡淡地看她:"叶穗,说实话,你想背着我干什么?"

叶穗瞪大了眼睛。

261

怕了怕了,许容与明察秋毫,他像审犯人一样看她,叶穗认输了。

她尴尬地回答:"我也没想干什么啊,就是难得出国一趟,我想在国外的酒吧喝喝酒,体验体验……"

看着许容与的脸色好像不是太好,叶穗抱紧他的手臂:"你不会因为我爱喝酒就要和我分手吧?你可怜的女朋友远渡重洋来找你玩,你如果因为女朋友是个酒鬼就要跟她分手,她一定会哭死在你面前!"

许容与莞尔,他说:"走吧。"

叶穗眨眼。

许容与垂目看她:"我和你一起去你想去的酒吧玩。"

叶穗不好意思地说道:"可你又不喝酒,你多无聊……"

许容与微微一笑:"有我在,你能喝得更自在点不是吗?起码喝醉了也不怕,反正有我照顾你。"

叶穗眼睛亮了。

其实以前每次去酒吧玩,叶穗都有点儿顾虑,不敢喝得太醉。毕竟她自己是个大美人啊,也真喜欢喝酒,所以去酒吧,但玩得通常都不能尽兴。

后来在许容与面前,叶穗要装乖女孩,就不好意思拉着他一起喝酒,也不敢找许容与天天陪她去酒吧玩,怕许容与批评她,后来叶穗都只是自己偷偷在宿舍里,一个人一杯又一杯地喝酒。

现在有许容与陪,她可以痛快喝酒了!

畅玩整晚!

许容与本来很宽容大度的,想多了解了解叶穗的爱好,但是了解后他就后悔了。

黑着脸坐在酒吧里的许容与,冷眼看着他那个醉鬼女朋友发疯,还在台上跳舞。

她的长发飞扬,舞姿放肆,还不停跟他飞吻送媚眼,周围一群男人女人疯狂吹口哨!

许容与抬起半只手挡住脸,低低地笑,既为她的肆意所吸引,又有点没眼看她。

喝了酒的叶穗,远比平时难控制。她从台上跳下来,扑入许容与怀中,两条腿缠上他的腰。许容与没有反应过来,眼睛灿亮的姑娘对他露出一个笑容,张口亲了他嘴巴一下,见他太美味,又顺势咬了他脖子一下。

许容与镇定地问她:"你喝多了吧?"

他太习惯她的人来疯了,要把叶穗放下。叶穗不肯,紧紧搂抱着他,亲亲热热地蹭他的脖颈。

许容与身上的鸡皮疙瘩都要被她蹭出来了,无奈又想笑地安抚她:"好了好了。"

叶穗望着他笑,抱着他不撒手,还调戏他:"好俊的小哥哥啊,你给我当男朋友吧?"

许容与的脸瞬间黑了:"胡说八道。"他本来就是她男朋友。

但是喝醉酒的叶穗,直接将这话听成拒绝。她脸一垮,伤心地望着他,当许容与低头,再次把她缠着他腰的腿放下时,她没有反抗。

许容与松口气,看她醉得差不多了,便转头要给这个酒鬼结账,结果转个身的工夫,他的腰又被身后的叶穗抱住。

叶穗非常大声地嚷嚷道:"你不肯做我男朋友,我也要跟你走!"

许容与浑身一震。

周围都是外国人,应该听不懂叶穗在喊什么,但是不排除这里有留学生啊。

许容与涨红着脸,飞快上手捂住她的嘴,不让她再丢脸地乱喊。但是他这欲盖弥彰的行为,在叶穗眼里更像拒绝了。

她眼中泪水汪汪,扯下许容与的手,继续大声叫:"我要跟我男朋友分手,我要跟你走!不,你跟我走,我们一起……"

许容与怒骂:"闭嘴吧你!"

叶穗泪汪汪:"不,我就要……"

许容与恼怒极了,捂着她的嘴,搂着这个抱紧他腰死不撒手的姑娘掏钱包结账。她还呜呜咽咽地闹腾,让许容与崩溃无比。

他全身僵硬又发抖,在越来越多的人看过来时,为了让她闭嘴,许容与吼道:"好好好!现在就去酒店,你给我闭嘴!"

叶穗终于安静地闭了嘴,眯着眼睛笑看他。

许容与没好气地拍她额头,将她贴过来要亲亲的脸拍开:"傻!"

第十章
却爱她

这晚是许容与在国外过得最混乱的一个晚上，或许也是他遇到叶穗后最折腾的一个晚上。

叶穗折腾他的能力一次比一次提高。

推开酒吧门，门外冷风夹着雪扑面而来，许容与一手拖着走路摇摇晃晃、还不停往他怀里埋的叶穗，一手拿着手机，给教授他们打电话，抱歉地说自己晚上有事需要请假。

同组的学生中有中国留学生，听到了许容与手机里有个女生不住地嚷叫，这位学长偷笑："容与小学弟，你这是要跟你的女朋友过夜吗？"

许容与无言以对，叶穗一把抢过他的手机，开心地跟对面的人宣布："我要和我的临时情人……唔唔唔！"

叶穗拳打脚踢，但手机被许容与抢走了。许容与面色冷寒，一只手盖住叶穗的脸将她远远推开，并熟练地用英语镇定地跟没听懂汉语的国外友人解释，自己女朋友在发酒疯，让大家不要理会。

但是这才到哪里啊。

喝醉酒的叶穗太兴奋了，在路上摇摇晃晃走着，许容与一直在打电话顾不上她，她趁许容与不注意，脱了鞋子就赤脚踩在地上。

许容与眉一扬,追过去的时候,叶穗就哭丧着脸坐在地上抱住他的大腿。

"我好冷啊。"

许容与挂了电话,蹲下给她穿鞋子,语气冷漠无比:"该。"

叶穗扁着嘴,难过地看着他。

许容与给她系好鞋带,叶穗还坐在地上,长发凌乱,秀丽的小脸苍白,鼻尖和面颊因为喝酒而晕红。美丽的姑娘失魂落魄地看着他,眼中光华浸着冰水一般,湿润地流动着。

叶穗专注地看着他。

许容与心里一顿,漆黑的路灯下,他那个坐在地上的女朋友突然伸手,捧住他的脸,喃喃自语:"你长得好帅啊。"

许容与瞥了她一眼,叶穗的眼泪就掉下来了。

在许容与愕然的时候,叶穗开始小声抽泣,捧着他的脸,非常认真地说道:"我要跟我男朋友分手,我要追你。容与,我跟我男朋友分手,咱俩在一起好不好?"

"你男朋友是谁?你要跟谁分手?"

叶穗愣一下,她想了半天,说:"许奕吧。"

她额头被她狠心的许容与拍了一巴掌,估计直接把她的额头打红了。

许容与淡淡地说道:"亏你还记得我是谁。"

许容与懒得理她这个醉鬼,一言不发地擦掉叶穗脸上挂着的眼泪,就要把她从地上抱起来。

但是叶穗委委屈屈地扑过来搂住他,抓住他的手,哽咽着说道:"容与,我不是故意要跟你分手的,和你谈恋爱的时候我其实很开心,我就喜欢你这样成熟的男生。但是你又帅又能干,我好自卑啊。就是你妈妈不说,我也知道我配不上你。你还不来找我复合,我真的好难过……你怎么就不喜欢我呢?那么多的男人都喜欢我,为什么你不喜欢我呢?"

许容与怔住,叶穗醉酒后的记忆这是回到他们分手那时候了啊。

他看叶穗哭得一把鼻涕一把泪,才意识到原来那时候她真的很想他,很喜欢他。

许容与望着叶穗,看她低着头擦着眼泪可怜兮兮的样子,和平时那个张扬肆意的叶穗一点都不一样。哪怕她在别人眼里风情万种,但在他面前,也是个还没长大的小姑娘,哭着喊着要他给个定心丸。

许容与低头,轻轻亲了亲叶穗的鼻尖。他不太好意思在大庭广众之下做这些,但是愿意耐着性子哄她:"我没有跟你分手,我就是你男朋友。"

叶穗抬起头傻乎乎地看他,然后果断摇头:"你不是我男朋友。我没有男朋友,我整天在混日子,整天给容与丢脸。我和容与的差距越来越大,容与那么优秀,他会认识越来越多漂亮又厉害的姑娘,他就不喜欢我了,我是他青春叛逆期时撞上的一个错误,他长大了就不会喜欢我了。"

她落寞地垂下眼。

许容与盯着她秀美的脸和哭得通红的眼睛:"不会的。我喜欢一个人,就是一直喜欢,不会改变。"

叶穗抬头:"你喜欢谁关我什么事?我说的是许容与。"

许容与的脸微黑,心想这个醉鬼,真是够了。

他懒得跟叶穗废话了,强行要把她抱起来,谁知道叶穗一仰头,又突然认出他了,非常高兴地扑过来,亲向他的嘴。

"容与!"结果撞上他的鼻子,叶穗又想哭了,"我讨厌你鼻子,总是撞到我,你撞坏我了怎么办?"

许容与冷眼看她:"怎么能撞坏?你整容了?"

喝醉酒的她张大嘴,被许容与一句话噎了回去。清醒时候的她都说不过许容与,更何况这时候,但是她说不过许容与也不生气,反而感动万分地抱住他肩。

"你嘴这么坏,你肯定是我的容与了……你是不是跟我说你会一直喜欢我,不跟我分手?"

许容与:"没有哦。"

叶穗茫然,心想她明明听到他说了啊。

她哭着扑倒在他怀里,在许容与的愕然下,一抽一抽地又开始了。

"我不管,你要跟我立字据,你要发誓你不会抛弃我,再漂亮的女人都勾不走你的魂。如果我们吵架了,我们分手了,你一定要来哄我,别让我哄你。"她抓着许容与的手,"你跟我立字据!立字据!"

她这个喝醉酒的人都没吐,许容与觉得他快要被叶穗摇吐了。

到了酒店,许容与半搂着她进了房间,刚进门,叶穗就扑上来把他压在墙上亲。

许容与连门都没关上,门外路过一个外国小哥看了他们一眼。许容与涨红着脸关上了门,冷眼看叶穗。他手不扶她,她就摔坐下去,脸贴着他的腿。

许容与垂目,这个人来疯的女人。

叶穗这个姑奶奶太难伺候了,洗澡时要他去送睡衣,他说没有,她就开始哭。许容与把叶穗抱出浴室,扔在床上,揉个额头的工夫,就被她压在了床上。

她一会儿要给他讲个笑话,一会儿咯咯笑,一会儿抱着他掉眼泪说再也不要和他分手了……

许容与被折腾得心力交瘁。

第二天早上十点钟,叶穗懒洋洋地从床上醒来。房间里光线昏暗,窗帘没拉,许容与坐在床对面的沙发上闭着眼,大衣随意地搭在腰上。他的衬衫被揪得皱巴巴,露出的脖颈上有两道非常清晰的划痕。但他下巴上……怎么有一道血痕?

许容与的短发垂在额头上,掩在窗帘阴影下的脸色发白,精神并不太好。

叶穗嘟囔着从床上爬起来,许容与被轻微的动静惊醒,睁开了眼。他懒懒地瘫坐在沙发上，一动未动，定定地看着她。睁开的眼中，红血丝密布。这是干净整齐的许容与最不修边幅的一次了。

叶穗红着脸看他，捂住自己的嘴："我昨晚……麻烦你了吧？"

许容与盯着她半天，问道："你尽兴了？"

叶穗想一想，昨晚喝酒……确实喝得挺尽兴的，不是伤心酒，不是失恋酒，是她喝酒喝得最痛快、最无所顾忌的一次。

她害羞地点头，然后不放心地说："你说好不因为我是酒鬼就跟我分手的啊。"

许容与："但你也太能折腾了。"

叶穗低下头，听他数落。

"非要让我跟你写血书，保证我不劈腿。"

叶穗捂住自己的嘴，小声辩解："那你也没用血写字啊。"

许容与冷冷地盯她一眼，叶穗心虚地低下了头，许容与面无表情地继续批判："坐在大马路上要跟我玩剪刀石头布，输了的人要背赢了的那个，你非要背我。"

叶穗："这就不怪我了吧？你好胜心也太强了，干吗连一个可爱的姑娘都要赢呢？你输给我的话，我不就不用背你，也不会把你摔了吗？"

许容与："在床上的时候一直和我说话，我不吭声你就要发火。"

叶穗："这也没错啊。谁说话的时候不喜欢得到回应呢？你不说话，我以为我在和鬼聊天啊。"

许容与："问我对你的印象怎么样，我说得稍微不合你意，你就开始掐我打我。"

叶穗："谁让你说话那么难听呢？好歹我也是……"

在许容与冷淡的眼神下，叶穗心虚无比，说不下去了。她忽然嘿嘿笑两声，长腿一跨下了床，娉娉袅袅，腰肢款摆。

许容与冷淡的视线落在她的细腰上，叶穗非常了解自己的优势，直接过来，坐在了许容与的腿上。

叶穗亲他一口，许容与还是面无表情。

叶穗跟他抛媚眼："亲爱的，别生气了嘛。你看我喝醉酒都只缠着你，说明我多喜欢你啊，而且喝醉酒的我，你仔细想想，还是很可爱的对吧？"

她自己这么说，说得多心虚啊，喝醉酒的她，折腾死个人，她自己都不觉得可爱。

谁想到原本没表情的许容与，听了她这话，却忽然扬唇，笑了一下。

叶穗被他笑得愣住，许容与伸手捏住她下巴，抬头端详她两眼，不知道回忆起什么，居然慢悠悠地回答："是挺可爱的。"

叶穗担忧地问道："亲爱的，要不我们去给你看看脑子吧？"居然真的觉得喝醉酒的她可爱！他病得不轻啊。

许容与仍然盯着她，漆黑的眼珠与她对视，不知道想到了什么，他的脸色居然越来越好。许容与说道："你喝醉酒，其实还是蛮好玩的。"

叶穗："……你确定吗？你不制止我喝酒？"

许容与："不制止。不过以后你喝酒，必须要我陪着。"

叶穗眨了眨眼。

许容与慢慢地说道："我觉得，这世上，大概只有我能忍受得了、照顾得了喝醉酒的你，你是离不开我的，注定要跟我绑在一起的，我很高兴你离不开我。"

叶穗喃喃地说道："你这个变态啊。"他危险的三观真的不能好了！

但是叶穗不怕许容与这可怕的控制欲，她亲亲热热地凑上去，要给他一个深吻，然而唇被许容与捂住。

许容与嫌弃她："刷完牙再亲。"

叶穗坐在他腿上，拉下他捂住她嘴的手，失望地问道："容与，你连跟我早安吻都做不到，你不爱我了吗？"

许容与冷静得让人讨厌："爱你归爱你，但你还是去刷牙吧。"

叶穗嗷呜一声，扑上去就要亲他。许容与侧头不肯，叶穗瞅准机会就挠他痒痒，在他腰上乱摸。

最后许容与跟着叶穗笑了起来，他直不起腰，还是被叶穗瞅准机会得逞了……

爱一个人，就是不嫌弃那个人，也不被那个人嫌弃。

叶穗的圣诞节是陪男友在国外度过的，回国后要准备东大的期末考。

寒假，许容与回了国，又陪叶穗在当地玩了几天。

叶穗越和许容与相处，越是喜欢他，因为两人见面的机会实在不多，所以每次见面，都像热恋时一样用力。

叶穗说道："因为不能每天见到你，所以每次和你见面，都很有激情。"

许容与要回北京了，叶穗舍不得他，非痴缠着要送他回家，许容与拗不过她，只能无奈地答应。但这一送，叶穗就恋恋不舍地坚持要送到他家门口，等他进了家门，她才肯走。

傍晚时分，两人站在许家大宅外的坡道上，看落雪纷然，灯火昏黄。

许容与本来淡定地手插兜站着，叶穗抬手接雪花时，扭过头来看到他，灵感爆发，拿自己的手机放音乐，非要许容与牵着她的手，和她跳一段交际舞。

许容与一动不动，十分抗拒："这就不必了吧？"

叶穗便楚楚可怜地抬头念叨："容与，你想好，你这一进家门，我们又得几个月后才能见面了。而这几个月，你可怜的女朋友只能靠你的照片度日如年。你女朋友想和你跳个浪漫的舞，留点儿美好的回忆，你忍心剥夺吗？你不用说了，我知道你忍心，但是你的女朋友只穿了一层薄毛衣和你站在雪地里，你再不和她跳，她就要感冒了。"

许容与的眼睛里染了笑，又怪她："说过八百遍，让你多穿点。"

叶穗不以为然："我这么漂亮！多穿点是你的视觉损失。"

雪粒洋洋洒洒，与路灯的光交错。昏黄色的雪影下，许容与抬手，牵住叶穗的手，伴随着手机的音乐声，叶穗一边举着手机录制，一边就着他的手，和他转圈。

叶穗声音甜蜜："容与，别松开我的手，我穿着高跟鞋，你松开我的手我就滑倒了。"

许容与说道："知道，我不会摔了你的。"

叶穗笑眯眯的："哇，想亲你。"

许容与："跳你的舞吧。"

坡道上的路灯照着这对情侣，雪洒在他们身上，美丽温馨，如同慢镜头一般。这片刻的温柔，脉脉含情，女生一边笑一边跳舞，而牵着她手的男生，稳稳扶住她，脸上表情淡淡，说话语气也不动听，但他望着她的眼睛发着光。

那种星星月亮都倒映在眼中的美好光芒，温柔动情，让人心悸。

坡道下拐弯处，一辆林肯停在路边，下雪天车不好上去，倪薇从车上下来，穿着貂皮大衣，站在寒风中，和身后的司机一起看着许容与和那个漂亮的女生。

他们在路灯下的飞雪中跳舞，女生在男生手的牵引下一道道地转圈，温馨幸福。

司机为难地看向倪薇。

倪薇怔然一会儿，没有走上前去。

她只是淡淡地说："看着吧，时间会改变一切的。"

时间是多么强大的工具。

叶穗大四这一年，许奕和家里抗争，如愿考上了北京一所大学的研究生，和尹合子待在了一个城市。同时，他也失去了家里的学费和生活费赞助。

一直到许奕读研的第二年，在许容与的不住调停下，许奕和家里的关系才缓和，许志国和倪薇慢慢尝试着接受许奕的女朋友是做学术的。

同一年,文瑶和李晓茹毕业。文瑶毕业后去了上海,李晓茹保研,继续读书,杨浩他们也毕业了,有的在当地健身房找了工作,有的去南方找机会。

第二年,叶穗的宿舍里新来了两个陌生室友,这一年,叶穗和蒋文文都忙着毕业的事,和新室友的关系也不冷不热。

叶穗即将毕业时,直播事业渐渐做出了些成绩。许容与结束了牛津的交换生课程回到了东大,他在上大学的第三年,便修完了所有学分,经学校同意后,直接提前毕业,保研上清华建筑系。

和他同一年毕业的叶穗,被许容与打击得说不出话。

这一年,许容与和叶穗一起在东大读书。他们有时候吵架,有时候也冷战,有时候两人在学校散步时,会看到曾经做过助教的陈听飞老师身边跟了一个美女。

据说那个美女追了陈老师整整十年,最近才有赢得陈听飞心的趋势。跟在陈听飞身边的美人看到叶穗,又看到了叶穗身边的许容与,知道叶穗有男朋友了,她对叶穗的态度才缓和了些。

毕业后,叶穗和蒋文文也因为工作规划不同分开了。蒋文文在当地的一家设计院找了工作,而叶穗去了南方的小乡镇。

叶穗游览着祖国的大好河山,做着自己的直播事业。她向来富有同情心,在小乡镇看到当地的危楼后,便找到当地政府,提出合作,主动帮当地人做简单的房屋设计图,又利用直播平台,让更多人来关注这些事。

她逐渐不再依靠许容与,有了自己想做的事。叶穗一直没有稳定工作,她边做直播,边帮助乡镇盖房子,呼吁更多的人关注乡镇危房的重建工作。

许容与读研两年,研究生毕业后本来可以继续保送博士,但许容与暂时拒绝了这个机会,选择去上海工作。

因为叶穗常年在南方,为了离叶穗近一点,许容与离开了北京,选择去上海。

时间一年一年过去。

两人始终聚少离多,却越来越能理解彼此不同的追求,同时努力向对方靠近。
　　倪薇也不止一次地在许容与身边见到叶穗,这个姑娘真的脸皮厚,明知她的不喜,一直偷偷摸摸地和许容与见面。有一次倪薇还撞见叶穗爬他们家的墙,只为了和许容与约会。
　　倪薇对此叹为观止,对叶穗始终不喜。
　　可是倪薇和许志国太忙,孩子们长大后,不但许容与这边有问题,许奕那边谈恋爱同样是惊天动地。因为许奕的女朋友尹合子是独女,尹家不愿意女儿嫁人,想为女儿招人入赘。许志国夫妻险些气死,严厉制止许奕和尹合子交往。
　　许奕的脾气又哪里是好相与的?自然又是一番大闹。

　　许容与二十五岁时,已经是一级建筑师,他因工作从上海调到北京,和叶穗一起在北京付了首付买了房。
　　倪薇还是在一场宴会上,听一个房地产的朋友说起,才知道许容与和叶穗一起买了房。
　　但这么多年下来,倪薇已经懒得对此发表意见了。
　　这一年,打打闹闹折腾许久后,许奕和尹合子结了婚。尹家不再提什么入赘,但是尹合子怀孕后,尹家提出他们第一个孩子的姓必须是尹,许家自然不同意。
　　最近,倪薇为了尹合子的事,又生了一肚子闷气。
　　在这个慈善晚会上,倪薇竟然意外地看到了已经很久没见过面的许容与。二十五岁的许容与,脸部轮廓分明,一举一动优雅干净,在会场中,他哪怕不做什么,也完美如绅士。
　　许容与安静地坐在宴会现场,看到倪薇后,主动过来跟她打招呼。他参加工作后一直在上海,最近才回到北京,确实很久没见过妈妈。
　　倪薇见到他时,他身边被美女环绕,而他安静地坐着,沉静得如一幅山水泼墨画。

许容与坐到倪薇身边，看到她脸色不好，便低声劝和："妈，好久不见，您还在为大嫂的事生气？"

倪薇冷冷地看他一眼，忽然问道："叶穗呢？"

许容与怔了一下，没想到她会主动问起叶穗。

倪薇："再下个月是你二十五岁生日，她都没打算偷翻咱们家的院门，给你过生日？"

许容与淡淡地说道："可能是因为妈妈在家里养了狗，狗叫得太凶，她不方便爬墙了吧。"

倪薇冷笑一声，摇着手里的红酒，她盯着高脚杯半晌，说道："听说你又拒绝了你爸给你介绍的相亲对象。"

许容与："嗯。"

倪薇说道："听说叶穗打算回北京？"

许容与："是。她打算调整工作重心，回来和我一起开工作室。"

倪薇嘲讽道："我真是佩服你提起她永远不怕我翻脸的勇气。"

许容与沉默了很长一段时间，倪薇疲惫地问他："你和叶穗打算什么时候结婚？"

许容与缓缓看向她。倪薇脸色淡漠，气质优雅，岁月在她身上没留下多少痕迹，但那份冷，却已经在时间的催动下慢慢开始消融了。

二十五岁的许容与，侧过脸，安静地看向自己珠光宝气，衣香鬓影的养母倪薇。

倪薇一直不满意许容与和叶穗在一起，这些年对此一直冷处理，许容与也一直在努力改变倪薇的想法。

许容与自己都没想到，倪薇会主动问他和叶穗什么时候结婚。

许容与回答倪薇："我们没有商量过结婚的事，我们还是希望能够先征得爸爸妈妈的同意。"

倪薇嘲讽地勾了下唇问："她妈那边什么态度？"

叶一梦在叶穗大学时嫁了第四任老公张新明，但不知道什么原因，两人又离了婚，之后叶一梦再未嫁人，也不怎么和叶穗联系。

在许容与的劝说下,叶穗逢年过节会去看看她妈妈,带点礼物,除此之外,交集不多。

她们的母女缘分就是这么淡,许容与对此不予置评。

倪薇既然问起,许容与就回答:"去年伯母住院时我和叶穗去看过她一次,她没说什么,气色倒是好了些。"

倪薇默然。叶一梦也是个可怜的女人,失了丈夫,和女儿不亲。

许家竟然要和这样的亲家结亲!

倪薇抬头看着许容与,目光如锥,一寸一寸地扫过许容与英俊斯文的面孔。

倪薇问道:"容与,妈妈问你,如果妈妈和爸爸继续让你相亲,让你挑选合适的媳妇,你会反抗吗?"

许容与早已不复少年时的青涩,此时的他在宴会中,和自己的母亲一样是客人,西装革履,衬衫笔挺。优秀俊美的青年,吸引着宴会上女孩们的目光,而他始终平静如水。

"我不会反抗。我从来不反抗你们,我只是告诉对方我有女朋友,我的说法目前还没有改的打算。"

倪薇同样平静地说:"如果我不同意叶穗进家门,你就打算一直拖下去,不结婚?"

许容与:"嗯。"

倪薇沉默,然后她轻声说道:"那你们就结婚吧。"

许容与惊讶地看向她:"我以为妈妈讨厌她。"

倪薇淡笑了一下,优雅从容,冷静自持,眉目间没有这个年龄的女性共有的老气,然而随着岁月变迁,她也多了很多疲惫之色。

倪薇是个严厉的母亲,她回忆着以前:"你大一那年春节时,偷偷把她带到我们家玩,那时候我就很不喜欢这个姑娘了。我不喜欢她,是因为她不合规矩,她会把你带走,让你变成一个不受控制的孩子,让你和我离心。这种叛逆的、散漫的、自由的灵魂,从那个时候,就让我意识到如果我不能赶走她,你就会被她带走。

"我果然没有猜错。她出现后,你被带得越来越不像你,越来越不听话,我花费了那么大力气把你培养成一个绅士,她轻而易举就把你的魂勾走,我不甘心。

"但是这么多年过去了,你们一直不分手,我给你介绍那么多优秀的女孩,你都发展不出什么好结果。她不在的时候,你就和死水一样,不高兴也不难过,跟机器人一样忙着工作。我去上海看你的时候,容与,你才二十五,你租的房子,连四十平方米都没有吧?许奕总跟我和你爸爸说你并不开心,我们不以为然,但这些年,我们才渐渐看到,你确实一直不开心。

"容与,你是一个太难讨好的孩子。你那么小的时候来到我们家,不管是给你玩具,还是让你出去和小伙伴玩,你都没有高兴过。那时候我不同意收养你,并不是我有多在乎钱财,而是看着你的眼睛,我真的觉得你养不熟。

"你太冷,太傲,太难讨好。后来我接受了收养你这件事,我都没有想到,你其实也在努力地融进这个家。这些年,我和你爸爸也一直在反思,为什么你和你哥哥都不听我们的话,是不是我们的教育真的哪里出了错。如果你确定只有叶穗能让你高兴点,你就娶她吧。

"她永远不会是我喜欢的儿媳,不会是我满意的儿媳……但是,就这样吧。"

许容与站起来,向她鞠了一躬:"谢谢妈妈成全。"

许容与也没有在倪薇面前帮叶穗说什么好话。叶穗的性格不为严厉的倪薇所喜,倪薇肯接受,归根结底也不过是对命运的妥协。

她没有狠心到要毁了儿子的一生,既然无法改变,就只能接受。

许容与心里对爸爸妈妈有些歉意,但想到凤愿成真,又有些欣悦。

宴会结束后,许容与手机没电了,他向司机借了个手机,熟练地拨了一个号码。那边隔了很久,才慢吞吞地接了电话:"喂,你好,哪位?"

说话的女声语速有些散漫,尾音却上扬。通常男生听到她这一嗓子,魂都要被勾走了。

许容与却很冷漠:"是你男朋友。你又去酒吧喝酒了?喝了多少?"

那边过了一会儿,音乐声和说话声小了点儿,大约是手机主人走到了安静点的地方,对话才继续下去。

叶穗说道:"我也没喝多少啊。就是项目做完大家有点累,我们约着去酒吧放松,我还是很有分寸的。"

许容与:"我看你醉得不轻。"

叶穗:"不是,我还想说你呢,我说你太过分了吧?你现在查岗都用别人手机给我打电话?你把我当犯人一样看着啊?你看谁家男朋友像你这样看女朋友看得这么紧啊?"

许容与静了下,原本想解释是因为自己的手机没电了,才用司机的手机给她打电话,但她这么咄咄逼人,他瞬间就没心情解释了。

和叶穗交往的时间久了,很多时候,有些东西许容与就不那么在乎了,随便她怎么想吧。

他冷静说道:"你喝多了,天气预报说明天天气不好,你回去睡觉吧。"

叶穗:"这夜生活才刚开始你就让我去睡觉?我不,我睡不着,我还要看帅气的小男生跳舞呢。"

许容与怔了下,说道:"不是说好我陪你的时候你才去玩吗?"

叶穗:"我没玩!我只是跟人来酒吧谈合作谈项目。"

许容与的声音冷下去了:"不要狡辩。你回去吧,睡不着的话就去看看书,你的一注到现在都没有考过,你怎么还想着玩?"

他口中的一注,是一级注册建筑师证,是建筑师证中的最高级别,可获得国际的承认。

叶穗听到他说这个就烦,烦得简直想抽烟了。

叶穗:"许容与,你以为我是你吗?一年就能考过?一年考不过我就应该羞愧得不活了啊?"

278

许容与:"我不是这个意思。我只是希望你端正态度,认真点……"

叶穗:"我很端正!而且我不觉得一注就那么重要,一个设计师,常年工作累积的经验和处理现场问题的临时反应,才是最宝贵的财富。我不认为一个证书能代表一切,我对我现在的状态很满意,你不要总拿你那一套来要求我。不是你得第一,所有人就得跟着你一样得第一!"

许容与沉默。

他说:"你在跟我发火?因为我督促你学习?"

"我不是……"叶穗停顿了一下,"算了,不说了。"

许容与不悦地说道:"叶穗,请你态度端正一点。遇到问题就要解释,而不是一不如意就拒绝沟通,想要躲避。你……"

叶穗同样不高兴:"行了!我最后一次警告你,你再说,我们之间就完了!"

那边直接挂了他的电话。

许容与愕然,然后沉下脸,面露不悦。他心中微怒,把自己找叶穗最开始的原因忘得一干二净——告诉她倪薇对他们的妥协。

西南地区一个小县城的酒吧门口,叶穗烦躁地蹲在地上,她的身影融在清冷的月光中,又美又白。同行的女伴从酒吧里出来,拍了拍她的肩膀,叶穗抬头,眼角的泪痕映得她眉眼多了几分魅惑。

女伴问道:"和你男朋友吵架了?"

叶穗郁闷地点了下头说道:"太扫兴了。"

女伴咧嘴笑道:"叶穗,我还没见过谁像你男朋友这样,总是突如其来地查你的岗。不过他很帅,就算性格有点小瑕疵,也能忍受吧?"

叶穗懒洋洋地抓了抓发:"有时候,会觉得很烦。"

她抬起头看着月亮,有点奇怪:"我和他都交往七年了,不知道是不是七年之痒,最近,我发现我对他越来越不耐烦了。谈恋爱吧,也谈得没啥滋味似的,自从我两年都没考下一注后,我们每次打电话都在吵这个，有时候我都想……"

叶穗沉默了，女伴却替她说了下去："你想分手哦？"

叶穗笑了笑，只说："打电话加重了对许容与的讨厌程度呢。"

她拍了拍屁股，站起来伸了个懒腰，搭上女伴的肩："算了，不想他了。他就是个扫兴鬼，我们继续玩我们的吧！不想臭男人了！"

臭男人许容与在贵宾候机室，候机室里短短十几分钟的等待时间，他也不忘办公，玻璃茶几上的笔记本电脑和鼠标声是候机室里唯一的声音来源。

安静的候机室中，旁边忽有一道人影落座。

女声惊讶又欣喜，小声和许容与打招呼："你是……许容与，许学弟吧？"

许学弟，多久远的称呼。

许容与抬头，看到一位卷发红唇的女士坐在他旁边，她扶了扶眼镜，妆容衣着非常知性。

许容与礼貌对她颔首，但他眉心轻皱，快速在大脑中翻找记忆，但没有想起这个人是谁。

女士看到他的疏离，便主动笑着自我介绍："我是舒若河呀。你上大一的时候，我正在读大四，当时我向你和叶穗征求灵感素材，创作我的小说《却爱她》，有印象了吗？"

许容与讶然，然后礼貌地说道："原来是舒学姐。"

实则他和舒若河从来没多熟过，和舒若河相交更好的，是叶穗。但是后来随着舒若河的《却爱她》创作结束，又毕业离校，叶穗和舒若河的来往也慢慢断了，没想到多年后她和许容与会在机场相逢。

许容与矜淡客气："学姐还在写小说吗？"

舒若河莞尔："是，我现在已经称得上一声作家了，同时兼职编剧，这次要去上海谈一个剧本，没想到在这儿遇见了你。"

许容与笑了一下，是那种没什么意义的礼貌笑容。

他秀气而清瘦，衣着一丝不苟，拿着自己的笔记本电脑工作，显然对舒若河也没多少兴趣。舒若河却不以为意，因为这个学弟读书时就是这样不爱说话，并不是针对她。

舒若河感兴趣地上下打量他一番，心想许容与的相貌气质，真的是从大学到现在都一样出众。

舒若河又想到了另一个主人公，那个笑容甜美灿烂、大大咧咧、随和自由的漂亮姑娘……

舒若河迟疑了下，问道："你还和叶穗有联系吗？"

许容与顿了一下，语气微妙地回答："嗯。"

舒若河有点惊讶，隐隐有个猜测，她继续问："你们该不会……还是一对儿？"

许容与："是。"

舒若河的眼睛亮了亮。这些年，她见多了身边情侣的分分合合，对爱情已经不抱什么希望了。她从来没想过许容与和叶穗还会是一对情侣，没有分手各自寻找良人。

舒若河轻松说道："我早看出来了，大学时你们就感情好，让我猜猜，你们现在该不会结婚了吧？"

许容与神色淡了些："没有。"

舒若河："哦……我都好久没跟叶穗联系了。"她意思是让许容与给她一下叶穗的联系方式，毕竟这么多年了。

谁知道许容与说："我告诉学姐她的手机号，舒学姐自己联系她吧。我没办法帮舒学姐联系她，因为我们昨天刚吵了架。如果我帮学姐给她打电话，她一定会拒绝接听，说不定已经把我拖进了黑名单，这样反而耽误了学姐的时间。"

舒若河的眼睛微微睁大，显然想不到许容与会这么冷漠平静地说他和叶穗吵架了。

舒若河干笑一声："好吧……那我会帮你跟穗穗说说的，让她不要和你生气。"

许容与："谢谢，但是不需要，我不认为我有错。"

舒若河迟疑着说:"哦,这样也挺好的。看来许学弟自己能解决自己的问题啊。去上海……该不会叶穗身在上海,许学弟打算去上海找她,跟她当面道歉,和她和好?"

许容与很奇怪她怎么会这么想。

许容与说道:"我去上海,是因为我在那边工作,这次回总部送个材料,叶穗并不在上海。"

舒若河疑惑地问:"你们不是吵架了吗?你没打算哄你女朋友?你不是应该跟她认错吗?"

许容与:"我为什么要认错?舒学姐都不知道我们在吵什么,为什么就要我道歉?"

舒若河一阵窒息:"男生就应该跟女生无条件道歉啊!"

许容与不置可否,他正要开口,手机突然收到一条信息推送:受暴雨影响,云南哈尼族自治县突发泥石流、山体滑坡灾害,其中墨江……

许容与脸色唰地一白。

舒若河一直观察着他,见他忽然推开电脑、失魂落魄地站起来,手在微微发抖。

舒若河意识到不妥,跟他一起站起来,问道:"怎么了?"

许容与怔怔地看着她,努力让自己冷静,手却开始发凉,尽量让自己镇定下来:"叶穗那边突发泥石流灾害,伤亡人数还没统计出来,对不起学姐,我不能去上海了,我……"

舒若河看着他轻声安抚:"穗穗不会有事的,你别慌,赶紧改签吧。"

许容与点头开始拨电话。

舒若河拦下了他,问道:"打扰你很不好意思,但是我还想问问,我能跟你一起改签吗?就……感觉很神奇,我想跟着你一起去找叶穗,见一见她。

"我专门写了一本书讲你们的故事。时隔多年,我又见到了我的男女主人公,我想跟着你一起去墨江,想见证我当初写的爱情故

282

事，结局是什么。"

舒若河曾花了半年时间收集素材，又用了一年多时间争取将书出版，让它成为当年的畅销小说。之后的岁月中，舒若河的书卖得越来越好，她的名气越来越大，但她再也不曾有当年写《却爱她》时那种让她心动的感觉了。

她没有跟许容与说实话。她现在在做编剧，已经很久不写新书了，因为她没有灵感，她失去了写作者本应有的敬畏和爱。

而当她在机场，和当年的少年许容与重逢，当她得知许容与和叶穗还在一起时，已经失去的那种写作者的热情，像是又重新回到她身体中一样。

所以她想跟许容与一起去找叶穗，她想见证自己当年书写的故事结局。

她想知道那到底是什么。

许容与的心很乱，他没心情多说什么，但是舒若河和他同路，又和他一起关心着叶穗，冥冥之中，像是一个圆，时隔多年又回到了最初。

两人同行，一路上他便零零散散地告诉舒若河自己和叶穗这些年的情况。

叶穗毕业后自主创业。她的直播做得有声有色，她关心着那些发不了声的社会底层人士，她不签设计院，但她一直和设计院合作。她积极地拉拢投资，主动帮助那些村民们设计又宽敞又方便的坚固的房子……

舒若河微笑："听起来，她很优秀啊。当年总挂科的叶穗，变得和我印象中的她判若两人，这是你的功劳吗，许学弟？"

飞机飞入云层上空，在团团云雾阳光中穿过。许容与侧头看着舱外，他没有说话。

他目中满是忧愁，牵挂着遥远的那个人……

墨江的雨下得非常大。

暴雨引发泥石流，山区受灾最为严重。上学的孩子在山里失去了踪迹，有几个村民也找不到人。山洪泛滥，一众救灾工作者穿着雨衣，大声询问情况。一个又高又瘦的女人穿着雨衣，用标准的普通话，代替这些只会说方言的村民们和工作人员沟通。

雨大如注，雷声阵阵。

叶穗擦了一把脸上的雨水，大声说道："有房子塌了，山里很危险！让我跟着你们一起进山吧！我知道那几个孩子平时喜欢去的地方，我熟悉这里的路……我不怕……"

"叶穗！叶穗？谁是叶穗？"大雨中，一个穿着墨绿色雨衣的军人喊道，"你家属找你！"

叶穗不耐烦地回头，她心中不满那些人不让自己进山，她百般解释自己不是胡闹，自己会小心，但是那些人都不相信她，她以为又是他们找借口支开她。

叶穗不高兴地回头，却一下子怔住了。

她看到聚在一起愁苦着脸的村民身后，有人撑着一把黑色大伞，青年站在伞下，身形笔直修长。他身边，立着一个美女。

叶穗脱口而出："许容与！"

她完全没料到许容与会来这边，她第一时间觉得心惊肉跳。许容与清瘦单薄，斯文又儒雅，他不像是会出现在这里的样子。

叶穗挽着裤腿，在泥水中艰难地向他走过去。

她一把握住许容与的手，紧张地推他："你来这里干什么，快走快走，这里不安全……"

许容与低头看着她，她的脸罩在塑料雨衣下，娇妍中又透着苍白。她自己想进山，却把他向外推。

大雨砸在身上，叶穗睫毛颤抖，往左右看了看，分明是怕人注意到许容与在这里……

许容与说道："听说有房子倒塌，我是这方面的专家，总比你强，我申请加入救援队。"

叶穗脱口拒绝:"你算什么专家啊,我在这里工作了多少年,你来都没来过,你们别听他的……"

许容与淡淡地说道:"你的一注都没考过,跟我比什么?"他推开她的手,向抗洪官兵的队伍走去。

叶穗咬牙,跟上去:"许容与!容与,这里很危险,你听不懂我的话吗?"

她从后面追上他,拽住他的手腕,力气格外大,将他拉得趔趄一下。她仰头对他怒目而视,眼睛发红:"你听不懂人话吗?我是怕你有危险!我怎么能看着你涉险?这么危险的工作你不要做。"

许容与看着她,黑伞下他缓缓说道:"这里的工作很危险,但我已经看着你做这么危险的工作很多年了。泥石流、暴雨、山里房子塌陷,这些都拦不住我女朋友的步伐。我看了你这么多年,你才第一次体会到我的心情吗?如果你要进山,我必然跟着你一起。"

他低头,脸轻轻擦过她的面孔。

许容与微微一笑:"穗穗,你昨天晚上在酒吧喝多了是不是?"

大雨中,叶穗冰凉的面孔与他擦过,他漆黑的眼睛落在她身上,像是落在她心口一般灼热。

叶穗红着眼,说道:"你怎么还在和我算这个账?"

许容与平静地问她:"你昨晚跟我说我如果再那么限制你,就和我完了。但我千里迢迢来这里,就是想问你一句,叶穗,如果爱情没有激情了,你真的打算和我完了吗?你能做到吗?你要是能做到的话,我立马转身走,放你一个人进山。"

叶穗看着他,雨水流进她嘴里,那句话始终没办法说出口。

许容与微笑:"看吧,你做不到。我和你之间没有结束,不会有最后一次,我们不死不休,不管什么时候,你不可能和我完了的。可以吵架,但也可以不吵,如果你进山,那我跟你一起。"

大雨滂沱,立在他面前的叶穗,眼睛慢慢红透,她张开手臂,轻轻抱了他一下。

叶穗低声说道:"你其实不用刻意来跟我说这个……我确实想

过很多次和你分手,但是话到嘴边,我都没有说出口。也不是怕你真的再不理我了,我觉得你也不可能做到……就是总有一种感觉,每次看你一眼,就会不管不顾起来,就特别想跟你走……我的爱,从来不比你少啊。"

"所以,我们一起进山吧。"

舒若河静静地站在泥泞地外。她和这里的一切最没有关系,她只是一个最没有用的作家,所以她一直没有说话,看着这对情人从吵架到和好只有几句话的工夫,从许容与笑一下到叶穗红了眼睛只有几个眼神的交流。

这样的情况下不适合恋爱脑。

但是舒若河想,她看到了她想要的结局——

却爱她。

为什么却爱她(他)。

云南墨江,许容与和叶穗请舒若河吃了饭,看到两人还有重要的事要忙,舒若河不多打扰,只跟两人说了她准备再版《却爱她》的消息,希望他们有空去看看。

舒若河离开时特意送了一本已经绝版的《却爱她》给他们,留作纪念。

打开书目,正文前第一页上赫然写着几行字——

男人凉薄,女人多情,世上的人并不够好。

但有的人只消看一眼,我却爱她。

我愿爱她,安安静静轰轰烈烈地爱着她。

许容与无动于衷,叶穗却感动于舒若河和自己重新联系上,表示一定好好拜读舒若河的作品。

这只是一段小插曲,舒若河在自己事业上小作调整方向,对许容与和叶穗这样的建筑师影响并不大,两人继续留在西南,协助当地的救灾抢险工作。

四月份的时候救灾工作结束,许容与和叶穗走之前,村民们来给他们送行。

叶穗和村民们一一拥抱,他们一起生活了好几年,离开的时候也有些伤感。但叶穗不可能一辈子留在这里,许容与和她合开工作室的事,目前只是一个构想,但为了这个目标,叶穗已经开始调整工作方向了。

毕业后独自历练的这些年,她越来越积极地面对人生,越来越不喜欢将所有的困难丢给许容与,自己坐享其成。

叶穗和许容与回到了北京。时逢东大一百二十周年校庆,学校组织优秀人才返回母校,对东大的学生们进行宣讲教育,许容与便是其中之一。

叶穗对这种事早就司空见惯,虽然她自己没有成为足够优秀的社会人士收到母校的邀请函,但是北京离东大那么近,跟着许容与去看看校庆也蛮好的。

两人回到东大,这次宣讲,是建院组织的强制活动,所有院系学生都要来听。大礼堂中密密麻麻坐满了人,叶穗理所应当被安排到视野最好的座位,她和一群青涩的学生坐在讲台下。

许容与在雷鸣的掌声中走向宣讲台。

学生们在他上台的时候窃窃私语:"哇,这个学长有点帅啊。"

"帅死了!好想嫁给他啊!"

叶穗坐在台下,本来拿着手机,百无聊赖地和陈听飞联系,问他:"亲爱的陈老师,你还在东大任教吧?听说老师已经有教授头衔了,厉害哦。"

陈听飞给她回了个信息:"叶同学还是这么贫嘴。"

叶穗觍着脸笑:"我有个忙想请老师搭桥,陈老师赏脸帮帮我呗……"

她的信息没发完,便听到了台下学生们热烈的讨论声,一个个都在说她男朋友好帅。叶穗回头看了眼那几个激动的女学生,看到小女生们晕红害羞的脸,忽而一阵恍惚,并觉得好笑。

原来时间过去了这么久,曾经人人口中的许学弟,在新的学生面前,已经变成了成熟稳重的学长了。

叶穗捂着脸颊,慵懒地笑了一声,摆正手机,选了个合适的角度,给台上正在演讲的许容与拍了张照片,发到了朋友圈,感慨地配文:"七年了,男朋友还没有熬成老公,大哭。"

说是感慨,其实是女人都有的心态——炫耀自己的许容与。

让人看他多帅,多优秀!而这样的男人是自己家的。

发完朋友圈,叶穗笑眯眯地浏览着留言,看到了好多年不联系的李晓茹竟然给她点了个赞,叶穗愣了一下。

叶穗发愣的时候,李晓茹发来了信息:"穗儿,在吗?"

李晓茹要结婚了。

和叶穗聊过才知道叶穗已经回来工作了,李晓茹积极地牵线,联系当年大学宿舍的其他两个人,说想跟大家聚一聚。四个人确实很多年没见过面了,叶穗毕业后还和蒋文文有联络,和李晓茹、文瑶的联系就越来越少。

李晓茹说组织当年的舍友聚一聚,叶穗也蛮好奇她们这么多年变化的,就答应了聚餐。

李晓茹将地点定在了东大校外不远的一家咖啡馆。

叶穗跟许容与打了声招呼,就去参加这个聚会了。

推开咖啡厅大门,叶穗眯着眼才要找人,坐在角落里的蒋文文已经站起来,向门口招手:"穗穗,这边这边!"

叶穗笑着跟服务员说了一声,年轻的服务生被她惊艳了一把,不自在地低下头领路。

叶穗笑眯眯地走向角落,看到了几个人,李晓茹开口笑道:"穗儿还是这么受欢迎,现在都还有男生看到你脸红啊。"

叶穗迟疑了一下,她以为只是宿舍的四个女生聚会,这么匆匆扫一眼，在座的还有其他不认识的人。

蒋文文一直和她联系，她比较熟悉；多年不见的文瑶还是那么安静，微微对她点头笑，看着知性又温柔；当初她们宿舍里，最像工科女的其实是李晓茹，总是戴着厚厚的眼镜片，永远在学习。

而今，李晓茹烫了长发，摘了眼镜，学会了化妆，变得比大学时漂亮了很多，叶穗很是意外。

但叶穗更惊讶的，是李晓茹身边的一位青年才俊，他礼貌地站起来跟叶穗握手。

李晓茹笑着介绍："穗儿，这是我未婚夫。"她亮了亮自己手上闪瞎人眼的订婚戒指。

叶穗眨了眨眼，有点明白李晓茹为什么这么积极地组织这次聚会了。

文瑶温柔地说："穗儿，别愣着，快坐呀。"

叶穗扶额忍笑，和一边光喝咖啡的蒋文文对了一眼，还真是熟悉的配方啊。

盛情之下，叶穗坐了下来，但对老同学的热情，也淡了很多。不过她本来就是爱笑爱玩的姑娘，这种场合对许容与来说很不自在，她却能很好地应对。

于是她丝毫不尴尬地跟大家打了招呼，包括李晓茹的未婚夫。

大家互相介绍了自己现在的情况。

李晓茹说她在一家研究所工作，未婚夫在律师事务所工作。文瑶已经结婚了，和丈夫一直在上海打拼，提起来她也是摇头苦笑，曾经的娇娇女，现在也觉得生活不容易。

蒋文文耸肩，她的经历特别简单："我一直在北京一家设计院工作，没对象，没结婚。"

叶穗指着自己："我嘛，无业女青年？"

她这么一说，众人都礼貌地笑了笑，那个青年才俊看了她几眼，李晓茹注意到，立刻挽着男朋友的手腕，笑着问叶穗："穗儿，你还在靠什么粉丝的礼物度日啊？"

李晓茹未婚夫的目光淡了些，将叶穗上下打量一下，略带审度。

叶穗手撑着下巴，不以为然地笑说："对。"

她现在并不缺钱，收益很多时候比许容与还高，但她已经了解到这次聚会的性质，便不打算多说自己的事。

文瑶小声问叶穗："我看穗儿在朋友圈发了许学弟的照片，穗儿怎么不把许学弟带过来？咱们不是说好可以带亲友吗？"

叶穗这会儿其实是真的不想让许容与过来迎合这几个女人的攀比心思了，她笑道："容与在咱们母校配合一项活动，等他那边结束了，就过来了。"

李晓茹的未婚夫眼神一闪，若有所思："容与？这个名字有点耳熟。"

李晓茹不在意地笑了笑："还是很普遍的名字啊。我跟你说啊，穗儿和容与学弟在我们大学时就谈恋爱了，姐弟恋哦，时髦吧？穗儿比那位大了整整三岁！"

他吃惊地看向叶穗——三岁！姐弟恋！

叶穗脸上的笑意淡了下去，她垂下眼，懒洋洋拿着小勺搅自己的咖啡，不想说话了。

李晓茹还在假惺惺地笑："而且那位学弟家里可有钱了。他过生日时请他们同学去他家里，当时他们家请了合唱团！那可是七年前啊，他家请了合唱团给儿子过生日！他爸好像就是我们东大毕业的，反正他们院里的老师都喜欢那位学弟，家里背景好啊……我们穗儿和他交往，不知道有多幸福。

"就是有钱人家规矩都大吧。他们都交往七八年了，叶穗也没有嫁进他们家大门。穗儿，是不是有钱人家的大门特别难进啊？不过也没关系啦，许学弟肯定对你很好啦。"

她三言两语，就把叶穗描述成了一个贪慕荣华富贵的庸俗女人。

而这多符合叶穗的长相——明艳动人，妆容精致，慵懒撩人。

她看着就不像什么好女人。

李晓茹的未婚夫看叶穗的神情变得带有几分迟疑和嫌恶了。

正在此时，一道男声清清凉凉地从李晓茹背后传来："过了这么多年，学姐喜欢颠三倒四说闲话的风格，还是一点没改。"

李晓茹脸色大变。

众人一怔，转头看过去。许容与臂弯搭着件衣服走了过来，白色衬衫黑色长裤，穿在他身上显得有几分禁欲。他垂着眼，神色淡淡，却异常清隽。

几个在大学时就见过许容与的女生们都愣了一愣——曾经的小学弟长大了，他不再是少年，已经成为独当一面的男人。

不过说话时那种噎得人脸色青青白白的语气这么多年还是没变。

李晓茹的未婚夫一抬头，猛然一愣，然后站起来，热情地伸手去和许容与握手："许老师您好！怎么是您？"

许老师？连叶穗也惊讶地抬眼。

许容与看了青年两眼，缓缓地握了下手。李晓茹的未婚夫一改方才的矜持，变得有风度也热情了很多，招呼服务员上咖啡。

叶穗疑惑地看向许容与。

李晓茹的未婚夫说道："我们律师事务所最近和华东院有个合作项目，跟我们洽谈的人就是许老师。真是……真是没想到，在这里见到许老师……哎呀我想起来了，难怪我觉得名字耳熟呢！许老师就是东大毕业的啊！东大人才辈出啊！"

他一口一个许老师，听起来怪怪的。李晓茹脸色发僵，许容与不在意地入座，自然地坐在了叶穗身边。

叶穗托着腮面不改色，对许容与的到来也没表现得多惊喜，旁边的女生偷偷看许容与，她反而觉得很好玩。

许容与淡淡地说道："刚开完会，我就过来了，你们聊到哪儿？"

他的目光向对面看去，对面坐着脸色不太好的李晓茹，想积极表现的未婚夫，还有端着咖啡不动声色观察情况的文瑶。

其他人没说话，李晓茹的未婚夫热情又不失矜持地说道："我们在说叶穗还没嫁人的事，原来叶穗是在跟许老师谈恋爱啊，这真是……男才女貌啊。"

许容与扫视一眼众人的表情心里已经明白得七七八八了，律师其实是非常能说的，之前不说，是没有什么话想说。这会儿他来撑场子，其他人还好，一心想炫耀的李晓茹，看向她未婚夫的眼神如刀子般，对方也面不改色。

许容与淡淡地说道："怎么听李晓茹学姐的意思，是我们家穗儿求着嫁我，我这边不同意呢？"

律师怪李晓茹："误会误会，你快跟许老师和叶穗道歉。"

李晓茹僵着脸："我也没说错……"

许容与道："说错了，是我追的叶穗，而且我们快结婚了。"

叶穗看向他——咦，是你追的我吗？我们什么时候快结婚了？亲爱的，你说大话不怕闪到腰哦。

李晓茹的脸色已经非常难看了。

许容与简直是她的克星。

这次聚餐本来就很没有意思，李晓茹一心扬眉吐气，觉得自己毕业后混得好了，又有了优秀的未婚夫，而大学宿舍里最漂亮的叶穗，反而工作没着落，追到了人七年也嫁不出去。

她来炫耀，没想到就如当初一样，再一次碰上了许容与。

李晓茹对许容与，一直有些害怕，这个人说话很难听。

中途许容与说去洗手间一趟，叶穗立刻站起来说自己也要去。她跟着许容与走的时候，蒋文文眼尖地看到叶穗直接把许容与的西服上衣给带走了。

蒋文文顿时明白这次聚餐已经结束了，叶穗显然不打算回来了。

叶穗跟着许容与去洗手间，从背后欣赏一番他的好身材后，快步上前，将西服披在他身上，说道："我发个信息，咱们直接走吧。"

许容与瞥了她一眼："不是同学聚会？"

叶穗："亲爱的你别讽刺我啦。"

许容与莞尔，他睫如长翼，垂眼笑时，在灯火晕光下，分外动人，看得叶穗心中一动，向他身边移几步。

许容与让开位置,叶穗又更近地贴了过来,他被挤到了墙边,看了她一眼。

叶穗靠着他的手臂,问道:"你为了帮我挤对李晓茹,也没必要说谎啊。"

许容与问道:"我哪句撒了谎?"

叶穗吃惊:"你说了两句都撒谎了啊。"

许容与:"没有。"

叶穗看向他。

许容与:"确实是我追的你。"

叶穗:"是吗?你确定你追过我?"

许容与:"我们也确实要结婚了。"

叶穗嗤之以鼻:"你这说得更离谱了。"

许容与:"我爸妈同意我们结婚了。"

叶穗愣住,她慢慢地抬头,怔怔地看着他。一心的旖旎全都荡走,只是傻了一般看向许容与。许容与垂下眼温柔地看她,将那句话再重复了一遍。

叶穗的眼泪猝不及防地一下掉了出来。

她抿抿唇,眼眶发红。

她从来没有催过许容与,从来没逼过他,从来没想过自己能轻松地嫁给他。她知道许容与承受着他父母的压力,最近几年因为他哥哥的婚事才没有那么大压力。

叶穗从来没想过自己能很快和许容与结婚,她一直以为,他妈妈那么不喜欢她,她也许到三十了都等不到许家松口。

许容与垂目望她,轻声调侃:"这么激动?我都没求婚,看你这样子,已经准备嫁了?"

叶穗白了他一眼,抹一下眼泪,瓮声瓮气地说:"我说的和你说的又不是一件事。谁说我激动得要嫁给你了?"她一边落泪,一边飞媚眼,"我本来是要说,亲爱的,好久不见你,环境这么好,咱们来亲亲吧。"

环境这么好？咱们来亲亲？

看许容与瞬间窘下来的脸色，叶穗一下笑出来，扑入了他怀里，缠着他亲密地亲上去。他可真可爱啊。都是成功的社会人士了，还经常露出这种尴尬的样子来。

这个尴尬癌，没救了。

五月份许容与生日那天，叶穗邀请许容与一起去东大。她跟许容与说好，两人在他生日的这天回母校好好参观一下，追忆似水年华。叶穗还提前一个月定好了一顿晚餐，给许容与庆祝生日。

许容与面上淡淡的，心里却高兴她还记得。他在她生日时送了她礼物，之后她一直没提过，倪薇还因此嘲笑过他。

他们都以为叶穗忘了许容与的生日，不会给许容与过生日，没想到叶穗一直记得。

她总是很容易被人误解。

许容与生日这天，天下着蒙蒙细雨，东大校内海棠花繁盛压枝，许容与和叶穗牵手走在校园中，回忆着当时两人恋爱的细节。

挽着许容与的手臂，叶穗心情极好："看这操场。以前我就在这里看你军训，当时心里想，哪来的弟弟啊！太犯规了，这么好看！"

"容与，你还记得这间教室吧？我第一次上我们老师的课，你被老师当成是我男朋友啊，你四处解释，还没人信！"

"我们以前一直在这个食堂吃饭哦，现在五食堂都是网红食堂了，你不知道吧？"

"我们以前……"

叶穗在许容与身边，一直说一直走，声如黄鹂，甜蜜得不行。许容与依旧不说话，他只听着叶穗说，就已经觉得这是一种享受。他很喜欢叶穗活泼开朗的样子，并且很高兴两人多年后能返回母校，这里满满的都是属于他们的记忆。

两人花了两个小时，才走到了五舍楼前。这里曾经是叶穗的宿舍，但听说后面建了新宿舍楼，这里已经被学校归为研究生宿舍了。

叶穗挽着许容与的胳膊,轻声感叹:"你记得吗?以前我们上学时,只要你在学校,每天早上七点你准时喊我吃饭。天啊,那时候我痛苦死了,每天早上七点,风雨无阻!好多次因为这个想跟你分手呢。"

许容与:"那怎么没分?"

叶穗白了他一眼,又笑:"因为学弟长得太帅了,怕我一矫情你就追不回来了。所以不敢矫情,你一说咱俩好吧,我就赶紧答应啦,总有一种自己捡到便宜的感觉呢。"

许容与低声:"我也是。"

叶穗意外:"嗯?"

许容与:"和你谈恋爱,我也有一种自己捡到便宜的感觉。你这么开朗爱笑,怎么会喜欢我这种沉闷无趣的人呢?你所有的前男友都和你性格相似,我就总担心你不喜欢我。"

叶穗:"哦,那你当时还对我那么凶,一点不宠我。"

许容与:"你摸着你的良心说,我对你不好吗?"

叶穗想一下,哈哈笑起来。海棠花从树上脱落,她扬手接花。一阵风袭来,叶穗眨下眼,调皮地把手中花瓣全都扔向许容与。

许容与被迷了眼,咳嗽了几声。

叶穗笑着跑向宿舍楼,但是——

"同学,刷卡才能进楼里。"

许容与慢悠悠地上前,看到叶穗跟楼管阿姨撒娇:"阿姨,我以前也是这里的学生,你就让我进去看一看嘛。"

许容与不言不语,和她一起站在楼外。他不用说什么,就看原本一脸严肃的阿姨,被叶穗晃着手臂,说着说着,阿姨就忍不住笑了起来。许容与心想,谁能撑得住叶穗的甜言蜜语呢?

果然,一会儿工夫,楼管阿姨就同意叶穗进去十分钟。

许容与自然被拦在楼外。

叶穗建议许容与:"不如你也去你们二舍看看?像我一样跟阿姨说几句好话,进去看看你以前的宿舍?"

许容与默然:"算了,我在楼下等你。"

他哪里有叶穗那甜言蜜语的本事呢?

何况宿舍对他来说没什么意义,那只是他用来睡觉的地方,他并不留恋。

许容与在楼下等叶穗,五分钟,十分钟……时间一点点过去,叶穗还没下来。之前还坐在门口喂猫的阿姨也进楼了,楼下除了来往上课的学生,只有许容与一个人站着。

许容与给叶穗发了信息问她怎么还不下来,没有收到回复。

他正要打电话过去,一个声音传来——

"许容与?"

他抬头,看到陈听飞老师骑着自行车过来,陈听飞将自行车停在路边,向他这边走来。

许容与很意外在这里碰上陈听飞,但还是礼貌地问了好:"陈老师好。"

陈听飞:"你在这里做什么?"

许容与抿了下唇:"我在等叶穗。"

陈听飞:"叶穗?她怎么会在这里?"

两个男人在五舍楼下说了些闲话,在许容与听来全是废话。他不觉得自己和陈听飞的对话有任何意义,也不懂陈听飞为什么要和自己打招呼。两人又不熟,关系也不好,唯一的交集只有叶穗而已,陈听飞为什么要跟他东拉西扯很多无聊的话题?

他不感兴趣,但是教养使然,许容与并没有打断陈听飞的兴致。

这种无聊的对话消磨着时间,直到一道清亮的女声终于从五舍楼里传来,解救了许容与:"容与!"

是叶穗的声音!

许容与松了口气,向楼内看去,这一看,却怔住。他看到穿着华美的婚纱、捧着花向他走来的叶穗,看到好心而好奇的女学生们扶着她的裙摆。

他更是从叶穗身后看到了熟悉的笑脸,跟他打招呼。

"容与,好久不见!"

是他的舍友。

还有他哥许奕和已怀孕四个月的嫂子尹合子。许奕走在自己老婆身边,朝愣在外面的弟弟眨了个眼,叶穗扶着尹合子走下台阶。

华美的婚纱拂过地面,头纱下,叶穗容颜娇美,手中的捧花,衬着她的笑容。

树顶压枝的海棠,纷纷扬扬,落向她的裙摆。

许容与呆呆地看着,看叶穗在众人的簇拥下走向他,在他面前站定。

他声音紧绷:"你……你们,这是干什么?"

叶穗仰头温柔地看着他,轻声说道:"容与,我在跟你求婚啊。"

许容与:"什么?"

叶穗微笑着说:"容与,我策划这一切,都是为了向你求婚,嫁给你啊。"

许容与向后退了一步,他被意外和惊喜冲击,无所适从。叶穗不管不顾,当即在他面前跪下,雪白的裙摆如落花,铺在地上。

第一次有女人跪在男人面前,将自己手中的花虔诚奉上。

路过的学生们呆住了,惊讶地看着他们学校的第一例女性向男性的求婚场景。

窃窃私语不断。

叶穗抬眼,在许容与正欲躲避时,她眼角的泪痣,再一次如照镜一般,与他眼角的泪痣相照。

眼睛里倒映着她的影子,许容与怔了瞬间,手被这个跪在自己面前求婚的女人挽住。

叶穗抬眸时,眼睛中闪烁着晶莹的光。

她郑重而眷恋地看着他:"容与,对不起。我知道传统是男的向女的求婚,但是你跟我说你妈妈同意我们结婚了,我实在太高兴了,我等不及了,我抢在了你前面,向你求婚。

"在你之前,我从来没这么喜欢过谁,从来没想过我会和谁共度一生。我是个喜欢逃避的人，不比你勇敢。可我幸运在我读大学时遇到了你，你教会我责任、勇气、坚持这些美好的品质，叶穗能成为今天的叶穗，都是因为你。

"我不能想象如果没有你，我的生命会多么乏味。我爱你，我每次看你一眼，都觉得爱你，想要跟你走。所以，答应我吧，娶我吧。

"我爱你，容与，你符合我对男人的一切想象，我爱你。"

她一开始说得流畅，后来哽咽不能言。当她跪在许容与面前向他求婚时，两人之间相交的一幕幕，如电影般从眼前掠过。叶穗的眼中闪着泪花，看许容与低着头，眼睛也一点点通红。

所有人站在路边，在陈听飞老师的带领下，带着祝福的心，看着这对情侣。

许容与一言不发地将叶穗拉起来，当着众人的面，他手捧住叶穗的脸，指腹轻轻擦过她面颊，低头在她耳边说了一句话，众人没听清，他已经亲上了她嘴角。花瓣落在二人身上，树影花影交叠。

他们在海棠花下亲吻，眷恋情深。

众人鼓掌："有情人终成眷属啊，祝福你们白头偕老！"

穿着婚纱、被许容与当众亲吻的叶穗，肩膀轻轻颤抖，喜极而泣，只有她，只有她听到许容与跟她说的那句话——

"你不符合我对女人的一切想象，但我也爱你。"

他和她幸福地生活在一起，结婚生子，白头偕老。
正如舒若河当年写过的那本《却爱她》，赠与他们的话一般——

男人凉薄，女人多情，世上的人并不够好。
但有的人只消看一眼，我却爱她。
我愿爱她，安安静静轰轰烈烈地爱着她。